朝日新聞出版

真保裕一
Shimpo Yuichi

共犯の畔《ほとり》

共犯の畔《ほとり》／目次

共犯の畔《ほとり》

プロローグ

――たった今、緊急速報が入りました。

神奈川《かながわ》十六区選出、井上秀利《いのうえひでとし》衆議院議員の厚木《あつぎ》市内にある地元事務所で、立てこもり事件が発生したもようです。今日の午後三時すぎに、二人の若い男が事務所を訪ねてきて、応対に出た秘書を人質に取り、応接室に立てこもっていると、同事務所のスタッフから警察に通報が入りました。現在、神奈川県警が現地に急行して、犯人との交渉を進めているものと見られます。犯人の目的は何か、事務所の中で何人のスタッフが人質として捕らわれているのか、詳しいことはまだわかっていません。

なお、井上議員は東京都千代田《ちよだ》区永田町《ながたちょう》の議員会館内にいたため、無事が確認されています。くり返します……

――先ほど厚木市内で発生した立てこもり事件の続報が入ってきました。井上議員の地元事務所には複数人のスタッフが今もいて、その中には女性もふくまれているとの情報があります。

犯人は二十代とおぼしき若い男二人と見られています。すでに神奈川県警の捜査員が現場に到着しており、事務所内の応接室に立てこもる犯人たちと連絡を取っていると思われます。

現場の事務所は本厚木《ほんあつぎ》駅にほど近い幹線道路沿いのビルの一階に入っており、付近一帯は警察によって封鎖されて、立ち入り禁止の措置が執られたとのことです。まもなく事件発生から一時間が経過し、人質の身が案じられます。


――こちら、厚木市泉町《いずみちょう》の現場です。

井上議員の地元事務所は、ここから百メートルほど行った先にあるビルの一階に入っています。現在は警察による規制が行われているため、これ以上は近づけません。我々が取材を許されたこの場所から、事務所の窓も確認できないため、内部の様子をうかがうことは難しい状況です。

事件発生を聞きつけて、現場には報道陣のほかに近所の住人や通行人が集まり、不安げに様子をうかがっています。同じビルの上層階に入居する美容室や学習塾の関係者も警察の要請によって今はビルから全員が退去して、近くの路上から事態の成り行きを心配そうに見守っています。

近所の人に話を聞くことができたのですが、立てこもり事件が起きていたとはまったく知らなかった、パトカーが次々と到着して辺りが騒然となり、初めて何か起きたようだと知った、井上先生が無事で何よりだ、とのことでした。ただ、事務所内にはまだ数名のスタッフが人質になっているとの情報があり、現場の状況は予断を許しません。

――再び現場からお伝えします。

立てこもり事件が発生している井上議員の事務所内の様子が少しわかってきました。

犯人と思われる二人の若い男は、秘書の一人と面談する約束があらかじめできていたそうです。事前に電話があったのかもしれません。約束の時間になって二人の若い男が訪ねてきたので、事務所内の応接室で話を聞いていたところ、男性秘書の叫ぶような声が聞こえて、スタッフが不審に思って中へ呼びかけたところ、一切返事がなく、ドアは内部から施錠されていたといいます。

人質となっているのは今のところ、応対に出た男性秘書一人と見られています。事務所にはアルバイトをふくめたスタッフ数名がいましたが、今はビルの外へ出て、無事が確認されています。

こちらに駆けつけた警察車両は十数台に及び、救急車も先ほど二台が到着したところです。あるいは、怪我人《けがにん》が出ているのかもしれません。

なお、犯人の要求は何か、人質になっている男性秘書は無事なのか、内部の詳しい状況はまだわかっていません。以上、現場からでした。

――こちら、本厚木駅近くの上空です。

警察からの要請があって、我々の乗ったヘリはこれ以上現場の上空へ近づくことはできません。こちらから見たところ、事務所が入っていると思われるビルの周辺はパトカーなどの警察車両が囲んでいます。ビルを包囲して、犯人の逃走ルートを断つのが狙いでしょうか。

周囲の路上には、多くの見物人の姿が見えます。近くのビルの屋上にも人の姿が確認できます。あるいは警察関係者が、事務所の入ったビルを監視しているのかもしれません。

……あ、はい。警察からまた新たな要請がありました。犯人を刺激しないよう、ビルからもっと離れてほしいとのことです。残念ですが、我々は現場から離れます。以上、本厚木駅前の上空からでした。


——立てこもり事件の発生から、すでに一時間が経過しました。現場付近は事件の推移を不安そうに見守る人々が百名近くは集まっているでしょうか。近隣の道路が封鎖されているため、制服の警察官が辺りに配備されて、通りかかった車に迂回《うかい》するよう指示を出しています。

まだ事態に進展は見られないようで、警察は人質の安全を第一に考えているものと思われます。犯人は数日前に電話で今日の約束を取りつけたといい、当初から何らかの目的を持って事務所を訪ねてきたものと考えられます。

犯人の要求は何か、人質は無事か。現場はますます緊迫の度が高まっています。


——こちら、千代田区永田町の議員会館前です。今から二十分ほど前、こちらにも警察車両が数台、到着したとの情報が入っています。おそらく、井上議員から話を聞いているものと思われます。

井上議員は五十八歳。県会議員を二期務めたあと衆議院選挙に挑み、当選三回、今年二月に経済産業大臣政務官に就任し、日本新民党の広報戦略局長代理を務めています。

先ほど、こちらに出入りする、ある議員の秘書のかたから話を聞けました。何が目的なのかはわからないが、政治家の秘書を人質に取るなど絶対に許されない、とにかく無事でいてほしい、とのことでした。仲間とも言える秘書の安否を気にして、我々報道陣に情報を求めるかたもいらっしゃいました。

事務所を占拠した犯人が、すでに何らかの要求を井上議員に出している可能性もあり、どう対応していくかの打ち合わせが今、議員会館内で行われているのかもしれません。

政府関係者によりますと、まもなく警察庁幹部が首相官邸に向かうとの話もあり、前代未聞の監禁事件の発生に永田町は大きく揺れ動いています。

以上、永田町議員会館前からお伝えしました。

「――現場はまだ動きが見られないようです。ここで、警視庁捜査一課の元警部補で強行犯係にも在籍した経験を持つ、田辺浩三《たなべこうぞう》さんと電話がつながりました。……もしもし、田辺さん、お忙しいところ、ありがとうございます。大変な事件が発生しました」

「はい、驚きました。議員が遊説先で暴漢に襲われる事件は過去に幾度か発生していますが、代議士の秘書が人質に取られる事件は今まで記憶にありません」

「警察は今、どのような捜査に動いているのでしょうか」

「まず人質の安全が最優先されます。その前提のもとに、内部と連絡をつける手段を確保します。事務所内の電話が使えるか。秘書のかたが携帯電話を持っていると思われますが、そこにかかってきた電話を取る意思が犯人たちにあるか。呼びかけに応じない場合は、外から直接声をかけてみて、慎重に反応を確かめる手はずを踏んでいるでしょう。ただし、犯人が何かしらの凶器を持っている可能性もあるため、慎重に声かけをしていく必要があります」

「犯人の目的は、どういうものが考えられるでしょうか」

「報道によると、どうも犯人は、事務所を訪ねる約束を事前に取りつけていたようなんですね。通常、議員事務所は地元の支持者であれば、気軽に訪ねられる態勢を取っているところが多いかと思います。その場合、今回のように秘書のかたがまず対応して、議員本人が会うのは、顔見知りや信用できる筋からの紹介があるケースに限られます。今回、約束があり、秘書が対応したといいますので、以前から議員に会わせろと執拗《しつよう》に迫っていた可能性は考えられます」

「すると、井上議員に会いたいと思って来たけれど、会うことが叶《かな》わず、怒りのあまりに秘書のかたを人質に取って立てこもった、と……」

「現在の状況では、そのようなケースが最も自然かもしれません」

「では、犯人の男たちは、井上議員との面会を要求していると――」

「もちろん、警察が国会議員を危険にさらすような要求を受け入れはしないでしょう。時間をかけて、井上議員に何を伝えたいのかを聞きだして、両者の間を取り持ちながら、犯人の要求に少しずつ応える様子を見せていき、人質解放につなげていくものと思われます」

「もし井上議員に会わせろと、犯人が執拗に要求を続けてきた場合、どうなるでしょうか」

「井上議員にお願いして、犯人たちに呼びかけてもらう可能性はあるかもしれません。今、井上議員と直接会って、犯人に心当たりはあるかなど話を聞いて、今後の対応策を考えていると思われます」

「では、この先、議員が現場に向かわれることもありうるのでしょうか」

「人質の安否確認ができなかったり、怪我を負っているような場合に限るとは思います。あるいは、秘書のために議員自ら現場へ行きたいと願い出るケースもあるかもしれません。まずは人質の身に危険が及ばないよう、充分に配慮しつつ、解放に向けて犯人の説得を行っていくでしょう」

——こちら議員会館前です。つい先ほど動きがありました。パトカーに前後を挟まれて、一台の車が議員会館の地下駐車場から出ていきました。おそらく、井上議員の乗った車ではないでしょうか。立てこもり事件の現場へ急ぐものと思われます。

「……再び田辺さんにお聞きします。井上議員が乗ったと思われる車が現場に向かったとの情報が入ってきました。これは、犯人の要求に応えるためと見ていいのでしょうか」

「そうは言いきれないと思います。ただし、犯人が事務所内でテレビ各局の報道番組を見ている可能性があります。犯人が出した要求に、警察や井上議員側が応えるつもりでいるのか、番組を通じて確認したい、と考えているかもしれません。そこで警察は、ひとまず井上議員を現場に連れていこうと考えた。要求に応えようという姿勢を犯人たちに見せる意図があるのだと思われます」

「しかし、井上議員を事務所内に入れて、犯人と面会させるわけにはいきませんよね」

「はい、有権者の代表である議員を危険にさらすわけにはいきません。ですので、現場近くの警察車両の中から犯人への呼びかけを議員にしていただく。そういうケースを想定しているとも考えられます」

「井上議員の到着で、犯人たちがどう動くと思われますか」

「何を要求しているかによるのではないでしょうか。議員と話をすることで、犯人たちが納得するのか。とても応えられそうにない法外な要求だった場合は、このまま立てこもりが長引いてしまうケースもありえるでしょう」

「監禁状態が長く続けば、人質の体力にも不安が出てきますね」

「ただし、犯人たちにも疲れが出てくるはずです。食事の差し入れをしたりして、犯人たちの様子を探り、突入のタイミングを見ていくものと思われます。ですが、何より人質の身の安全を確保するのが最も重要ですので、慎重に事態を見て、万全の対策を取っていかねばなりません」


――こちら現場です。ご覧のように、事件発生から三時間が経過して日没が近づいてきたため、現場付近が投光器によって照らし出されました。ただ、犯人を刺激しないようにと、ビル周辺は街灯の明かりだけになっています。投光器が照らしているのは、ビルの出入り口を見通せる道筋に限られているようです。

いまだ犯人は事務所内に立てこもったままで、警察の呼びかけに応えているかなどの、詳しい様子は伝わってきていません。まもなく、パトカーに先導された井上議員の車がこちらに到着するものと思われます。東の上空にヘリコプターが数機、確認できます。あの下を、井上議員の車が走っているのでしょう。

現場は新たな段階を迎え、より緊張度を高めています。

——こちら井上議員の地元事務所近くの路上です。現場の警察官が慌ただしく動きだしました。遠目から見た限りですが、どうも一人の女性が警察官のもとへ走り寄って、携帯電話らしきものを差し出していたようだ、との目撃情報が入ってきました。もしかすると、女性は議員事務所のスタッフで、その携帯電話に犯人から何かしらの要求が入ったのかもしれません。くり返します。現場で新たな動きがありました。

付近一帯の路上を封鎖している警官隊が、また増員されたもようです。まもなく井上議員を乗せた車が到着すると見られていますので、その準備に入ったのでしょうか。我々報道陣も、さらに現場ビルから離れるように言われたところです。

——たった今、井上議員を乗せた車が現場に到着しました。

見えますでしょうか。パトカーに先導された黒塗りの乗用車が今、我々報道陣の前を通りすぎていきました。窓の中は見えません。ですが、井上議員が乗っていると思われます。パトカーは警察による規制線の前で停《と》まりましたが、黒塗りの乗用車は停車せず、現場ビルのほうへ入っていき、我々の前から見えなくなりました。

井上議員が到着したことで、膠着《こうちゃく》状態になっていた事件はどう推移していくのか。犯人たちの要求は何か。人質となっている秘書のかたは無事か。今後の進展が期待されます。

第一部　三十三年前

1

今にも泣き出しそうな曇り空の下、うねうねと曲がる山裾を縫うように延びる狭い県道を、一日に四本しか通らない田舎の古びたバスがのそのそと走っていく。

左手は本当に車を受け止めてくれるか疑いたくなる赤錆《あかさび》の浮いたガードレールが続く。その下は、のぞきこむ気も起こらないほどの暗い谷で、これまたうねった渓流が細々と流れる。右手は県道を広げるために無理やり削り取られた岩盤が屏風《びょうぶ》のように迫り、いつ崩れてくるのか不安を覚えない者はいないだろう。以前より道幅がやや広がったとはいえ、つづら折りのカーブに体が揺られるたび、胃を底から押し上げられるようなむかつきを覚えて、杉原勝也《すぎはらかつや》は何度も苦い生唾を呑《の》んだ。

昔はもっと道は狭く、月面と張り合うかのような大きな凹《くぼ》みがあちこちにあった。田舎町お決まりの財政難から、舗装も雑なまま長く放置され、時に猿や鹿も通りかかるため、観光客の交通事故が絶えなかったと聞く。よくぞこんな侘《わび》しい田舎道を往復六キロも徒歩で高校へ通っていたものだと、今さらながら自分を褒めたくなる。

勝也は中学時代の先輩に強く誘われて、硬式野球部に在籍した。生徒数二百人に満たない田舎の高校が甲子園を狙えるわけもなく、進学後も野球を続ける気はもとよりなかった。このままでは選手をそろえられずに予選すら出場できないと泣きつかれたため、仕方なく助っ人《すけと》要員として週に二度だけ放課後の練習に参加した。

たまたま最初の練習試合で三安打を放ち、顧問や部長の先生にまで請《こ》われてしまい、ずるずると三年の夏まで続けたのだから、馬鹿がつくほどに人がよすぎた。朝と放課後すべての練習にも参加を求められて、少ないバスの時間と折り合いがつけられず、往復六キロを雨であろうとランニングで登下校するはめになった。

野球部のチームメートは初勝利も期待できると喜んでくれたが、人の頼みを断り切れないところが最大の弱点だと勝也は当時から苦い自覚があった。進学という目標を胸に秘めた同級生は、生徒が必ず在籍しないといけない委員会の集まりにさえ、見え透いた理由をつけて欠席した。人目を気にせず目標に向き合える図太さを持つ者が、名の知れた大学への合格切符をつかめるのだった。

どうして自分は意志を貫けないのか。

田舎暮らしから逃げ出したいと願いながらも、仲間を見捨てられずに勝てる見こみのない野球を続けて、貴重な時間を無駄にしたのだからあきれてしまう。わずかな奨学金に手が届いたことで、どうにか進学はできたものの、地元の誰もが知らない無名の大学だった。

しかも、父の仕事が傾きかけてきたらしく、母に泣きつかれて、帰りたくもない実家を目指して揺れるバスの乗客になっていた。

「お願いだよ、勝也。うちのためでもあるんだよ。父さんがいくら頑張ったって、畑や田んぼがなくなったら、農薬だって耕運機だって売れる見こみなんかあるものかい。仕事が回らなくなれば、あんたへの仕送りだって難しくなる。夏の間だけでもいいんで帰ってきてくれないかな、お願いだから」

母は息子の弱点をよく知っている。親の頼みを冷たく断りきれる子ではない、と。

わかった、帰るのはかまわないよ。でも、親父《おやじ》の仕事をおれが手伝えるかな。

農家の三男坊だった父は、地元で耕作機械の代理店を手がけてきた。高度経済成長とは無縁できた田舎でも、耕運機などトラクター類の導入によって集約的な農業が遅ればせながら進んでいった。山間部を新たに切り拓《ひら》き、農協と自治体の指導もあって農地が広がり、父の代理店も収入が少しずつ増えていった。

ところが――思いもしなかった新たな開発の大波が押し寄せた。

「おまえだって、ダムの話は聞いてるだろ。ようやくお国が本腰入れて動きだすとかで、もう周りは欲の皮をつっぱらかした連中が大騒ぎしてるんだよ」

勝也が幼いころから、ダム建設の話はあった。

当初の計画は、戦後まもなく建設省によって発案された。利根川《とねがわ》の上流に十カ所のダムを造り、首都圏の水害対策を図るとともに、右肩上がりの電力需要に応えていくものだった。

鈴《すず》ノ宮《みや》ダムの名が初めて冠された基本計画は昭和四十年代に動きだし、町に調査事務所が置かれた。ところが、計画は遅々として進まず、町の内外で反対活動がスタートした。基本計画の策定から二十年もの歳月がすぎて、ダム計画がようやく新たなステップを踏み出したらしい。

大戸《おおと》川《がわ》の上流域には、国が指定する名勝でもある鈴ノ宮渓谷があり、その上流域にささやかながら温泉町が広がっていた。そこから三キロ下流に総貯水量七千万トンを超える巨大ダムが建設される計画で、温泉町とその周辺の四百世帯が水没する。付近の農地も渓谷の一部もダム湖の底に沈む。

「ダムができたら、父さんの仕事はもう無理かもしれないね。農家の人は昔からこぞって反対してたけど、県は国の意向に逆らえないから、強引にダム計画を推し進めようと動きだしててね」

基本計画から二十年以上がすぎているのに、まだ揉《も》めているとは気が知れない。中学や高校のクラスでも、推進派と反対派の子がごっちゃになっていたが、なかなか進まない計画に誰もが現実感を抱けなかった。

ダムができると、その恩恵を受けるのは下流域の自治体ばかりなのだ。工事車両が往《ゆ》き来《き》するため、まず道路の整備が進み、建設関係者の宿泊施設ができて、下流の町に多くのお金を落としてくれる。さらに、ダムと発電所が完成すれば、その固定資産税が入るという。

ところが、ダム湖に沈む鈴ノ宮町の者は住み慣れた家を奪われて、代替地への転居を余儀なくされる。温泉旅館の中には廃業するしかない者だって出かねない。

地元の政権与党も、発案された当時は推進派と反対派のまっぷたつに割れた。大物代議士の一人が建設省の出身だったために推進派を束ねて、もう一人の代議士が農林族で反対派を支援するという、ダム計画をめぐっての仁義なき代理戦争が始まったのだ。

与党でさえまとまらないうえ、町民の反対運動が激しくなり、計画はこのまま棚上げされると多くの者が見ていた。

「ほら、父さんの店は下の町にあるでしょ。鈴ノ宮の農家ともつながりは深いけど、表立って反対運動に参加したら、農協とか信用金庫さんに睨《にら》まれて、あとで困ることになってくるじゃない。けど、鈴ノ宮に住んでいながら黙って見てたんじゃ、裏切り者って思われるし……」

優柔不断な父らしい身の振り方だ。もしこのままダム建設が決まれば、鈴ノ宮での売り上げは消えかねない。県は代替地を用意すると言っているが、これを機に廃業する農家は多いと予測はつく。かといって、もっと下流域の市町には商売敵もいて、そもそも販路は限られていた。今と変わらぬ利益を確保できる見こみは、父の乏しい熱意と才覚では望めなかった。

反対派として運動に参加しないのは、町の農家を見限るのも同じだと、プレッシャーをかけられているのだろう。信念とは無縁の人だから、父は路傍の地蔵みたいに動くに動けず、頭を抱えているに違いなかった。

「だからね、あんたに帰ってきてもらいたいんだよ、夏の間だけでも。周りの農家さんに責められるのは、もう苦しくて、つらいからね。若い者が、自分の考えで反対運動に手を貸したんなら、あとで何がどうなっても、仕事に影響してくることは少ないでしょうし。お願いだよ。父さんを助けてあげて」

息子を人質代わりに町の反対派へ差し出そうというのに、父は自分で電話をかけてもこない。母が涙ながらに頼めば、必ず応じてくれると高をくくっているのだ。

いつもの父のやり口だった。自分の意見が通らないと機嫌を損ねて無言を貫き、相手が折れてくるのをただひたすら待つ。歳《とし》を重ねて意固地さは干上がった大地のように固まり、その思惑にまんまと足を取られた勝也は、ナップザックひとつでバスに揺られているのだから本当に情けない。

岩壁《いわかべ》の先が開けて、バスが鈴ノ宮町に入ると、ひなびた温泉町が見えてくる。平地はわずかなものだが、周りを囲むように広がる棚田も段々畑もダムができれば、すべて水底に沈む。

景勝地とは名ばかりで、温泉宿を訪れる観光客は、町の人口に負けじと年々減り続けていた。お湯の質は悪くないとはいえ、もっと名の知れた温泉地が県下に余るほどあり、古い湯治場の趣を引きずる田舎宿に誰が好んで泊まりに来るものか。

このままダム湖の底に身を沈めたほうが町の人のためになる気がしてならない。わずかながら温泉が出るものだから、多くの者がいまだ町に縛られている。

国と県の話を信じるなら、いずれ旅館の経営者も農家も商店主も代替地を用意してもらえるうえ、補償金を元手に新天地での出直しだってできる。たとえ廃業しようと、大きな街へ移れば、たぶん生活はもっと楽になる。住み慣れた地を離れたくないと本気で言う者が、正直どれほどいるのか、勝也には疑問でならなかった。

「反対運動が今よりもっと激しくなれば、立ち退《の》き料とか生活再建の補償金だって、もっともっと高額になるって言う人もいるんだよね」

母は、父と違って正直な人だ。高額の立ち退き料は誰もが手につかみたい。けれど、推進派を表明したのでは、近隣の農家に後ろ指をさされてしまう。仕事の先行きを思えば、自分たち夫婦は反対運動に入れあげるわけにはいかない。ただし、大学生の息子であれば、国や県に反旗を翻したところで、若気のいたりと誰もが見てくれる。我が家のためには、勝也が大学の休みを使って、形だけでも反対運動に手を貸すのが最も望ましい選択なのだ。

バスがまた大きく揺れて、温泉町の入り口となる錆《さ》びた看板下を通り抜けた。旅行者らしき中年の男女が手荷物を網棚から下ろし始めた。勝也をふくめて乗客はたった五人。町がダムに沈めば、採算の取れない路線を廃止できて、バス会社も助かるだろう。

懐かしくもない町の寂れた光景が間近に見えてくる。

たとえひと月ぐらいでも実家に帰るしかないかと思い、勝也は同級生に電話を入れてダム関連の情報を仕入れてみた。

「……おう、どうしたよ、急に電話してくるなんて。おいおい、まさか町を捨てて出てったくせに、ダムがどうなりそうか聞きたいってのか」

彼は高校を出たあと、水没する予定の温泉旅館で両親と働いていた。

「ホントでたらめもいいところだよ。最初は台風の水害から流域すべてを守るためだなんて言ってたのに、下流でいくつもダムが先にできたもんで、もうその役割はなくなってるって話があるんだ。そしたら、首都圏の増え続ける水需要に応えるために必要だって、急に別の理由をつけ足してきた。要するに、何が何でも大きなダムが必要なんだよ、政治家と役人は、自分たちのために」

同級生はいきなり走り湯のような勢いで勝也に怒りをぶつけてみせた。

「大人たちが目の色変えて言い合ってるよ。おまえだって、わかるだろ。ダムが決まれば、建設会社が大いに喜んで、政治家に莫大《ばくだい》な額を献金してくれる。要するに、キックバックだよな。役人も、ダムを管理する外郭団体を設立できて、その要職に天下りできる。国民の税金で、自分らの懐を潤す大型公共事業の役得をつかもうって寸法だ」

おそらく反対派に手を貸す野党側の受け売りだろうが、同級生の批判は止まらなかった。

「なあ、おまえは聞いてないかな。去年、総理の肝いりとかで、知事の首がすげ替えられたろ。ほら、前の知事はダムに消極的だって言われてたから、地元の代議士先生が頭に血を昇らせて、わざわざ建設省の役人を引っ張ってきて、当選させたんだ。そりゃあ、一気に計画が動きだすわな」

あれ、与党の代議士にも、反対派はいたんじゃないのか。

「なに寝ぼけたこと言ってんだよ。単なる足の引っ張り合いで、ずっとごねる振りをしてただけさ。ホントは、どうにかして自分の地盤にも金を落とせないかって狙いをつけてたわけだ。農業関係の予算を一気に増やしてもらえたんで、今はもう黙《だんま》りを決めこんでやがる。知ってるかよ。その予算は、うちの町にゃ一円たりとも落ちてきやしないんだぞ。よその地盤の代議士先生が好きに使える予算を獲得するために、おれらの町とダム計画が利用されたってさ。冗談じゃない」

反対してるのは、主に旅館や農家の人たちなのかな。

「そこが難しいところなんだよな。県は今、ボーリング調査で温泉が出るのを確認してから、そこを代替地にするって言ってる。もしかしたら、場所によっちゃあ今より条件がよくなるかもしれないって、期待してるやつらもいるみたいでよ。けど、今みたいな泉質が保証されるかどうかはわからないだろ。賭けみたいな話じゃないか。それに、少しだけ残される下流の渓谷から離れた場所じゃ、もう鈴ノ宮温泉とは名乗りにくい。下手したらよその町になるかもしれないんだぞ。代替地が決まったら、地名の変更を国や県に認めさせるべきだって意見も出始めて、本当に反対するつもりがあるのかって、いがみ合いになってる。そりゃあ町じゅうで喧嘩《けんか》騒ぎだ」

要は交渉の成り行き次第と考える者が多いのだ。

「知ってのとおり、町長選が迫ってるだろ。どいつもこいつも目の色変えてる。なあ、勝也はこっちにまだ住民票があるのか」

どうだったかな、と答えをにごすと、同級生に一喝された。

「他人事《ひとごと》みたいに言うなよな。おれらの地元がぜんぶ沈むかもしれないんだぞ。おかしいだろが。国の勝手な命令ひとつで、千二百人が家を追われるんだ。おまえのうちだって、ダムの底じゃないか」

だから、国と県は代替地を用意して、生活再建策を打ち出すと明言しているのだ。本当に辺鄙《へんぴ》な田舎にこのまま暮らしていて、輝かしい未来があるのだろうか。

結末は最初から見えている気がしてならない。

「まさか推進派じゃないだろうな。おまえの父ちゃん、いろいろ悪い噂《うわさ》しか聞こえてこないぞ。おい、おまえも帰ってくる気があるなら、先に態度をはっきりさせとけよな」

昔は押しつけがましく迫ってくるようなやつではなかった。将来と金銭が投網より深くからみ合っているとなれば、着飾った世間体などひとたまりもない。

礼を言って電話を切ると、別の同級生にも話を聞いた。

「……お、久しぶりだな。どうした、夏休みに帰ってくるつもりなのか。ちょっと考え直したほうがいいかもね。選挙が近いから、おまえまで騒動に巻きこまれっぞ」

彼は農家の末っ子で、その縁から地元の農協に就職していた。

「おれらがちっさいころは、建設省のお役人が視察や調査に来ると、こぞって道を封鎖したり、警備のおまわりたちと揉めたりしてたじゃないか。そのせいで、どうにか計画を封印できたと思ってたら、突如ゾンビみたいに復活だよ。政治家ってのは、薄汚い手を平気で使うね。前の知事は評判よかったのに、鶴のひと声で首を切られるんだぞ」

評判がよかったのは、県民の声に耳を傾けてくれたからだ。おおかた与党の国会議員は、知事や県議を自分らの小間使いと見ているのだ。

「うちも、そう広くはないけど農地があるだろ。本当にまともな代替地を用意してくれるのか難しいところだって、親父や兄貴たちはずっと悩みどおしだよ。近所の人は、反対派ばかりだしね」

農協は、自主自立の協同組合だが、農業行政の下請け組織のような立場にもある。特に田舎は、国や県の意向に逆らうことは、まずできやしない。彼の口調からも、ダムに反対するニュアンスは感じられなかった。たとえ町の大半が湖の底に沈もうと、彼ら一家は農協という逞《たくま》しい浮き輪にすがれば、何とか息を続けられると考えているのだろう。

「温泉宿や商店とかとは、補償金の額が大きく変わってくるって話もあるみたいなんだ。このままだと、農家だけが割を食うんじゃないかって、反対派も一枚岩じゃなくなってきてる」

ゆえに勝也の両親も態度を決めかねて、日和見に徹しているのだ。仕事や住む場によって、立ち位置は変わる。多数決の民意が幅を利かせ、いつだって少数派は切り捨てられる。その見極めを誤れば、手ひどい損を被るのだ。

「知ってるか。あまり言いたかないけど、おまえの父ちゃん、推進派に寝返ったって噂が出てる。農協に何とか取り入って、下流域での仕事に励みだしてるとか。だから、休みに帰ってきたら、身の置きどころがないかもしれないぞ」

ますます気が塞《ふさ》いでくる。父の優柔不断さは町の人たちにも筒抜けだった。

「まあ、うちは何とか大丈夫だろうね。農協は地元を支援するためにあるんだ。農家と一心同体みたいなものだよ」

国や県が進める開発計画に、ちっぽけな田舎の町が反対運動を続けて、何が得られるのだろう。同級生の話からしても、ダム建設の阻止を目標に掲げながら、補償交渉の進展に重点を置きたがっている中立派が増えているのだ。

その渦中に、町から脱出できたのを無邪気に喜んでいた半端な大学生が飛び入ったところで、華々しい成果を上げられるはずもない。ただ父の体面を保ち、家業を細々と続けていける道を暗中模索するだけになるだろう。まったく損な役回りでしかない。

バスが鈴ノ宮町の停留場に近づいた。

家のため。明日の暮らしを守るため。誰のためのダムなのか。

勝也はただただ憂鬱でならなかった。

2

その若者は目にまったく覇気がなく、偏頭痛でも抱えているみたいに眉をしかめ、背が丸まっていた。中肉中背。自らの意思で足を運んできたわけではないのかもしれない。

夕方から町唯一の公民館で、来たるべき町長選へ向けての決起集会が開かれる予定で、人手はいくらあっても足りなかった。支援者から提供された古い民家に手を入れた選挙事務所で、真鍋義邦《まなべよしくに》は朝からずっと頭を悩ませていたのだ。

有権者は四千人足らずの小さな町なので、選挙ボランティアに志願してくれる若者は少ないと覚悟していたが、反対派の運動員はほぼ外部からの寄せ集めで、頼りになるリーダー役は見当たらなかった。

そもそも真鍋は隣の埼玉県連に勤めていて、最初は選挙参謀のサポート役を務めてくれと幹部に請われ、この鈴ノ宮町に入ったのだった。ところが、地元県連のベテラン参謀が先行きを儚《はかな》んだわけでもないだろうが、急に胃潰瘍で倒れて入院したため、不慣れな選挙チームを率いる大役が押しつけられた。

かつて町民がこぞってダム建設に反対していたころは、組織がなくとも一致団結して町長選を戦い抜けたと聞く。が、国と県下で絶対的な数を誇る与党が本腰を入れて動きだすと、補償金の話をちらつかされて、気もそぞろとなる町民が増えていった。いつしか反対運動は下火となり、四年前に推進派の町長が当選を果たすと、町にはあきらめムードが蔓延《まんえん》した。今では、運動方針を早く補償交渉に転換すべき、との意見が多くなっている。

真鍋は地元の高校を出ると、東京の一流とは言えない大学へ進んだ。当時、学生運動はとうにすたれていたが、志に燃える仲間がたまたま周りに多かった。若者が自ら動かなければ、政財官の結託する日本の硬直しきった政治を変えることはできないと、リベラル系候補の選挙を仲間とボランティアで手伝い、多くの経験を得た。

ところが、卒業の時が近づくと、仲間は一切の未練など見せずに綺麗《きれい》さっぱり政治運動から手を引き、就職活動に打ちこんだ。その変わり身の早さに興ざめした真鍋は、秩父《ちちぶ》の実家に戻ることを考えた。地元の役所にでも勤めようかと試験の準備にとりかかったところ、何度か選挙を手伝った改革党の埼玉県連から、一緒に頑張ってみないかと声がかかった。

こんな自分でも、もしかしたら地方議員になって地元のために役立てるかもしれない。そう夢を見つつ改革党の県連職員に転じて、安い給料で下積み仕事に明け暮れた。

惜しみなく力をつくしていれば、必ず見てくれる人はいるもので、地方の選挙を手伝った際、妻となる女性と知り合えたのが、せめてものなぐさめだった。噂どおりに政治の世界は、ネームバリューと縁故が幅を利かすケースが多く、議員の秘書になるチャンスはおろか、単なる便利屋として使われるだけで、地元候補者の予備リストに名を連ねることもできずにいた。

「真鍋君よ。君の誠実な仕事ぶりは県連の誰もが承知している。党の幹部にも君の名前を知る者は多い。あと少しの実績だと思う」

半年前に、県連の幹部からまた呼び出されて、急ごしらえのような真顔で励まされた。

「君でなければできない仕事だ。我々としても、選挙の下支えに采配を振れる君をよそへ送り出すのは、大きな損失になる。しかし、党本部からの正式な依頼だから、君にとっても大きなチャンスと言える」

話の枕が長すぎるため、警戒心しか湧いてこなかった。

「今から群馬県の鈴ノ宮町に入ってもらいたい」

いくら隣の県でも、鈴ノ宮は群馬の北部に位置する小さな町だ。もちろん、ダム開発の話は首都圏でも話題に上っていたので、その選挙支援と見当はついた。

首都圏の水需要と水害対策のためには、利根川の上流にまだ大きなダムが必要との意見が高まり、一度は凍結しかかった鈴ノ宮ダムの計画が再び動きだした。地元の県連はダムを推進する現町長の対抗馬に、反対運動を支援してきた元県会議員を担ぎ出した。党も正式に〝推薦〟を決めた。が、折り悪《あ》しく県議選も控えていて人手が足りなくなり、応援するようにと指示が出たのだという。

「本部は党を挙げて、鈴ノ宮町を支援したいと考えている。君には打ってつけの仕事じゃないか。しばらく町に入って選挙参謀の補佐を務めてほしい。つまり、裏選対の責任者だよ」

党を挙げての支援が聞いてあきれた。

町の有権者が四千人ほどなので、用意された資金は、これまで真鍋がかかわってきた選挙と比べるなら、半分にも満たなかった。

そもそも町長や町議の選挙は、有権者が少ないために運動費用の公費負担が認められていない。

ポスターの印刷はもちろん、選挙カーの運転手やウグイス嬢もすべて陣営が賄わねばならないのだ。それなのに、ダム反対を掲げる町外の支援団体から資金を集められるはずと、机上の空論を党幹部はくり返すのみで、真鍋が要請しても新たな援助は決まらなかった。しかも、ご多分に洩《も》れず、町は過疎化が進んで若者が減り、手足となって動いてくれる人員に事欠く始末だった。

この窮状を知っていながら、病に倒れた選挙参謀に代役を送りもせず、よそ者でしかない真鍋に丸投げするのだから、そもそも地元の幹部は負け戦を見越していたとしか思えなかった。せいぜい派手に選挙をあおって、ニュースに取り上げてもらえれば、しめしめ党のアピールになると踏んで推薦を決めたのだ。

真鍋は妻にも黙って、事前に一人で鈴ノ宮町を回ってみた。反対同盟を名乗る「鈴ノ宮の自然を守る会」の幟《のぼり》が、県道や町中に何十本も威勢よくはためいていた。が、資金不足が理由なのか、雨風にさらされてあちこちがすり切れ、派手なスローガンの文字さえ読めないボロ布まがいの幟が目についた。

それでも、反対する妻を説き伏せて今回の仕事を引き受けたのは、景勝地として知られた鈴ノ宮渓谷に足を踏み入れて、その素晴らしい眺めと川の水の透明度に心を奪われたからだった。

つづら折りに続く崖の岩肌は、ひとつとして同じ表情はなく複雑な起伏を描き、その谷間を渓流が小さな滝をいくつも作って延びていた。雄大さはなくとも、天然の苔《こけ》が水を浴びて青や黄緑に輝き、自然の息吹を全身で感じられた。生まれ育った秩父の渓谷にも似た心癒やされる景観が広がっていた。

この優美な谷の姿をダム湖の底に沈ませていいのか。そう心底から思えたのだった。

党の用意した古い民家に一人で移り住んで、鈴ノ宮の自然を守る会のスタッフやボランティアの町民と、選挙の準備に入った。が、理想と現実の差は、都会より田舎のほうが開く一方で、いくら笛を吹こうと思いどおりに踊れるほどに政治の素地を持つ者のいない現実に苦しめられる日々だった。

「高校の野球部の後輩が選挙を手伝いたいと言ってきています」

候補者のスケジュールと今後の行動計画表をデスクで睨んでいると、若手スタッフをまとめる樋口素夫《ひぐちもとお》がなぜか悩ましげな顔で近づいてきた。

実家がかろうじてスーパーマーケットと呼べそうな規模の商店を営み、長兄と裏方仕事を担ってきたが、大切な客でもある町民のためにひと肌脱ぎたいと志願してきた若者だった。二十七歳。母校の卒業生を訪ね回って、後輩五人をボランティアにスカウトしてきた人望を持つ。この熱心な若者がいなければ、間違いなく真鍋の胃にも、とっくに大きな穴が開いていていた。

「どうした。喜ばしいのに、何で浮かない顔をしてる」

「実は、その子の父親が農機の代理店をやっていて、農協関連の仕事も請け負ってるんです。周りは隠れ推進派と見ていたようで……。話を聞いてみると、まったく意思表示をせずにいる親の姿に怒りが湧いて、事務所を訪ねてみたと言ってます」

「立派な動機じゃないか」

「ですけど。どこまでやる気があるのか疑いたくなるくらい、口で言うような怒りを抱いているとは、ちっとも見えなくて……」

　その若者は東京の大学へ進んだが、夏休みの間ぐらいは、地元の自然を守るために働くべきだと考えたようなのだった。

　動機に不自然なところはない。けれど、悩ましげに声をひそめた樋口を見て、真鍋にも想像はついた。彼はスーパーで多くの客を見てきたため、人のささいな表情や動作に敏感で、心配性すぎるところがあった。

　選挙が間近になった時期に、ボランティアとして働きたいと東京からわざわざ地元に帰ってくる。彼の目には、万引き犯の不審な挙動に似て見えてならなかったのだろう。

　ひょっとすると、与党の紐《ひも》がついているのではないか。

　つまり、敵陣営のスパイを警戒したのだ。

「とにかく会ってみるよ。君は時間を見つけて、その子の評判を集めてくれるかな。地元の後輩たちから少しは話が聞けるだろ。野球部関連の人づてでも、かまわない」

　スパイの噂は、昔から選挙のたびに何度かあったと聞いていた。

　ダム計画が発表された当初は、町民のほとんどが反対運動に加わった。ところが、建設省の調査出張所が公民館の敷地に設置されて、やがて調査事務所へ格上げとなり、一軒の民家が借り上げられた。すでに土地を離れた住民の家だったが、親戚が地元に残っていたため、裏切り者と非難されて追われるように転居していったという。

　今は、反対派を切り崩すため、旅館経営者の何人かに推進派の運動員が接触しているとの噂があった。が、小さな町の選挙で、対立候補の陣営にスパイを送りこんだところで、何の役に立つのか。有権者は限られていたし、推進派と反対派にはっきり二分されて、支援者の名簿を手に入れる必要はない。

考えられるとすれば、田舎ではよく聞く、堂々とした選挙違反を摘発する狙いか。

昔はライバル陣営に打ち勝つため、差し入れとしておにぎりを出し、具の代わりにお札を入れた、という話を聞いた。が、ダム計画の進展を見るために外部から報道関係者が多く町に入ることもあって、あからさまな違反ができる状況にはなかったし、残念ながら改革党にばらまくほどの資金もない。知られて困る秘密も、陣営には欠片《かけら》も存在しない。

選挙が迫る中、若手の運動員が一人でも増えてくれるのは、何よりありがたかった。もしチームの和を乱すとわかれば、その時点で遠慮してもらえばいい話だ。

若者の名は、杉原勝也。

ひと目見るなり、樋口が煮えきらない表情を見せた理由がわかった。

真鍋も似た顔つきになっていただろう。それほどに杉原勝也は覇気のない目で淡々と事務的な口調で、真鍋の質問に答えていった。

「……はい、大学では一応、法学部に在籍してます。政治に特段の興味があったわけではありません。けれど、以前からダムの話は気になってました。せっかく長い休みがあるので、貴重な経験を積んでおきたいと考えました。もちろん、地元のためにもなりますから」

何のことはない。選挙ボランティアの経験を、いずれ就職に生かそうという打算から志願してきたのだった。

政権与党のボランティアでは、活躍できるチャンスは少なく思える。けれど、リベラル系の候補であれば、人手は足りていないだろうし、うまくすればリアルな選挙戦の裏側までのぞけるかもしれない。その経験は必ず財産となってくれる。

覇気がないのではなく、冷めた目で大人たちが入れあげる選挙をじっくり観察するつもりなのだ。こういう動機は、何も珍しくない。あとは真鍋たちの使いようだ。

「ボランティアだから、運動員には一円も報酬は出ないよ。それでもいいのかな」

「報酬なんか期待してたら、東京で政治活動に参加してます。それも、与党の側で」

はっきりと資金の差は承知ずみだと言ってくる。物怖《ものお》じしない態度は悪くなかった。

「交通費も出ないんだよ」

「実家は、この近くです。自転車で通えます」

「選挙期間に突入したら、休みもろくに取れない。それでも頑張ってくれるだろうか」

決意のほどをただしても、若者の冷めた目は変わらなかった。

「高校の文化祭と一緒にしたら怒られそうですけど、実は部活の野球よりも仲間との団結力を感じられて、自分にはいい思い出になってます。田舎は楽しみがないんで、うちの高校は昔から、文化祭だけは盛んでした」

真鍋は笑った。高校の文化祭と比べてもらっては困ると思いながら、選挙はいつも並々ならぬ高揚感を味わえる。保守王国と言われる県で当選者を見事に出せたなら、志をともにする仲間と感動を分かち合える。

選挙には、人の心をむき出しにする魔力があるのだ。よきにつけ、悪しきにつけ。その陶酔感に魅入られてきたので、今なお党に在籍して、苦しい戦いに挑んでいるとしか自分でも思えなかった。

この若者は、町の置かれた立場を冷静に見ている。

「早速、今日から手伝ってくれるか」

真鍋が迷いなく言うと、樋口が横から不安の目をそそいできた。彼の人となりに疑問を持ったとすれば、あとで噂を集めてくるだろうし、働く本人の姿からも判断はできる。

杉原勝也は採用されたことを喜ぶ様子をまったく見せず、淡々とうなずいた。

「町には同級生や後輩が何人もいます。樋口先輩は忙しいでしょうから、スカウト活動もしてみます。お祭りムードを高めるように話せば、たぶん乗ってくるやつがいると思うんです」

真鍋は驚いた。樋口の呼びかけ方が真面目すぎるため、ボランティアが集まりにくいのではないかと、目の前で批判めいたことまで匂わせた。当の樋口は面食らったように野球部の後輩を見つめている。

「任せてください」

杉原は、どう聞いても安請け合いと思えそうな軽い口調で言い、小さく笑ってみせた。

まずは樋口の下につけて、演説会の会場設営と警備の班に組み入れた。

今日の集会は東京のメディアにも告知したので、集まる取材陣の数で注目度が測れ、これから進めるべき選挙運動の方向性も見えてくる。政権与党の組織力には、どうあがいても敵《かな》いっこない。国は地元の意向を無視して強引にダム建設を推し進めている、と狙いどおりの報道が続いてこそ、民意を集約していける。そのためには、支持者の数はもちろん、会場の熱気も高めていきたい。多くのカメラが向けられたなら、支援の拍手は自《おの》ずと盛り上がる。

県連の幹部と電話で最後の打ち合わせを終えたあと、真鍋は事務所を出て、青々とした田んぼの一角にぽつねんと建つ公民館へ急いだ。

すでに演説会のポスターが道筋に貼り出され、多くの幟が夏の陽射《ひざ》しを跳ね返す中、ボランティアの若いスタッフが県連から借り出したパイプ椅子を軽トラックの荷台から会場へ運び入れていた。

真鍋は汗を流して働くスタッフに礼の言葉を告げながら、今日入ったばかりの新人を目の端で探してみた。すると、折しも会場から出てきた杉原勝也が表情の読めない顔で首をかしげながら近づいてきた。

「何かあったのかな」

「どう言ったら気分を害されずにすむか……ちょっとわからなくて困ってます」

意味がわからず、見つめ返した。

「えーと、ぶっちゃけて言うと……。今日は、来たるべき立候補に向けての決起集会なのか。それとも、反対同盟の名前と活動方針を全国にアピールするための会なのか。どうも疑問にしか思えなくて」

言われて真鍋は公民館の周りを眺めた。

地元と県連の強い推薦を受けて、今回の町長選に出馬を決めたのは、「鈴ノ宮の自然を守る会」の元会長だった。

野田伸輔《のだしんすけ》、四十八歳。

鈴ノ宮町の出身で、大学を卒業後に前橋《まえばし》市役所に就職した。ダムの計画が本格的にスタートすると反対運動に参加して、六年前に市役所を辞めると、群馬県議選に無所属で出馬して当選を果たした。

地元の町会議員になったところで、ダムの建設計画は止められないと考えて、県の意向をただそうという狙いからの立候補だったという。

県議を一期のみ務めたあとは、今回の町長選を見据えて次の立候補を見送り、鈴ノ宮の自然を守る会の会長に就任する。今は後輩に席を譲ったものの、長く反対運動の先頭に立ってきた人物だった。

彼のほかに推進派の現職と戦っていけそうな候補は見当たらず、本人もかねてより闘志を燃やしており、出馬を決めた。ただ、反対同盟を名乗る会のリーダーだったため、当然ながらそのメンバーが全面的に支援をしている。公民館の前に会の幟がはためくのは当然で、今までも集会のたびに会が手を貸し、聴衆としても出席してくれていた。

「こっちへ戻ってくる前に、地元の友だちにも電話で聞いたんですけど、鈴ノ宮会のメンバーって、町や県内の住人より外部の人のほうが多いんですよね」

杉原がいわくありげに黄色い幟を見回した。

そう言われてしまうと、誰より真鍋自身が町とは無縁で、外部の者と言えるのだった。ほかにも近隣の県連から派遣されたスタッフはいた。

「猫の手も借りたいのは当然だと思います。けど、外部の支援を堂々とマスコミの前で表明するのはどうなんでしょう。特に、会の名前の入ったTシャツまで着るなんて、ただの売名行為としか見えませんよね。町長選を控えた者の集会に似つかわしいんでしょうか。着るなら、候補者の名前とかスローガンの入ったシャツにすべきですよ。まだ選挙戦の期間じゃありませんけど、報道陣が見たら疑問に思ったりしませんか」

「もちろん、その辺りのことは考えているから、心配しないでほしい。ダムの反対運動は、ずっと鈴ノ宮会が担ってきた。彼らが支援してくれたから、反対運動がさびれずに続いてきたと言っていい」

「ですけど、会の資金は、ほぼ首都圏からの寄付だって聞きました。どこから政治資金を集めてこようと自由なんでしょうけど、会と政治団体の資金を都合のいいように分け合ってるとか、嫌がらせのような指摘を受けたら、まずいじゃないですか。ただでさえ、会の幟がこんなに目立ってるんです。ダムの反対集会と町長選を睨んだ集会は、はっきり分けておくべきだと、ぼくには思えて仕方ないんですけど」

正論ではあるものの、支援団体の意向を無視しての選挙戦は成立しない。

これまでの選挙も似た様相にあり、今では選挙本部と鈴ノ宮会は、ほぼ一体となりつつある。それほどに人手が足りていないのだ。

国政の場を振り返ってみれば、特定の宗教団体から支援を受ける政党でも、選挙の場を布教に利用してはいなかった。与党もつながりの深い団体や建設業界なども、正面きって名を掲げての選挙支援はしていない。特定の団体色が強すぎると、浮動票が敬遠しがちになるからだった。

真鍋の属する改革党は、頼みとする各地の労働組合に負んぶに抱っこで依存してきたため、堂々と組合の旗を掲げての選挙は珍しくもなかった。

ただし、首長選挙は、たった一人の当選者を決めるので、政党や特定団体に属する候補では、より浮動票が逃げやすい傾向にある。そのため、政党に所属する者でも、離党したうえで無所属の候補として選挙に立つ。どの団体からも影響を受けない無垢《むく》な候補を装うにすぎず、実態は政党などの代弁者であるケースがほとんどだったが。

「現職の町長は町の発展にはダムが必要だと前面に掲げてくるでしょう。水没する住民のほうが、どう見積もっても少ないんです。確かにダムは大きな争点でしょうけど、ほかにも田舎の小さな町には抜き差しならない問題が横たわってるじゃないですか。ダムの建設は多くの国民のためになる。少数でしかない町民が反対するのは地元のエゴだし、よそ者たちの恣意《しい》的な活動でもあるって、絶対に勢いこんでアピールしてくるでしょうね、敵は。鈴ノ宮会はあくまで外部の団体だから、よそ者に町の政治を牛耳られていいのか。そう意地悪な質問をぶつけられた時、野田さんは何て答える気なんでしょうか」

ボランティアの初日に、正面きって陣営の活動に批判を浴びせてくる。きっと彼は、東京から反対運動を見て、大いなる疑問を抱かずにはいられなかったのだろう。

どこから見ても、筋は通っていた。けれど、選挙に負ければ、ダム計画は一気に加速する。国や県が生活再建対策事業案を取りまとめていたが、選挙の結果によって民意という免罪符は得られたと見なし、肝心の住民支援が骨抜きにされてしまいかねない。

ダム建設が止められるかどうかは、国相手の戦いであり、竹槍《たけやり》で戦車に挑むようなもので、先行きは危うい。この選挙で意思を強く表明しなくては、必ず多くの町民が追いつめられていく。米軍基地を一手に背負わされた沖縄の現実を見れば、揺るぎない態度を示していくほかに戦う手立ては、無念ながらないのだった。

杉原がなぜか横を向きながら、うなずいた。

「わかりました。じゃあ、集会の場でぼくが質問します」

「え……君が?」

「はい。ぼくは鈴ノ宮の出身です。父と母は今もこの町で暮らしています。選挙を手伝おうって気持ちは嘘《うそ》じゃないですけど、疑問を持ちながらじゃ、戦う気力は湧いてきません。野田さんに本気で訊《き》いてみたいんです」

よほど真鍋が深刻な顔になっていたのか、樋口が慌てたように駆け寄ってきた。

あとは真鍋たち本部が決めることだと、すべて一任したかのように杉原は軽く一礼すると、近寄ってきた樋口には目も向けず、パイプ椅子を積んだ軽トラックへ走っていった。

「へえ……。なかなか面白い子だね」

資金集めに高崎の企業を回ってきた野田伸輔は、いつもの癖で耳の後ろを指先で神経質そうにさすりながら言った。シャツの首回りに汗染みができている。

真鍋は折り入って話したいことがあると言って会のメンバーに断りを入れてから、公民館の控え室に野田を誘って、差し向かいになった。反対派をまとめる会を長く支えてきたボランティアの面々が聞けば、怒りだす者がいそうに思えたからだ。

「今時の若者らしい考え方だよね。理想を高く持つか。卑しくも現実路線に走る気か。首筋にナイフを突きつけてきたようなものじゃないか。で──真鍋君は何て答えたんだ」

「少数政党の苦しさを、彼は考えてみたことがないんだと思います。いずれ選挙になれば、会の幟は使えません。メンバーの理解を得ながら、少しずつ減らしていくほかはないと考えます」

「実に無難な意見だね。でも、無難な選択ってのは、若い子からすれば、弱腰にしか見えないものだよ。自分も昔はそんなふうに思って大人を見てたから、わかる。違うかな」

真鍋は、手応えなくもただ意地を張るように学生運動を続けていたころを思い出し、胸苦しくなった。今なお確かな手応えは得られず、わずかな未来への可能性にすがって、ただ党に命じられるまま働いていた。県議を一期しか務めていない野田としても、細い藁《わら》でしかないと承知しながら真鍋の少ない経験にすがるしかないのだった。

「よし。今すぐ撤去しようじゃないか」

野田は席を立って言ったが、まだ踏ん切れずにいるようで、真鍋の表情をうかがう目を向けてきた。

「大丈夫でしょうか。これまで頼ってきたのに……」

「ぼくが説得する。今日はあくまで決起集会だものな。町の抱える問題は、誰が見たってダムだけじゃない。高齢化や過疎に基幹産業とも言える観光業の危機という側面を忘れたんじゃ、多くの有権者がダムという現実路線を選んだほうがましと思いかねない。会のTシャツも脱いでもらおう。人数集めのメンバーにも集会への立ち会いを取りやめてもらったほうがいいかもしれない。どうかな」

野田自身が迷っているから、背を押してもらいたくて訊いてきたとわかる。

取り寄せたパイプ椅子をふくめて五百席を確保したが、町民だけで埋まるかどうか、不安は大きい。ダム反対派には高齢者が多く、どれほどの人が誘い合わせて来てくれるか、数字が読みにくいのだ。それに、決起集会となれば景気づけの意味もこめて動員をかけるのが常で、もし空席の目立つ集会の様子がテレビで流されれば、反対派に動揺が走る。

「ぼくたちが町の人を信じないでどうするんだ。そう思えてきたよ。どっちみち我々は、資金が頼りないから、とにかく正攻法で挑むしかないんだしね」

「わかりました。会のライトバンを貸してください。これから町を回って、人を集めてきます」

「頼む。ぼくは今からメンバーに決意を伝える」

二人で控え室を出ると、野田の意向が読めずに不安を感じていたのか、例によって樋口が通路の先で待っていた。真鍋は近づき、小声で言った。

「会のライトバンで町を回ってくれるか。足の便が悪くて参加をためらってる人を、今から少しでも集めておきたい」

樋口がどこかほっとしたような表情を見せた。彼も組織だった支援を喜びながらも、鈴ノ宮会が目立ちすぎていると不安だったようだ。が、彼らの機嫌を損ねるわけにはいかず、気を揉みつつも声にはしなかったと見える。

ところが、意外な言葉が返ってきた。

「ライトバンなら、もう出払ってます」

「そうか。先に気づいてくれたか」

「はい、杉原君が会のメンバーにかけ合ったんです」

「彼が……」

野田も名前に反応して、歩み寄ってきた。

「農村部の人が軽トラの荷台に仲間を乗せて集まってきたら、道交法違反だとか難癖つけられるに決まってる。揚げ足取られるようなことをしたら、敵が喜ぶだけだって言いだしたんです。ぼくもちょっと心配してたんで、二人で説得しました」

確かに野田と町を回った際、人を荷台に乗せて農作業に向かう軽トラックを何度も見かけた。町では当たり前の光景だが、東京ではありえず、道交法違反と見られるのは確実だった。

杉原勝也という若者は、冷めた目を野田陣営に向けていたから、いくつもの難点が目についてならなかったらしい。

「いいねえ。本当に面白い子じゃないか」

野田が目配せとともに笑顔を向けた。

貴重な戦力になってくれれば、本当にありがたかった。


鈴ノ宮会のメンバーは野田の説得に応じてくれたが、幟を撤収する者の中には、善意を踏みにじられたと感じたのか、あからさまにふて腐れてみせる者が見受けられた。たとえ志は同じであろうと、仲間に認められてこそ人は苦労に耐えていけると、多くの実例を真鍋も党務の中で身をもって体験してきた。

野田一人にメンバーのケアまで担わせるわけにはいかず、真鍋も幟の撤収作業に手を貸したが、礼を言ってくれる者はいなかった。これほどに理想を貫くのは難しい。

送迎のライトバンを何度も往復させたので、幸いにも用意した席はほぼ埋まった。野田はマスコミのカメラを意識しつつ熱く町の将来を語り、ダム計画の無意味さと強引さを舌鋒《ぜっぽう》鋭く責め、聴衆は割れんばかりの拍手で応えた。野田へのインタビューの依頼も新たに三件入り、集会は成功に終わったと言える。

四百名を超える聴衆を送り出すと、直ちに撤収作業がスタートする。真鍋は野田とインタビューのスケジュールをつめたあと、すぐ控え室を出て、杉原勝也の姿を探した。

送迎ライトバンの運転手を務めているかと思ったが、意外な場所で汗を流す彼の姿があった。鈴ノ宮会のメンバーと笑いながら、パイプ椅子をトラックに積み上げていたのだ。

陣営のボランティアと野田のポスターを剝がしにかかっていた樋口を見つけて、真鍋は訊いた。

「どうして杉原君は、会のメンバーを手伝ってるんだ。てっきりまた運転手を務めてるのかと思ってた」

「送迎役を辞退したんです」

「この場に残って仕事を手伝うほうがいいと、彼が言ったのか」

「ぼくも驚いたんです、辞退の理由を聞いて。鈴ノ宮会のメンバーと同じ仕事をしたいからだって……」

言われてすぐ、杉原の動機が読めた。

鈴ノ宮会の幟を撤収すべきと言い、彼らと交渉してライトバンを借り出したのは杉原なのだ。いずれは会を排除しようという気ではないのかと、不満がつのるのは目に見えていた。

そのため、ともに同じ仕事をして苦労を少しでも分かち合っておこうと考えたのだ。それにしても、旧知の仲のように早くも笑いながら作業しているのだから、驚くしかない。

「自分はこの町の出身だけど、東京のよそ者と見られてるみたいだ。そう不満を口にしながら、メンバーの中へ入っていったんです。もしかしたら、本当に彼をよそ者扱いした者がいたのかもしれませんけど」

絶対に違う。ボランティアに志願してきた町の仲間を、初日からよそ者と見る者がいるはずはなかった。

鈴ノ宮会のメンバーが感じるであろう不満を共有し、彼らの警戒心を今のうちから解きほぐしておこうと狙ったのだ。

さして熱意があるような態度は見せず、批判的な見方をしていたため、感じた疑問をただ素直に表明したまでなのだった。そのせいで、不快に思う者を増やしたのでは先が思いやられる。どちらの側にも共感を持たれていないと、自らコウモリを演じて鳥と獣の間を行き来しつつ、共生の道を探そうとしての行動だとすれば、感心するしかない。

本当に面白い子だ。

政治への関心を持っているのか、外から見たのではうかがい知れず、もしかすると自分でもわからずにいるのかもしれない。こういう若い子は、たぶん真鍋たちが頼りすぎるとかえって距離を取りたがり、批判的な意見ばかりを口にしてくるだろう。大学時代にも、わざと天邪鬼《あまのじゃく》を気取りたがる仲間はいた。

どこまで即戦力となってくれるか。期待せずにはいられなかった。

3

ちょっと待ってくれるかな。いったい誰から、おれの名前を聞いたのか。それだけでもいいから、最初に教えてほしいな。まあ、だいたいの想像はつくけどね。

もう三十年近くも前の話だから、いいかげんに傷も癒えてるだろうなんて思ってるのかもしれないけど、おれにはつい昨日のことみたいに今も悔しくてならないんだ。ついおといも、あの時をそっくり映したような夢にうなされて、夜中に目が覚めたんだから、本当に。

ああ……そうだろうね。当時の連中はみんな、まだ面白がって噂してるってわけか。どうせ政治家や官僚に騙《だま》された愚か者の代表みたいに、今もあざ笑ってるんだろ。もちろん、多少の自覚はあるよ。あの時のおれは考え足らずで、世間知らずの青二才だったたって。

でも、当時は、組合の誰もがおれを羨ましがって、自分のところにはどうしてうまい儲《もう》け話が転がりこんでこないんだって地団駄踏みながら、おれらや親戚の者まで妬んで爪弾《つまはじ》きにしたんだから、そりゃあひどい仕打ちだったよね。

おれの甥《おい》っ子なんざ、学校でかなりいじめられたってのに、先生までが見て見ぬ振りをしたって聞いたから。ランドセルを便器に落とされたり、上履きをゴミ箱に捨てられたりするなんてのは序の口で、登校したら机がなくなってたっていうんだから、惨《むご》すぎるだろ。いくら親戚でも、甥っ子には何の罪もないってのに、だよ。

間違いなく、親連中がおれら家族の悪口ばかり言ってたから、裏切り者一家はひどい目に遭わせてやって当然と思ったんだろうね。子どもってのは、ホント残酷だから。

いいや……もちろんおれにだって、罪なんかあるものか。

だって、そうじゃないか。正当な商取引を持ちかけられたから話に乗って、旅館の移転を考えただけなんだ。

けど、嫉妬っていうやつは、いつしか負のエネルギーをかき立てて、心の中に鬼を育ててしまうんだろうね。自分の腹黒さを隠すために、人をあげつらって非難したがる。最近のネット関連の誹《ひ》謗中傷《ぼうちゅうしょう》と同じだよ。心がドス黒い者を鬼って言うんだと、おれは心底から思ってる。

そりゃあ、あの時のおれは鈴ノ宮旅館組合の副会長をしてたよ。ただし、会員はそろって年寄りばかりだったから、組合の将来のためにも若手が要職に就いてほしいって頭を下げられたうえ、病気の親父までしつこく説得して断れないように仕向けられたんで、仕方なく引き受けたんだ。ほかに若い組合員もいなかったしね。

それに——身も蓋もない話だけど、会員すべてが一致団結してダムに反対しなきゃならないなんて、頭の古い老人たちのエゴでしかなかったと思うんだよね。国や県は、新たな温泉を必ず探し当てて、納得のいく生活再建策を提示するって、ずっと言い続けてた。どうしてその話を聞いたら、裏切り者って言われなきゃいけないのか、さっぱりわけがわからないよね。

相手方の交渉を聞く耳持たずに拒否してたんじゃ、条件がよくなっていくわけだってないし、現実に櫛《くし》の歯が抜けるみたいに町から次々と人が逃げてったわけじゃないか。反対運動のやり方が硬直しきってて、そもそも間違っていたんじゃないのかな。そういう反省なんか一度たりともしないで、おれら身内を裏切り者扱いして、組合の団結を固めようとするんだから、汚いにもほどがあるよ。

どこかに敵を作って、見せしめのためにいびり倒すようなもんだから。裏でこそこそ動き回るほうが、よっぽど薄汚いじゃないか。

え……？　ちょっと待ってくれないか。あんたらまで、言いがかりをつけようってわけか。

ああ、確かにおれは、組合の締めつけが嫌だったから、推進派や役人たちの話に耳を傾けはしたよ。若いおれがまず話を聞いてみて、あちらがたの条件を確かめようとしたところで、何が悪いっていうのかな。

うん……まあ、抜け駆けみたいな形には見えたかもしれないね。けど、誰かが火中の栗《くり》を拾いにいかなきゃ、あの時は旅館経営者の未来がまったく見えてなかったのは事実なんだ。数字を見れば一目瞭然で、客は年々減る一方のうえ、施設は古くなって修繕費が重くのしかかってくる。どう見たって、お先真っ暗だった。

だから、できるならば、具体的な再建案や補償の内容とかをいろいろ訊いてみたいって、おれはずっと考えてたわけ。家族のためにも、ね。

そんな時にたまたま、日本開発銀行や興銀の人を紹介してもらえる機会があったわけなんだ。若いおれが一人で奮闘してるって聞いて、見どころあると思ってくれたんだね。

経営者の端くれとして、確実な融資話を聞きもしないで蹴るなんて、あんたはできると思うかな。チャンスってのは前髪だけで、後ろ髪はないから、いくらあとで手を伸ばそうと、引き戻すことはできないって言うじゃないか。

……いやいや、だから違うって、さっきから言ってるでしょ。

そう、たまたま紹介できそうだって言われたんで、間に立ってくれた人の顔を立てる意味もあって、一度ぐらいは会ってみるかって思ったんだ。

どこかの政治家の紹介があったかどうかなんて、田舎の旅館経営者にわかるはずないでしょうが。おれだって、いいように騙された口なんだよ。どうしていまだに非難されなきゃいけないのかね。

もちろん、名前は覚えてるよ。あいつが、あの会計士を紹介してくれたわけだから。

今井潔《いまいきよし》。県のダム対策課にいた若いやつだったよ。今じゃ地元で新民党の市議だっていうじゃないか。話を聞くなら、やつに会いに行くべきじゃないかな。

……へえ、行ってたんだ。

ふーん、けんもほろろにあしらわれたわけか。そりゃあ、そうだよな。みんなグルだったわけだからな。役人も銀行も、たぶん一部の政治家連中も。

与党の中にいる限り、今井の身は安泰なんだよ。何せ大物の代議士先生が何人もバックについてるんだから。

何を言ってんだよ。知るわけないだろ。

あの時は、政府系の銀行ふたつが融資してくれるかもって聞いただけだよ。しかも、驚くくらいの低利で、ね。

そういった美味《おい》しい話に興味を持たない経営者が、どこにいると思うかな。あの時はまだ代替地は決まっていなかったから、本当に温泉が出るかどうか、みんな不安しかなかったしね。廃業するしかない、なんて愚痴る同業者は何人もいた。もちろん、うちもぎりぎりの瀬戸際だった。

その状況で、政府系という手堅くありがたい融資話が舞いこんできた。幸運にも資金の目処《めど》はついたわけだから、別の場所へ移って新たな商売を仕掛けられるんじゃないか。そう考えたら、どうしていけないのかな。当時のうちは、そこそこ大きな旅館だったんで、担保価値があったのは確かだったと思うからね。

そのうえ、あの会計士がバラ色の返済計画まで提示してきた。高原の温泉地であれば、夏は避暑に最適だし、冬場はスキー客が確実に見こめる。ホテルの規模を考えれば、集客と返済に心配がなくなる。そう聞けば、誰だって話に乗ろうと思うでしょ。

それでも、おれが悪いって言うのかな。冗談じゃないよ……。

同じ話を目の前にぶら下げられたら、当時の組合員の十人が十人とも、おれと同じ決断をしたに決まってるんだ。成功が目の前にぶら下がっていたんだから、あとはちょいと手を伸ばすだけでよかった。必ず成功する。銀行もそう言ってた。

まあ……そのとおりだろうね。悔しいけど、おれははめられたんだよな。

今になってみれば、少しはわかりもするけど、当時は家族そろってただうろたえるばかりで……。金利すら返せそうになくなって、日に日に借金がぼた雪みたいに降り積もって身を埋《うず》めていった……。最初は涙を流すほどに喜んでた妻も、親戚と一緒になって責任をおれに押しつけた。面と向かって疫病神と罵られたら、とても一緒に暮らしてはいけないよね。

でも、しつこいようだけど、政府お墨つきの大銀行がバックについてくれて、確実な返済計画だって太鼓判を押されたんだ。絵に描いた餅だったなんて、あの時のおれにどうしてわかるものか。

一泊一万円に満たないサービス料金で客集めに汲々《きゆうきゆう》としてたんだ。毎月、従業員の給料をどう工面するか頭を悩ましてた。億なんて融資の金利が、どう膨らんでいくか、想像できるわけがないでしょうが。

結局、永見《ながみ》先生に動いていただけたから、どうにかホテルの買い手が見つかって、莫大な借金を背負いこまずにすんだんだから、感謝しかないよね。ただ、おれを見捨てて逃げていった親族連中と妻には恨みしかないけど……。

ああ、そうなんだろうな。おれは銀行とあの会計士に騙されたんだ。推進派の連中に、切り崩しの一手として使われたわけだ。あげく無一文になって、こんなぼろアパートに住んで、惨めなアルバイトでその日暮らしをするしかない。ちくしょうめが……。

ホント汚い手を使いやがる。高原でリゾートホテルを経営するなんて夢を見させて、破綻に追いこんだんだから。

何度も言わないでくれないか。自分でもあきれるほどに、考え足らずの馬鹿だったよ。けど、すべてを失って、おれは責任を取ったんだよ。なのに、今も口汚く罵る連中がいるんだから、ひどすぎる話じゃないか。

見てみなよ。今じゃ立派なダム湖が鈴ノ宮町を満々たる水で覆い隠してるだろ。大声で反対を叫び続けてた連中が、何をしてると思うかい。ダム開発館の館長や職員に収まったり、土産物屋に商売替えしたり、みんなダムに頼って暮らしてる。多くの旅館が代替地に移転して、団体客を笑顔で呼びこんでる。

あのダム湖はね、あそこに住んでた連中の薄汚さを一億立方もの水で覆い隠してくれてるんだと、おれは思ってるよ。表面の水は綺麗でも、底には醜くてどす黒い汚濁が今もたゆたってるんだ。

何ぃ……？

どういうことなのかな。今井が連れてきた会計士のことかい？

いいや、よくは知らないけど、あの野郎までがダムのおかげでいい暮らしをしてるっていうんじゃないだろうね。

……違う？

もともといい暮らしをしてる一族だって？　そんな有名な家の出だったのか……。

知るもんか。顔を思い出したくもない。知ってるなら、詳しく教えてくれ。

何だよ、大げさに言わないでくれないか。聞くのが怖くなってくるじゃないか……。

え、嘘だろ？　冗談はやめてくれよ。

マジかよ……。だから、おれは笑いものにされてるのか。

ふざけるな！　それじゃあ、乗っ取りも同じじゃないか。そんなことが許されていいのかよ。本当にあの会計士が、永見先生の一族だっていうのか。

銀行に話をつけて、融資話を確約させる。まんまとおれをホテル経営に走らせて、うまいこと破綻させた。それを安値で買いたたく。すべて筋書きどおりだったのか。

詐欺も同じじゃないか。代議士先生のやることかよ。あのころは若いのに熱心な先生だって評判だったのに……。そんな汚い手を使ってたのか。

おいおい。商法に反した行為はひとつもないだって？　じゃあ、ホテルの経営に失敗したおれ一人が悪いって言いたいのか。

商法の詳しい定義なんか知らないよ。でも、反してるだろ。人の道理には。

血も涙もない人でなしの極悪人がやることじゃないか。県議や町議を悪者にして、さも優しく手を差し伸べてみせるなんて、時代劇の悪代官よりひどいだろ。国会議員なら何をやっても許されるのかよ。こんな馬鹿げた話があるものか。

うるさい、帰れ！

記事にしたら、訴えるからな。これ以上、おれを笑いものにする気か。地獄の川に落ちた犬を、さらにたたいて何が楽しい。

さっさと出てってくれ。記事にしたら、おまえらの前でガソリン被《かぶ》って、死んでやる。もう生きてたって、恥をさらすだけだからな。ダム湖に身を投げてやったっていい。

人を馬鹿にするんじゃない！

4

県連が借り上げた宿舎から、野田陣営の選挙事務所までは歩いて五分とかからなかった。温泉旅館は川沿いに並び、その南にささやかな住宅地が広がっている。四、五百メートルも南に歩けば、谷筋に棚田と段々畑が続き、周りは緑の尾根が囲む。

真鍋は朝早くに宿舎を出ると、東南の狭まった崖の間に高さ百メートルを超えるコンクリートの壁を、いつも歩きながら思い描く。途轍《とてつ》もないスケールの建造物で、今歩いている道は湖の底に沈み、見上げる上空すべてが九千万トンという破格の水量で満たされる。おそらくダムは、ピラミッドに負けない人類最大の建造物なのだ。

尾根に挟まれた町のささやかな眺めを見渡すたびに、真鍋はもどかしさに胸を乱される。ピラミッドは古代エジプトの雇用対策を担っていたというが、ダムにはもっと多くの存在すべき理由がある。川の氾濫を食い止めて、都会の水需要に応え、さらには政財官の懐を抜け目なく潤していく。日本列島改造というかけ声の下、大規模公共事業が経済成長をうながして、与党を支える雄々しき岩盤になっていた。

田舎の町長を決める選挙であっても、告示の日が近づくにつれて、新聞やテレビなどメディア関係者の姿を町中で見かける機会が多くなった。選挙の結果がダム開発の進展に結びつくため、事前の情勢調査に早くも動きだしているのだ。

彼らはこの町に足を踏み入れても、おそらく有権者の動向しか見ていない。町の中心地がすべて水没するイメージを思い描けず、流域面積七百平方キロメートルという夥《おびただ》しい自然破壊であっても、当然のものと受け止めている。

ここには四百世帯が今も暮らし、先の見えない不安にさらされながら、わずか一票という重大な選択を迫られているのだ。

この町のために何ができるか。

ただ命じられた仕事として選挙に手を貸す自分は、無責任なよそ者でしかないとの苦い自覚が湧いて、ダムの姿を想像するたび焦燥感にあおられる。町の人たちの本音は、反対と推進のどちらにあるのか、いまだ確信できずにいるのだった。

その日、真鍋はひとつの知らせを待っていた。

県連本部の幹部が、懇意の記者から中盤の選挙情勢を聞き出す予定だった。昨日の深夜にはひとまず集計が終わり、朝一番に連絡をもらえるという。

築六十年という古い民家の鍵を開けると、建てつけの悪い窓をすべて開放する。野田の名前の入った幟を出し、汗を流して働いてくれるスタッフのために麦茶を水筒に入れていると、待っていた電話が鳴った。

「真鍋君、あと一歩だぞ。ひと月前より、確実に支持を集めてる。最初は町と関係ない鈴ノ宮会ばかりが目立って、敬遠したくなった。でも、野田君の誠実な演説に心を動かされた、という意見が増えてきてる」

いつも無難な物言いしかしない片岡《かたおか》副本部長が珍しくも声を弾ませた。

告示の日を控えて、ようやく希望の光が見えてきた。野田が聞けば、ますます挨拶回りと町内の辻説法《つじせっぽう》に力を入れてくれる。あとは真鍋たちが、たとえ小さな集まりでも、野田の意見を聞いてもらえる機会をどれほど作れるか、が重要となる。

もちろんまだ告示はされていないため、来たるべき町長選に一票を、とのお願いは違反になるが、多くの町民と語り合って握手を交わすことで人柄と政策は広がっていく。

「横尾《よこお》陣営はかなり焦りを感じてるだろうな。国と県の方針が固まったからには、町の人もダムを受け入れるしかないと思っていたに違いないからね。代表にも話は通っているから、選挙の際には人手を送れるだろう。あと一歩だ。頑張ってくれたまえよ」

野田の実家に電話を入れると、ちょうどスタッフが車で迎えに来たところだという。

「ありがとう。みんなのおかげだよ。もちろん、油断はしない」

「何度も言うようですが、ダム湖の予定地に住む住民のほうが少ないんです。野田さんの考えは浸透してきたと手応えはありますけど、まだ集会を企画させてもらいます」

「望むところだよ。選挙の手応えは、いつだって綿菓子みたいに頼りないものだからね」

野田は慎重な言い方をした。元県議の経験を持つため、与党の強さは身をもって知る。どういう巻き返し策に打って出てくるか、警戒は怠れなかった。

ボランティアのスタッフが事務所に集まってきたところで、真鍋は新聞社からの情報を伝えた。拍手と歓声が古民家の高い天井を揺らして響き渡った。

「さあ、最後の追いこみにかかろう」

真鍋が景気づけに手をたたくと、樋口が進み出て仲間を見回した。彼らしく、ここは気を引きしめておこうというのだろう。

「我々が踏ん張らないと、ダムを金儲けに利用しようって連中に町が呑まれてしまう。そのうえ、途方もない額の税金が無駄に食いつぶされていく。町のためはもちろん、国にとっても重要な選択になると、さらに伝えていこうじゃないか、なあ」

「そのとおりですよ。目に物見せてやりましょう」

鈴ノ宮会のスタッフが拳を突き上げて言い、それぞれが受け持つ作業に取りかかった。

告示を前に、誰もが山のように仕事を抱えている。選挙カーの手配は終えたが、運転手とウグイス嬢の人手は足りていない。早く人員をそろえて、スケジュールと予算を固めておきたいので、また県連の尻をたたくしかない。立候補の届け出に必要な書類は多く、その準備も待ったなしに迫っていた。

真鍋が鈴ノ宮に入った当初は、人員も予算もあまりに乏しく、儚い抵抗に終わると誰もが見ていたと思う。ここへ来て現職に肉薄できているのは、野田の揺るぎない信念が認知されてきたからなのだ。

日本各地でダム新設の各種データを、鈴ノ宮会を支援してきた大学教授が集めてくれた。たとえダムが有効活用されようと、潤うのは下流域の自治体と工事関連の業者ばかりとなる。さらに、ダム管理の第三セクターが設立されて、ろくに仕事もしない理事職に官僚が次々と天下りして、高額な報酬と退職金を手にしていく仕組みが各地で作られていた。だから、国と政治家は大規模公共事業に入れあげて、自然破壊に励むのだ。そのために、美しい渓谷を持つ町の大半が沈んでいいのか。

野田は集会のたびに、わかりやすい理屈をデータとともに語った。ただ大声で反対を叫ぼうと、実感のともなわない話に振り向く者はいない。誠意と情熱に実例の裏づけがあってこそ、人々の心を動かすことができる。

翌日の午前十時をすぎたころだった。

「真鍋さん。杉原君から電話です」

若い女性スタッフが受話器を手に立ち上がった。杉原は今日、野田の運転手を務めて、旅館組合との集会に出向いていていた。

代替地によっては新たな展望が望めそうだと考える組合員は少なくなかった。ダム計画が白紙になったら、鈴ノ宮温泉が生き残っていける道は本当にあるのか。建物が古くなった旅館は多く、ささやかな渓谷のほかに観光の目玉がない地に執着するより、巨大なダム湖の畔《ほとり》に新たな温泉町を築いたほうが地元のためになるのではないか。推進派の描くバラ色の未来に心引かれて、ダムに夢を託す手もある、との意見が増えていた。

反対を表明する者の中にも、補償金の増額を期待する者はいた。もちろん、反対派の町長が選ばれれば、国や県もより説得に力をそそぎ、補償交渉に身を入れてくると考えられる。

野田が出馬を表明した時から、すでに何度も組合員から厳しい本音をぶつけられていた。親族経営の旅館が多いために、有権者の少ない町では無視できない票田のひとつだった。

「まだ会は始まったばかりだよね」

「はい。冒頭でいきなり大型爆弾を投下されました」

物騒な言葉を口にしながらも、杉原の声音はいつものように冷めていた。

「切り崩しか」

県や建設省の役人が、旅館の経営者を個別に訪ねて再建案の意見を聞き回っていた。認めた者はいなかったが、中には具体的な補償額の話を出されたらしい、との噂もあった。

「副会長を務める清流館の社長が最初に手を上げて言ったんです。秋のシーズンをもって宿をたたむ、と」

老舗旅館のひとつで、二代目の社長はまだ三十代後半とあって、若手の代表と見なされていた。

「廃業か。それとも移転なのか」

「まだ決めてないと言ってましたが、怪しいと思います。口では悩んだ末の結論だと言いながら、その態度があまりに落ち着きすぎて見えましたから。しかも、副会長の辞任と組合の脱会届をその場で出すなり、仲間の質問にはまったく答えず、早々に部屋を出ていったんです。廃業の理由を知りたいなら、個別に聞きに来いって、背中が言ってましたね、間違いなく」

怖れていた事態がついに訪れた。

告示の直前になって、反対派の要とも言える旅館組合の副会長が切り崩された。

よほどの好条件を目の前にぶら下げられたのだろう。若手の経営者が飛びきりの餌を与えられたとなれば、自分にも美味しい話がくるかも、と誰もが考えたがる。情勢を知った与党が、清流館の若い社長を狙い撃ちにして実弾攻撃に打って出てきたのだ。

真鍋はスタッフの目と耳を気にして別室へ移り、県連に電話を入れた。裏で誰が動いたのか、建設省や県の職員組合から情報を取り寄せることができないか、を相談した。

「よし、接触してみよう。けれど、動いた先がつかめたところで、ぶら下げた餌の詳しい内容までわかるとは限らないぞ。こういうケースだと、部外者としか見えない者を操って口説き落としにかかるのが常道だからな。外部の者が勝手に動いたという言い訳ができる」

長く政権の座にある日本新民党は、多くの支持母体を持つ。ダムの新設が決まれば、ゼネコンをはじめとする建設業界は目の色を変えて支援に動く。関西のあるダム計画では、首長選挙のために、関連社員がこぞって建設予定地の自治体に転居届を出しておき、有権者を増やした、との話まであったはずだ。

間違いなく今回も、建設業の団体が新民党と組んで動き、経営に苦しむ旅館のオーナーであれば飛びつきたくなる話を持ちかけたのだ。

「相手がわかれば、裏には必ず新民党の議員連中がいるに決まってます」

「調べがついたところで、法に反した取引なんか出てくるものかな。いくら怪しい状況が見つかろうと、新民党からの指示で動いたと、業界の者が認めるわけはない。君だって、わかってるだろ」

しかも、清流館の社長が宿をたたむのは、新たな町長が決まったあとになり、廃業か移転かも今はまだわかっていない。選挙の結果によってダム計画の進展が見えてきたので、新たな地での営業を決めたと言ってしまえば、背後関係は隠しとおせると考えているに違いなかった。

戦後の政治を牛耳ってきた新民党の壁は、岩石や土砂を積み上げたロックフィル・ダムと同じく強固で盤石なのだ。政官財が一体となって、戦後の復興に励んできたから今の日本があるとの事実を、多くの国民が体感してきた。いかほど清廉な志があろうと、日本の経済を率いていく展望が、どこまで改革党にあるのか。多くの有権者が不安しか持てないため、いまだ万年野党から抜け出せずにいるのだった。

集会から戻ってきた野田は奥の応接室に入ると、足元の脆《もろ》さをあらためて見つめるかのように肩と視線を落とした。

「……参ったよ。意見交換どころか、一方的に集中砲火を浴びせられた。当選したら、条件闘争に奔走してくれ。その確約をしてくれるなら、組合で支援をさせてもらう。そう言われて正直、言葉が出なかった……」

町長がたった一人、国と県を相手にダム計画を阻止できるとは思いにくい。それなら、推進派に転向した現職よりも、反対派の支持団体をバックにしたがえた新顔が町長となって国の要請に楯突《たてつ》くことで、再建策を有利に運べるのではないか。ほかに野田を推すべき理由は見当たらない、と本音で責め立てられたのだ。

「おそらく農協の関連会社を通じて、農家にもいろいろ美味しい話をささやく者が出回っているでしょうね」

野田の運転手として集会に立ち会った杉原が冷静に告げた。

「君のお父さんも、農協関連の仕事を請け負っているんじゃないのか」

先輩の樋口がさらにも不安を口走って杉原を見た。

「ええ。でも、うちの親父じゃ、農協にも農家にもへこへこするだけで、裏回しの仕事なんかできやしません。ただ……もしかすると、何か噂ぐらい耳にしてるかもしれないんで、それとなく聞いておきます。期待されても困りますけど」

はぐらかすように言いながらも、杉原は小さく二度うなずいてみせた。

父親のことを指摘した樋口すら、何かを期待して言ったわけではなかったろう。ところが、翌朝に真鍋が事務所へ出ると、いつもと違って杉原が先に一人で待っていた。

「どうした、今日はやけに早いね」

「昨日の晩、親父からちょっと面白い話が聞けました」

期待させるような言葉とは裏腹に、杉原はどこか不機嫌そうな面持ちで近づいてきた。

「県の農業振興課の職員から小耳に挟んだっていうんです。噂話の好きな人なんで、営業に出向いたついでに耳をそばだてていたらしくて。若い職員が農協の幹部にこぼしていたそうなんです。今すぐ農業用水が将来不足しかねないってデータを作って出せって、上から強く言われて困ってるって」

「信憑性《しんぴょうせい》のある話なのか」

「親父の聞き間違いって可能性はあるかもしれません。でも、もし本当に県の職員が困っていたとしたら、県内の農業用水は充分に足りてるってことになりますよね」

事実であれば、データをかさ増しして上司のリクエストに応えたかもしれない。

水需要の予測は、鈴ノ宮ダムの計画にかかわらず、問題点が見え隠れする、と外部から指摘を受けることが多かった。ダムが必要だとの理由をつけるために、データの偽装が疑われる。そう反対派の大学教授が独自の研究成果を、今回も発表していた。

もし農業振興課に改竄《かいざん》前のデータが残されていたら、建設省と県が弾き出した農業用水の需要予測が、ダム建設を進めるために水増しされたもの、との証拠になる。

「噂を話してくれた職員の名前がわかるかな」

「はい。念のために聞いておきました」

杉原は、ほかに誰もいない事務所の中で小声を作り、一枚のメモを差し出した。

礼を言って受け取ると、真鍋は県連幹部の自宅に電話を入れた。この早朝、選挙の最中でもなければ、幹部はまだ本部につめてはいない。

片岡副本部長は朝から何事だと文句を口にしかけたが、真鍋は入手したばかりの情報を一気に告げた。

「とにかく、職員組合に協力を依頼してください。この際、共産党系の組合にも話を通すべきだと思います。与党の関与が疑われますから、手を貸してくれるんじゃないでしょうか」

「わかった。党と相談してみる」

「悠長なことを言っている場合ですか。共産党が選挙の支援をすると言ってきたら困ると思ったんでしょうけど、勝機を逃したら、必ず後悔します。鈴ノ宮ダムは、新民党が強引に進める悪しき公共事業の最たるものなんですよ。効果のない無駄なダムの建設を阻止することで、政治の流れを変える好機になると考えてください」

「そうだな……。動いてみよう」

「お願いしますからね」

野田も話を聞いて、鈴ノ宮会を支援する弁護士に電話を入れた。今すぐ公文書の開示請求ができないか、を相談したのだ。

もし県の組合職員が改竄前のデータを入手できた場合、開示請求によって取り寄せた書類との食い違いがあるはずなのだ。その矛盾をつくことで、建設省や県がダム推進ありきでデータに手を加えたのではないか、と世に訴えることができる。

「事実なら、面白いことになってきますね。でも、選挙はあと一週間でスタートします」

事務所に出てきた樋口に、県連へ要請を上げた件を伝えると、壁のカレンダーを睨むようにしながら言った。残された時間は少ない。

たとえ開示請求が認められたとしても、選挙には間に合わないケースも考えられる。それでも、国のでたらめで無駄でしかないダム計画を暴く意義は大きい。万年野党の改革党としては見逃せない大きなチャンスであり、党本部も少しは本腰を入れて動くだろう。

時間に追われながら選挙の準備を進めていった。いつ朗報が入るか。真鍋はずっと心待ちにした。野田も事務所に戻ると必ず、様子をうかがう目を向けてきた。

ところが——開示請求を弁護士が地方裁判所へ申し入れる予定の日の朝だった。大手新聞の群馬県版に、思いもしない記事が出た。

県庁の農業振興課に在籍する職員が、持ち出し禁止の書類をフロッピーディスクにコピーしたところを上司に見とがめられて、厳重注意処分を受けた、という記事だった。

「どういうことですか、真鍋さん。何も連絡は入ってないんですか……」

樋口からの電話で記事の件を知らされて、真鍋は大急ぎで朝刊のページをめくった。血の気が引くとは、このことだった。

すぐさま片岡副本部長の自宅へ電話を入れると、まるで責任逃れのような台詞《せりふ》をくり返された。

「わたしだって驚いたんだよ。君に言われたから、上にはもちろん相談を上げた。けれど、どういうルートを使って組合にかけ合ったのかは、わたしにもわからない。上は昨日の夕方から記者の目を気にして、逃げ回ってるようだ。組合の幹部も同じと聞いている」

真鍋は唖然《あぜん》となった。副本部長の口ぶりから察するところ、彼らは昨日の夕方から記事の内容を把握していたのだ。が、選挙チームを預かる真鍋に情報を伝えようとは、誰もしなかった。

まさか……。

「案の定で、新民党の県議が騒ぎだしてる。書類を持ち出そうとしたのは、組合活動に熱心な職員だとわかってる。改革党の指示で動いた可能性が高い。そうマスコミに触れ回ってるそうだ」

逃げ腰の態度に納得できた。

県連も組合もそろって頬被《ほおかぶ》りを決めこむつもりだ。鈴ノ宮の町長選より、県議会で与党に追及されることを怖れて、その対策に幹部は追われているのだった。

「そのうち、君にも本部長から電話が入るだろうから、その腹づもりでいてくれ。どういうルートから今回の情報を手に入れたのか。その出どころがはっきりすれば、議会で与党勢力とやり合うことができるかもしれない。わかるだろ」

ようやく驚きから立ち直れた。

水需要のデータが偽装されたらしいとの噂を聞けば、改革党は必ず組合職員を使って証拠をあさろうと動きだす。網さえかけておけば、餌に食いついてきたネズミを確保できる。改革党の評判を落とすとともに、じりじりと迫ってきた対立候補の足を引っ張れる。

まんまとしてやられた。仕組まれた罠《わな》だったのだ。

しかも、副本部長はじきに上から電話があると言っておきながら、自分ではただそうとしてこなかった。火の粉に近づき、責任という炎に身を焼かれたくはないからだ。

もとより貧乏くじを引かされたとわかっていたが、こういう弱腰の幹部がいるから、改革党は万年野党の立場から脱せられずにいるのだ。党本部もおそらくは傍観を決めこむだろう。

ただミスを犯さずに渡り歩いてきた年長者が地位を得ていく組織は、新陳代謝から取り残されて、沈みゆく定めにある。鈴ノ宮の明日を暗示するかのようで息がつまる。

副本部長はまだ何かぶつぶつと愚痴っていたが、真鍋は聞き流して電話を切った。野田にどう伝えたらいいか、頭が痛かった。

「待ってくれないか。もし本当に改革党が頼みこんで書類を調べてもらったとして、その何が問題になるのか、ぼくにはまったくわからないな」

野田は電話口でじっくり考える間をおいてから、言葉を選ぶように言った。腰の据わっていない幹部とは大違いだった。

「だって、そうじゃないか。もし本当にデータ偽装の痕跡が見つかったら、担当職員が建設省や県幹部の依頼を受けて、県民の目の届かないところで公務員としてあるまじき行為に加担していたことになる。書類を調べてみようというのは、義憤から出た行為であり、県民につくすという県職員の本分たる行動と言えるじゃないか。それを、改革党の指図だと批判するのは、見当違いもはなはだしい。正々堂々と論戦を受けて立つべきだと、ぼくは思うね」

野田の主張は、どこから見ても理に適《かな》っていた。が、たとえ義憤から出た行為であっても、役所のルールを踏み外したことには違いないのだ。改革党はルールを破って当然と考える危険な政治団体というアピールを、新民党の県議は仕掛けてくると思われる。

記者クラブによって手懐《てなず》けられた新聞やテレビは、政府と役所の発表をそのままありがたく報じるケースがほとんどだった。批判的な記事を書こうものなら、正式な記者発表のほかには何ひとつ情報がもらえなくなり、〝特落ち〟の危険がつきまとう。

そもそもメディア各社は、小さな町の首長選にさほど興味など抱いていない。無駄な抵抗を続ける町民たちを哀れんで、お涙ちょうだいの記事を書き、読者や視聴者の同情を引くことで庶民の味方という立場を保てれば、それでいいのだ。が、一社だけ特ダネを落としたのでは業界内の恥となり、売り上げや視聴率の低迷につながりかねない。高度経済成長時の護送船団方式は、メディア各社にも当てはまり、記者クラブは彼らの互助会的な役割さえ担っているのだ。

「例の情報源だけど、知っているのは真鍋君だけなのかな」

「はい。杉原君が朝早くに出てきて、打ち明けてくれました。情報源を守るのは当然なので、党の誰にも話していません」

「君ならわかっているだろうけど、杉原君を売るようなことはしてほしくない」

野田は声を強めて忠告してきた。与党の罠だと疑っているのだから、県連は情報の出どころを確かめたがる。改革党にこれまで協力してもらった恩義があるにしても、ボランティアで働いてくれる若者を人身御供《ひとみごくう》に差し出すのでは道に反する。

野田は県議の時代から今日までずっと、無所属で戦ってきた。だから、己の信念を貫きとおすことができている。

真鍋はうらやましく思う。自分のようにたいした実力も一人で戦う覚悟もない者は、団体の支えがあってこそ、初めて働き場所を保っていける。党内での立場を守ろうとするならば、情報源を素直に打ち明け、党に忠誠を誓ったほうが得策だった。君ならわかっているだろうと野田は前置きしたが、内心では真鍋が党を優先して若いスタッフを売り渡しかねない、と考えたのだ。

侮辱されたのではなかった。選挙の本番が近づいた大切な時期に、参謀格として野党第一党から送られてきた真鍋が保身のために仲間を売ったとわかれば、チームの和は保てなくなる。せっかく現職町長に肉薄するところまで支持を広げられたのだから、この先のラストスパートがより重要となる。選挙戦を最後まで、チームの仲間と走り抜きたい。鈴ノ宮町の住民を守るために。そのために釘《くぎ》を刺しておくしかなかった、とわかる。

真鍋が否定の言葉を考えていると、野田がやんわりと念押しするように言った。

「頼んだよ、真鍋君。投票日まであと二週間弱。一人も欠けずに、みんなで戦い抜いていこうじゃないか」

宿舎とした民家の古いダイニングテーブルで県内版の記事を読み返しながら、真鍋は自分の来し方行く末を考えた。

三十五歳。党に誘われて、地方政治の底辺で長く選挙を支える雑巾がけめいた仕事に徹してきた。そろそろ政治家の秘書となるか、もしくは自ら選挙に打って出ないと、政治を変えたいという初志は遠のくばかりだった。

党の正式な調査依頼に、情報の出どころを口にせずにいれば、怪しげな話に乗せられた迂闊《うかつ》な選挙参謀として、すべての責任を押しつけられる。十年もの雌伏《しふく》の時から抜け出せず、さらに汗を流すだけの仕事が待っている。

　このまま町長選を勝ち抜ければ、真鍋の手腕が評価されて、次への期待は嫌でもふくらむ。今回の件で責任を負わされて、この土壇場にチームから外されれば、今日までの努力がすべて泡と消える。ただし、党に忠誠を誓って情報の出どころを打ち明ければ、野田の信頼を失い、いずれにせよチームからは外される。どのみち真鍋の立場はなくなるのだ。

　気が重くて足が動かなかったが、それでも多くの仕事が待つ選挙事務所に出なければ、職場放棄と見なされる。萎《しお》れる気持ちを奮い立たせて玄関へ歩くと、ドアをたたく音が響いた。

　記事を読んで驚いたスタッフが、いても立ってもいられずに駆けつけたらしい。

「今開ける」

　真鍋は建てつけの悪いドアを押した。

　目の前に立っていたのは、杉原勝也だった。彼の後ろには自転車があるので、記事を読むなり自宅から走ってきたのだ。

　自分の伝えた情報が予想外の地点に飛び火したと知り、杉原は玄関先でうつむいたままだった。真鍋も彼の顔を見ていられずに、横へ歩いて肩をひとつ軽くたたいた。

「気にするな。あとは党の県連が手を打ってくれる」

「……申し訳ありませんでした。今日をもって、運動員から身を退かせていただきます」

　杉原はうなだれたまま消え入りそうな声で言った。

「ついさっき、野田さんが言っていたよ。あと二週間、一人も欠けずに、みんなで戦い抜こうと」

「親父を殴りつけてやりました……」

「え？」

杉原が上目遣いに真鍋を見た。その目がわずかに赤かった。

「だって、おかしいじゃないですか。うちの親父がデータ偽装の噂を聞きつけてきたから、ぼくが真鍋さんに伝えたんです。そしたら、県庁で持ち出し禁止の書類を持ち帰ろうとした職員がいて、上司に見つかったなんて……。あまりに話ができすぎてますよ」

「待ってくれ。君のお父さんが何者かに頼まれて、君にデータ偽装の話をしたと――」

「ほかに考えられますか。あの男の息子は対立候補の陣営で運動員をしている。父親が面白い話を聞いたと教えれば、必ず陣営に報告する。親父は尻が軽いたちなんで、都合よく使われたに決まってますよ。本当に農業振興課の者が言ってたのか。いつ、どこで聞いたのかって問いつめたのに――」

党が情報の出どころを知りたがるのは当然なのだ。現に、当事者である杉原自身が真相を知るべく動いた。誰が父親に話を仕向けたのかがわかれば、その人物の背後関係を調べて、黒幕をたどれるかもしれない。が、行き着く前に誰かが責任を被ってしまえば、トカゲの尻尾切りで真相は闇に隠されていく。

「あの馬鹿親父、しどろもどろになって、言い訳にもならないことをくり返して……」

「何も殴ることは――」

「嘘じゃないって言いながら、親父の目はあちこち泳ぎっぱなしでした。あまりに大根役者で、とぼけるのが下手すぎて、自白してるも同じですよね」

父親の浮ついた姿を見て、彼は確信したのだ。口を割らずに罪を被り、本当の黒幕に恩を売ろうとしている。つまり、依頼の目的を知りながら、ボランティアとして働かせている息子に情報を伝えたのだ。スパイの片棒を担がせることに使えるかもしれない。そう考えて母親から選挙を手伝えと言わせたのであれば、疑いなく共犯者と断言できる。

「もうボランティア仲間に顔向けができません……」

旅館組合の副会長と似たケースだったのではないか。

ダム建設が軌道に乗った暁には、条件のいい商売を紹介できると確約されたのだろう。与党や役人たちによる切り崩しが、選挙スタッフの身内にまで及んできた。

「わかった。今日一日は休んでいい。忙しかったせいで熱が出たと、みんなには言っておこう」

「でも……」

杉原が充血した目で真鍋を見つめた。何か言おうとしたが、唇を噛《か》んで、また下を向いた。肩が震えていた。

「君に責任があるものか。君のお父さんだって、利用されたにすぎないだろう」

「意味がわかりませんよ。息子を反対陣営に参加させておいて、密《ひそ》かに与党の協力をするなんて。風《かざ》見《み》鶏《どり》も笑って、うちの親父を見下しますね」

「なぐさめにもならないだろうけど、どっちつかずでじっと様子を見ている町民は多いと思う」

「昔から、いましたよね。どっちが得か。天秤《てんびん》の傾き具合ばかり見てる連中が……。町の将来なんか関係ない。自分の一票は、自分のために使わなきゃ損だ。田舎の選挙なんか、利益誘導の羅針盤みたいじゃないですか」

「そうならないよう、我々が頑張るしかないだろ」

自分で言いながら、説得力はまったくなかった。多くの現場で、理想と現実の差を見せつけられてきた。

「無理ですよ。選挙が終わったあとで、親父が新しい商売に手を出したら、あの副会長と同じだって、きっと石を投げられます」

「だから、だよ。一緒に最後まで戦い抜いて、選挙に勝とうじゃないか。そしたら、旅館組合の副会長や君のお父さんだって、自分の行為を顧《かえり》みて、考え方を変えるしかなくなる。少なくとも、やり直すための時間ができる。違うかな」

杉原親子や旅館組合の副会長だけでなく、ダム建設が町の人々の生きる道を左右しかねない現実がある。今の生活と将来をもてあそばれるようなものでありながら、与党の政治家や役人はその責任を自覚もせず、ただダムの利権を手にしたがっている。

この若者の涙を無駄にできない。おそらく父親との関係を修復していくのは大変だろう。彼らのほかにも親子で意見の食い違いが出て、いがみ合う一家はあると聞く。野田が負ければ、多くの家族に癒えない傷を残しながら、ダム開発は着々と進められていくのだ。

真鍋は迷いを捨てた。たとえ党から処分されようと、野田陣営で戦い抜いてみせる。保身に走る党にしがみついたところで、先はない。きっと妻ならわかってくれる。

「気にするな。君のせいじゃない」

悪いやつらはほかにいる。その連中と戦っていかない限り、日本の政治は成熟していかないと思えるのだった。

5

ずいぶんと熱心なんですね。

いいや、別に皮肉で言ったわけじゃないですよ。もうかなり昔の話なんで、今さら興味を抱く人がいるとも思えないし、狙いがどこにあるのか、不思議に思えたもので。

何せ生まれたばかりの赤ん坊がいい歳になって、もう子どもがいたっておかしくないくらいの時が経《た》ってるんです。町も変われば、嫌でも人だって変わりますよ。

あれほど反対運動に入れあげてた人たちだって、今では当然のような顔でダムの恩恵を受け、暮らしを支えている。当時は怒りの拳を盛大に振り上げておきながら、胸の中では立ち退きの補償金や生活再建の予算がどれだけ自分らに落ちてくるか胸算用してた者に限って、昔のことは話したがらないものでしょう。誰だって、自分のさもしい心をさらけ出したくはないですからね。

わたしらみたいにダムの恩恵を一切受けられずに終わった者は、恨み言しか出てこないし、思い出したくないことが多いんで、ついつい言葉をにごしたくなる。

へえ……。真鍋さんが口を割ったわけじゃないんですか。

坂口《さかぐち》さん？　どこの誰です。

わたしはそんな名前、聞いたことがないなあ。――なるほど、当時の群馬県連で真鍋さんを支えていた幹部の一人ですか。

口の軽い人が、どうもあの党には見受けられるよね。今は名称が少し変わったけど、顔ぶれはほとんど同じで、昔から日和見ばかりしてるところがあったと言ったら、怒られるかな。あなたたちメディアの依頼にすぐ応えて、昔の秘密を打ち明けるんだから、何かしらの便宜をあとで図ってもらおうと小狡《こずる》く考えてのことかもしれないんで、気をつけたほうがいいですよ。余計な忠告だったら、ごめんなさいね。

で――真鍋さんは、元気にしておられるんですか？

ええ、掛け値なしに真面目で熱心な人だったと思いますよ。改革党の職員で、確か隣の埼玉から送られてきた人だったと思うけど、町のために力をつくそうと、かなり頑張ってくれてました。本気で政治を変えたいと思っていたんでしょうね、あの人は。

そうですか。もう改革党からは足を洗ったんですね。まあ、あんな中途半端な政党にかかわっていたって、ろくなことはないでしょうから、正解だったんじゃないですか。

ほう……地元に戻って市議になられたんですか。まさしく初志貫徹したと言えるわけで、羨ましいというか、感心するしかないですね。あの人なら、誰も驚きはしないでしょう。知名度さえあれば、地元のリベラル勢力をまとめ上げていくことだって、できたと思いますから。

ほら……わたしはずっと役所勤めだったから、表立って選挙の関係者とは連絡を取れずにいたんです。一度、酒でも一緒に飲んでおけばよかったかもしれませんね。いろいろ話ができていたら、あの人に負けてなるかって、自分も少しは思えたかもしれないいじゃないですか。

いえいえ、わたしは何もしていませんよ。当時もおかしなことを言われましたけど、嘘じゃないんです。ただ、上から命じられる仕事を淡々とこなしてただけで。

国と県のお偉いさんらが断固としてダムを造るって言うなら、その手足となって我々は汗を流すしかないんですね。ちょっと批判的なことを口走ったり、本心を態度に表したりしたら、はい、もう終わり。絶対に出世は望めず、安月給で定年までこき使われて終わるしかない。あ――こんな愚痴なんか聞きたくなかったかな。

ええ……はい、例のデータの件は、もうとっくに時効でしょうから、否定はしません。

でも、あのデータを用意したのは、わたしじゃないんです。もっと上の人でないと、ああいう特別な書類は見られないし、存在自体を知らされていない者のほうが多いんです。役所というのはサバンナの野生動物より厳しいテリトリーがあって、一歩でも出しゃばったりすれば、ガブリと捕食されかねない運命が待ってるんです。わかりますかね、捕食。要するに、役人として息の根を止められるってことです。ははは……。

ただ、三十年前どころか、もっと昔から役所の中には、組合員でなくともダム反対派は少なからずいたと思いますよ。もちろん、さっきも言ったように、上に睨まれたら出世はできなくなるんで、口に出す人は数えるほどだったでしょうけど。

鈴ノ宮の近隣の役所にも、国の強引なやり方に納得できない人は、けっこういたんじゃなかったかな。余計な仕事が増えてしまうからではなくて、無駄に税金を使って喜ぶのは政治家と上の幹部や官僚さんたちだってことは、みんなわかってました。

だって、そうじゃないですか。水の底に沈むのは鈴ノ宮町でも、肝心のダムと発電所は下流の長《なが》妻町《つままち》にできるんで、大部分の固定資産税がそっちのほうに落とされてしまう。渓流も下流域しか残らないんで、もはや鈴ノ宮渓谷なんて呼び名のほうがおかしいんですよ。

しかも、ダム建設を前提にした道路拡張工事が先に始まって、関連予算がたんまりと長妻町のほうに早々ともたらされてた。潤うのは、まず下流の町で、計画スタートとともに仕事が一気に増えていった。もちろん、我々の給与は変わりませんから、工事を請け負う建設会社や政治家のために日々せっせと働くようなものですよ。

まあ……そもそもの話、当初は総事業費二千百億円とか言われてたけど、ダム本体や周辺整備を受注できる実績を持つのは、都市部の大手ゼネコンだけと決まってる。地元の建設会社は、その孫請け仕事をやっともらえるぐらいで、利益はちっとも鈴ノ宮に落ちてこない仕組みだった。

いや、それだけじゃなくて――ダムが完成したら、その管理を請け負う第三セクターやら関連会社がいくつも設立されて、県の幹部や官僚たちの天下り先になるのが見え見えでね。国内でダム関連の外郭団体に落ちていく金は、毎年二百億円にもなると言われてるんです。メディアのかたたちも少しは本気で調べてみたらいいと思いますよ。

さらに言わせていただけるなら、国交省からダム関連の契約企業への天下りも、しっかり報道してもらいたいよね。ちょっと古い統計になるけど、二〇〇四年から二〇一一年の八年間で、驚くことに、百四人。大手から中小まで、次の大規模工事の契約に与《あずか》りたいから、どこも次々と役人を受け入れてる。もちろん、地元の政治家だって、ダム推進の音頭を取ることで、建設会社から正式な献金は当然ながら、表に出せない金だって億単位で入ってくるとか、噂はずいぶん聞いたかな。

ダムというのは、公共事業の中でも、まさしく打ち出の小槌《こづち》と言っていいんですよ。メディアの人たちなら、当然知ってると思いますけど。

ホントひどい話ばかりでしたね。美味しい儲けにありつけるのは、いつだって一部の選ばれた者だけと決まってる。反対運動を続ける現地の人に会って説得する役目は、我々県庁や国交省の出先機関の職員ばかり。出世が望める幹部ならまだしも我慢はできるでしょうけど、下っ端の者には本当にきつい仕事で。罵倒されるのは当たり前、石を投げられたことだってあったし、中にはノイローゼになって病院通いする仲間もいたほどだった。

我々が汗と涙を流したから、ダム計画が進んでいったと言っていいでしょうね。でも、手柄は上が横取りで、動かした予算の額があの人らの出世につながっていくんだから、どうしようもない。

官僚の人たちってのは使命感を抱いて、我々下っ端と町民を平気で苦しめられるんですね。だって、自分が手を下さずに、ただ命令して結果を聞くだけだから、心なんか痛みはしない。玉砕覚悟で戦えって言うだけなら、簡単だから。

政治家もいろいろ揺れ動いてばかりだったせいで、町では選挙のたびに推進派と反対派が絶えずいがみ合ってた。どっちつかずの現状を苦々しく思わないほうが、どうかしてるでしょ。計画当初から、我々県の職員はずっと国と現地の板挟みだった。

だから、上が偽装したデータを組合に属する職員が持ち出そうとしたとかで処分されたと知って、もう黙ってはいられないと思った職員が出ても、おかしくはなかったんですよ。

申し訳ないけど、いくら三十年近くすぎたからといっても、その人の名前は言いたくありませんね。噂では、もう亡くなったって聞いたけど、家族とかが迷惑すると困るじゃないですか。地元は今なお保守王国と言われてるので、与党の関係者に睨まれたら、仕事とか人間関係に支障が出るでしょう。

え……？　冗談でも、そんなことは言わないでくれませんかね。

わたしのような下っ端の職員では、上が隠したがるデータを持ち出せるわけがない。わたしもお世話になった人が、義憤に駆られてコピーを持ち出したんです。しかも、担当局長の直筆のメモ書きまでついていたんで、筆跡鑑定すれば一発だったと思いますね。

なのに、データの偽装は絶対にあり得ない。役所に存在するわけがなく、書類そのものが偽造に違いないだなんて、言い訳でしかない証言を政治家の力を借りて押し通すんだから、感心するしかなかった。さすが与党紐つきの知事だって、職員はみんな言ってましたね。

でも……まさかあなたたちメディアが、そろって急に黙りこむとは思ってもいなかったなあ。今さら昔の重箱をつついて何をしたいのかわからないけれど、当時の社の責任者をつるし上げたほうが早いんじゃないのかな。

言わせてくださいよ。だって、あなたの新聞の政治部長とかは、与党の幹事長と今もべったりで、取材を名目に会食ばかりしてるそうじゃない。持ちつ持たれつの関係を続けていて、本当に政府を糾《ただ》す記事が書けるのか、疑問しかありませんよね。

当時から、下流域の水害対策だとか、与党の言い分ばかりありがたそうに書いてる新聞は多かったでしょ。

あなた、本当に知ってますか？

三十年も経てば、物価も自然といくらかは上がってると思いますよ。けれど、失われた三十年と言われたぐらいだから、あのころの日本経済の成長は、ぴたりと止まっていたと言っていい。デフレからなかなか脱却できなくて、実質賃金も目減りが続いていた。

ところが、鈴ノ宮ダムの総事業費は、当初の二千百億円から、一挙に八千八百億円へと、四倍にも増えてるんです。さらに、ダムの管理に毎年何十億円もが浪費されていく。

知ってましたよね？

浚渫《しゅんせつ》工事。つまり、ダム湖の底に土砂が少しずつ滞積してくるから、時期を見て底をさらってやらなきゃ、ダムとしての役割が果たせなくなる。いいですか、その工事に総務省は年間一千億円も予算を使ってるんです。その工事を依頼する企業に、また役人は天下りできる。

ね。実に素晴らしい錬金術じゃないですか。多くの大規模公共事業というのは、一部の者が国民の金を巧みにかすめ取っていけるような仕組みができあがってるんです。

知らない、とは言わせませんよ。今になってこういう取材を進めてるんだから、下調べは当然してきたはずですよね。

けれど、どこの新聞もテレビの報道番組も、四倍にふくれあがった建設費の内訳をまったく調べようともしてこなかった。ただ、国交省が発表する数字を垂れ流すだけ。大本営の発表を唯々諾々と報道し続けた、戦中の新聞と何も変わっちゃいない。

　そうやって政府の言いなりになっているうちに、日本の抱える借金は天文学的な数字へとふくれあがっている。その責任は、能天気で小狡い政治家だけじゃないですよね、絶対に。

　票を入れる国民にも責任がある、なんて逃げは許されないと思いますよ。だって、悪事を知りながら報道しないんじゃ、国民は何も知らされていないも同じでしょ。

　三十年前、あなたの先輩たちは、真実をどこまで報道したんでしょうか。しっかり全社で検証してみたこと、ありますかね？

　あなたたちのお仲間でもある週刊誌は、せっかくデータ偽装問題がありながら、候補者の女性問題のほうを書き立てたから、まさしく与党の援護射撃としか思えなかった。

　政官財と並ぶ、第四の権力と言われたメディアまでが結託したのでは、そりゃあ戦争に突き進みますよね。けれど、犠牲になるのは、いつだって無垢な市民なんです。

　ただ、わたしは思うんですよ。政治家の腰が据わらないから計画が遅れたというのは、ちょっと違ってるかもしれない、と。ほら、国の予算は、最終的に政治家の折衝で決まってくるところがあるでしょ。議員の力量で地元に落ちる予算が左右される。

　永見宗太《そうた》郎《ろう》は二世議員だったんで、あの当時から選挙に強くて、そこそこ党内でも力を持っていた。先に農業予算を手に入れておいて、仕上げがダム建設だって筋書きが、あの人にはあったんじゃないのかな。だから、その手腕が評価されて、一気に実力者としての地位を手に入れたんだと思うんですよ。今じゃ、逆らえる者は党内にいないんでしょ。まあ、あの人がのし上がったことで、県内の道路は見事に整備されたし、予算にも恵まれてきたわけだけど。

すったもんだはあっても、結局ダムができて鈴ノ宮はよかったんでしょうね。町にはそこそこ仕事があるみたいだから。でも、今の暮らしが安泰なのかどうか……。もし永見宗太郎に何かあれば、県の予算も乏しくなるかもしれない。だから、地元の企業は嫌でも選挙の応援に手を貸すしかなくなる。

ダムのために働いてきたわたしらも、雀《すずめ》の涙の年金だけれど、もらえてるだけましかもしれないね。孫たちの世代は、莫大な借金を抱えさせられて、不安しか感じてないでしょうから。いつまで先進国と呼ばれる立場でいられるのか怪しいものだと、あなたも思いませんかね。

わたしらはまだ、いい時代を生きられたんでしょう。下の世代にはホント同情したくなる。あなたも上司の顔色なんか見ないで、将来性があって条件のいい業界へ転職したほうがいいんじゃないのかな。いつだって利益を手にできるのは一部の限られた者だけで、わたしら下っ端の一般人は、ただこき使われて終わるだけだもの。

死ぬ間際になって、後悔したって遅いんですよ。若い人たちに叫びたいけど、たぶん年寄りの声は届きやしないんでしょうね、悲しいことに。

6

朝六時に電話が鳴った。この時間なら確実につかまると知ってのことに疑いなく、真鍋は重い気持ちで受話器を取った。

「何度も言わせないでくれないか、真鍋君。情報の提供者がわからないんじゃ、こっちも確認の取りようがないだろ。県庁職員が勇気を持って告発したとなれば、新聞だって必ず記事にしてくれる。選挙戦をますます有利に運んでいけると思わないのか」

「ですから、この借家のポストに投函《とうかん》されていたと言ったじゃないですか。わたしはその人に会ってもいないんで、名前の知りようがないんです」

「ごまかさないでくれ。君がその前日、急に予定を変えて高崎《たかさき》へ向かったのは、君のスタッフが認めてるんだ。我々だって強引な手は使いたくない。君の友人の従兄弟《いとこ》が、県庁の建設局で働いているのは、もう調べがついてるんだ」

そこまでわかっていながら、真鍋の口を割らせにかかるとは、副本部長の判断ではなく、もっと上からの命令だった。永田町の議員が降って湧いた朗報に有頂天となり、データの信憑性を確かめようと躍起になっているのだ。

すでに野田が鈴ノ宮会と親しい大学教授にデータを預けて、独自に算出した流域の用水需要と近似しているとわかり、正式な県のデータとしか思えないと記者発表をすませていた。建設省がまとめたデータとは、将来の需要増を考慮に入れても、あまりにも予測に開きがあって、意図的に改竄されたと見なすほうが納得できる数字だった。

ところが、一部の新聞は建設省の弁解をそのまま記事にしたうえ、確実に県の建設局から提供されたデータという証拠はない、と指摘した。メディアの中には、政府の意向を汲《く》む経営者がいるのは、業界内の常識とも言え、悔しいかな敵は強力なスクラムを組んでいる。

「あきらめるのは早いんだよ、真鍋君。教授の研究成果に興味を抱いているテレビ局はある。地元のニュースで取り上げられれば、ほかのテレビや新聞も動くしかなくなる」

「本当に知らないんです」

「君の友人に迷惑がかかっても知らないからね」

脅し文句まで言い散らかして、乱暴に通話を切ってきた。

県庁の組合と騒動になってもいいと考える蛮勇は、党の上層部にもおそらくはない。そう高をくくっていたが、夜になってまた電話がかかってきた。

「真鍋さん。群馬県連の成田《なりた》さんから電話です」

ついに本部長から直々の電話だった。

遊説から戻ったばかりの野田が、執筆中の演説原稿からいち早く顔を上げた。事務所に残るスタッフも不安そうに見ている。党本部にせっつかれて、また情報提供者を打ち明けろと迫ってくるのだろうが、守るべきものは胸に問い返すまでもなくわかりきっていた。

「はい、真鍋です」

警戒心を声に表して電話に出ると、本部長が頭ごなしに怒りをぶつけてきた。

「おい、どういうことなんだね。あきれて物が言えないよ。君は今度のことを知っていたんじゃないだろうな」

思い当たることがなく、返事が遅れた。

「……おっしゃってることの意味がよくわかりませんが」

「党の幹部が業を煮やして文句を言ってきたんだ。県連は本気で身体検査をしたのかって」

候補者の過去や身辺に問題ないことを確認する作業のことを、〝身体検査〟と呼ぶ。経歴詐称や借金問題などがあれば、敵陣営に追及されてしまう。有権者の支持を得られにくくなるため、党から推薦や公認を出すわけにはいかない。

すでに野田は無所属とはいえ、県議に当選した実績を持ち、経歴が問題にされたことは一度もなかった。

「詳しくお聞かせください」

「女だよ、女。明日発売の下劣な週刊誌に、女の問題が記事になる。長くつき合ってきた女と将来の約束をしておきながら、一方的に捨てて、選挙資金の獲得を目当てに今の奥さんと結婚したそうじゃないか。その父親は、某大企業の重役らしいぞ」

下劣と評する週刊誌の記事を鵜呑《うの》みにして大騒ぎする精神こそが下劣の極みと思えたが、真鍋は言葉を選んだ。事務所にはまだ多くのスタッフが残り、肝心の野田もこちらを見ていた。

「何が問題なのかわかりかねます。一方的というのは相手がたの言い分にすぎないのではないでしようか」

「訴訟を準備してるというんだよ。向こうの勝手な言い分だろうと嘘八百だろうと関係ない。もし本当に訴えられたら、有権者に何て説明する。イメージダウンどころか、信用問題になって、せっかくの追い上げがすべて吹き飛ぶぞ」

告示を間近に控えて、過去の恋愛問題が週刊誌に取り上げられる。誰が見ても、相手方による卑《ひ》怯《きょう》な策略としか思えなかった。またも与党とつながる一部のメディアによる嫌がらせだ。

「わたしは半年前に鈴ノ宮町へ入ったばかりなんです。昔のことを知るわけはないし、そもそも調査はそちらで行ったはずではないでしょうか」

「もちろん、したさ。けど、女の問題までは出てこなかったっていう。仕方ないだろ。話を聞いたのは野田君の友人たちなんだから、彼の不利になるような話をするわけがない。まだ君のほうが野田君には近いだろうが」

この老人は何を言っているんだろうか。

世間が注目するダム計画を抱えているが、有権者は四千人程度の小さな町であり、ほかに現職町長の対抗馬になりそうな人物は見当たらなかった。県議としての実績があるために、これ幸いと形だけしか身体検査をせずに推薦を決めたのだ。

ただ、過去の女性問題を入念に調査するのは、プライバシーの点からも非常に難しく、県連のミスと決めつけるのは気の毒だった。が、勝ち目のない戦いと見られながら予想外の善戦に持ちこんでいると知り、党本部は多くの期待を今さら抱いたため、突然の醜聞に慌てふためいて県連の失態をなじってきたのだ。要は地元にミスを押しつけようという責任転嫁にほかならない。

党務の裏事情はともかく、この土壇場へ来てのスキャンダルは確かに痛い。

候補者の過去の行いと、ダム計画の推移や今後の政策とは関係がないと思えても、町内の有権者は高齢化もあって、まず〝人柄〟が重要な選択肢となる。女性問題の風評が出たとなれば、信頼に響きかねず、せっかく広がってきた支持を失いかねない。

しつこく鬱憤晴らしの愚痴を続ける本部長に、真鍋は生返事をくり返して通話を終えると、目で野田を奥の会議室へ誘った。

新たな問題発生を察して息をつめるスタッフの中、野田は足早に真鍋のあとをついてきた。

ドアを閉めて、小声で電話の件を告げた。

野田は表情を変えなかった。自分の過去を悔やんでいる様を見せたくなかったというより、今後の影響を冷静に推し量っているのだろう。

「ずいぶんとまたあくどい手を使ってくるね」

非難よりも敵の手並みを賞賛する口ぶりだった。

「それだけ相手が野田さんを怖れているんです。――心当たりはありますか」

「ああ……」

認めはしたが、野田は弁解の言葉を並べずに、口をつぐんだ。内なる怒りを静めているように見える。

「弁護士を使って、訴訟を思いとどまってもらうよう依頼するのはどうでしょう」

「そうだね。当然の策ではあっても、告示はもう五日後だからね。どうせ相手は覚悟のうえで敵の策に乗ったんだろうから、すぐに応じてくるわけはないだろうな」

「では、このまま何もしない、と言われるのでしょうか」

「過去の別れ話と、鈴ノ宮の大きな選択は、まったく次元の違う話じゃないかな。正々堂々、政策論で挑むのが筋だと思う」

見苦しい言い訳は口にせず、動揺した様子も見せはしない。本音はわからずとも、野田は選挙スタッフや町の人の前で一時凌《しの》ぎの言葉を並べたのでは、さらに信用を落としかねないと考えたのだ。

初対面からまだ半年ほどで、鈴ノ宮町の行く末を案じる志は受け取れたものの、情熱より計算高さのほうが強い人だと、真鍋は見ていた。ダムが本当にまだ必要なのかと訴えることで、彼は県議に初当選を果たした。若さを売りにして、ダム反対を論理立てて訴えていけば、当選は見こめると見てのことだったという。次の戦略として、反対派の中核である鈴ノ宮の自然を守る会をまとめ上げて会長に就任したうえ、町長選を目指す。

すべて計算ずくの行動に映る。

おそらく町長選で名前を売ったあとは、県議に戻って、さらに妻の実家辺りの市長選を狙うつもりでいるのだろう。もちろん、その先には国政への道が続いている。

戦略ずくで行動してきた人物であれば、愛情はともかく相手女性のバックグラウンドを、そもそも見逃すわけはなかった。野田であれば、確かに資金を得るために結婚相手を選んでも当然と思える。政治の世界には、いまだ平安貴族に負けないほどの、あからさまな政略結婚が見受けられる。

「もし相手が訴えるというなら、誠実に対応させてもらう。そう表明はするが、ぼくの口からは、敵陣営の策略に思えるとか、それを匂わせる発言は一切しないつもりだ。証拠もなく相手を中傷すれば、必ず自分に跳ね返ってくる。君もそう思ってこの先の戦略を考えてくれないか」

「我々スタッフが、疑わしいとほのめかすこともしてはならない、と言うんですね」

「あくまで政策論で戦っていこう。逆風のほうが揚力を得られやすい。そう信じてみようじゃないか。みっともない姿を見せたら、確実に負けると思う」

「では、今日はひと足早く、帰宅してください。これからわたしがスタッフに事情を話して、我々の運動方針に揺るぎはないので、しっかり支えていこうと伝えておきます」

「ぼくから話すのは、ダメなのかな」

覚悟はできているとなれば、彼に任せたほうがいいと判断できた。


野田は自分を支えてくれる仲間に、誠実かつ熱意をこめて訴えかけた。思い当たる過去はあるが、妻との結婚は正直な気持ちにしたがったまでで、恥じるところは一片たりともない。敵陣営の関与を疑いたくなる者もいるだろうが、互いを非難し合っても町のためにはならず、あくまで政策を真摯に訴えていくべきと考える。もしわたしに立候補の資格がないと思う者があれば、チームを離れてもらうのは自由だし、引き留める権利は誰にもない。できれば今のチームで最後まで戦いたいので、変わらず力を貸してもらえればありがたい。

野田は若い仲間の前で実直に頭を下げた。

質問や異論は出なかったが、直前の情勢調査を聞いて高まった熱気は、一気に冷めていった。特に女性スタッフは背を縮め、目をそらす者が見受けられた。

「こんな時期に、おかしな記事が出るなんて、あまりにタイミングがよすぎるって、誰もが思いますよ。町の人たちを信じて、最後までダムが無用の長物で自然破壊を生むだけと、今までどおり訴えていきましょう」

樋口が気落ちするスタッフを見て、無理したような明るさで言った。

そのとおり、との声は上がったが、覇気にはほど遠く、動揺が尾を引いているのは明らかだった。敵陣営への怒りに変えようにも、潔すぎる野田の態度から、いくらか記事への信憑性を感じ取ってしまったようだ。

その夜は、早めの解散となった。スタッフそれぞれ先を考える時間が必要だった。

真鍋は野田を送り出したあと、立候補に必要な書類を再確認するため、樋口と二人で事務所に残って作業を続けた。

「野田さんの潔さはどこからくるんでしょうか」

樋口が仕事の手を止め、ぼつりとつぶやいた。

「理想が高いんだと思うな」

「でも、トップの目標が高すぎると、ぼくたち下の者には手が届きにくく、息苦しくなりますよね」

「いいんだよ。目標は下げちゃならない。我々は土台を固めて、目標に手を伸ばす野田さんを下から押し上げてやる役回りだ。党の中にいれば、周りは黒子に甘んじる者ばかりだからね。選挙のあとも野田さんを支えようと考えているなら、土台こそが大切だって胸に言い聞かせたほうがいい。わかるよな」

芽生えてきた弱気を捨ててもらいたくて言ったが、樋口は黙って仕事に戻った。

するると、背後でドアの開く音が聞こえた。

振り返ると、杉原勝也が立っていた。いつもの無表情で、すり足のように近づいてくる。仲間と一緒に帰ったはずだった。

「どうした。気になることがあるなら、何でも言ってくれていいぞ」

樋口が立ち上がって呼びかけたのは、若手のまとめ役としての責任感からだったと思う。

杉原は半分灯《あか》りの消えた部屋を眺め渡すように視線を振ってから、言った。

「簡単な引き算だと思うんです」

唐突に言われて、真鍋は無言で問いかけた。

杉原が唇の端を皮肉そうに持ち上げた。

「ボランティアは少しずつ増えてきましたけど、県議時代の野田さんを知っているのは、ほとんどが鈴ノ宮会の関係者ですよね。だったら、除外できる者は多い気がします」

その言い方で何を言いたいのか、見当がついた。

真鍋と樋口は野田が立候補を表明した半年前から陣営に加わったので、それ以前の野田を詳しく知る立場になかった。多くの打ち合わせを重ね、その際に世間話はしてきたが、結婚というプライベートの話題には触れてこなかった。

「待ってくれ。あちこちに疑いの目を向けたくなる気持ちはわかる。でも、選挙の直前になって、チームの和を乱しかねない疑惑を口にするのはどうかな。野田さんもそう言ってたじゃないか。それこそ敵の思うつぼになる」

身内を疑いたくなる気持ちは正直、真鍋にもあった。が、この土壇場でチームの結束を崩したなら、噂はすぐ町民にも伝わってしまう。

「相手の動きは、かなり計算されているとしか思えません。だって、うちの親父がデータ偽装の話を聞いてきて、真鍋さんが県連に報告したとたん、待ってましたとばかりに、書類を持ち出そうとしたところを見つかったんです」

「疑わしいところはあっても、敵の策略だという証拠は残念ながらどこにもない」

真鍋が仕方なしに首を振っても、杉原は表情も口調も変えずに続けた。

「そうです、証拠はまったくありません。けれど、今度は本物のデータを建設局の心ある人が提供してくれたとたんに、野田さんのおかしな風評が記事になる。どちらも計ったようなタイミングのよさです。偶然だって見なせる確率は、宝くじで一億円当てるより低そうだと思えませんか?」

杉原は自分の父親のことがあったので、どこかに答えを見つけたがっているのだ。選挙チームの中にスパイがいたとしか思えない。そう考えるしかない状況がそろってはいないか。

樋口までが深刻そうな目つきになって、真鍋の顔をうかがっていた。

データ偽装の件が野田陣営に伝われば、改革党を通じて組合職員に話が行くであろうことは、最初から予想はできる。ただ……怪しまれず、自然な形で偽装の件を伝えるには、どういうルートを使えばいいか。野田陣営の内情を知る者がいれば、より確実な手が打てる。

杉原というボランティアスタッフの父親は農協との仕事を持ち、県の役人から話を聞く機会があってもおかしくはない。息子はスタッフに加わって間もないが、いつのまにか主力メンバーになっていて、耳寄りな話を入手すれば必ず真鍋に伝える。さらに、野田の過去を知るのは、県議時代からの秘書と鈴ノ宮会の者に限られる。

「気持ちはわかるよ。けれど、証拠もなくチームの仲間を疑うわけにはいかない」

真鍋は我ながらずるい言い方をした。もしかすると、杉原には何か気づいたことがあるから、真鍋と樋口しかいない事務所に戻ってきたのではなかったか。だが、チームを預かる者としては、仲間を信じていると形だけでも表明しておいたほうが無難に思えた。樋口に忠告したばかりなのに、自らの意思を語らずに、体裁をまず気にしての発言だった。

慌てて次の言葉を考えていると、杉原が真鍋たちを交互に見てから、思いを呑みこむかのようなうなずきを見せて、言った。

「確かな証拠をつかむために、協力してください」

翌日、記事の載った週刊誌を事務所に持ちこんで開く者はさすがにいなかった。真鍋は車でわざわざ隣町まで行き、コンビニエンスストアで手に入れた。車中で記事に目を通したが、選挙が迫っている時期だからか、扇情的な書き方にはなっておらず、まるでアリバイ造りのように政策と過去の行状は別だという記述まであり、名誉毀損や選挙妨害で訴えられないような配慮が小狡くも感じられる記事だった。

事務所には三件、週刊誌の記事についての問い合わせが入った。どちらも別の週刊誌の記者と名乗ったが、それを確かめるすべは真鍋たちになかった。

町民からも五件の電話があった。代表者として真鍋が話を聞くと、すべて選挙を心配する支持者からとわかり、少しは胸をなで下ろした。

「野田は相手がたと話し合ってみると言ってましたので、いずれ解決する問題ではないかと考えています」

こちらは政策本位で選挙に挑む。野田の考えをあらためて表明したうえで、変わらぬ支援を願いたいと、所内のスタッフの耳も気にしながら強気に訴えかけた。

否応《いやおう》もなく告示の日は迫ってくる。樋口と杉原が、役場の選挙管理委員会へ出かけていった。立候補の書類に不備がないかの事前審査を受けるためだ。

有権者の数は少なくても、町の面積が広いために、届け出と同時にポスター貼りに動かねばならず、その手順をスタッフ会議の席で決めた。すでに選挙カーの手配は終わり、町中をくまなく回るルートを、雨など天候も考慮して数パターン用意した。出陣式や街頭演説の原稿も早急に仕上げておきたい。婦人部隊が手作りしたタスキやハチマキに幟をスタッフ別にそろえて、あらかじめ袋につめる作業を進めた。

党本部の指示で県連からも人を出してくれる予定だったが、週刊誌の記事が出るとわかって以降は、何も連絡が来ていなかった。真鍋はしつこく電話を入れて確約を取り、野田が休んでいる間に選挙カーが町を巡回するスケジュールも組んだ。

金銭の管理は、県連から派遣されたベテラン職員にすべて任せた。資金は乏しくとも、運転手やウグイス嬢は外部から呼ぶので、決められた謝礼を渡す必要がある。経験によって額が違ってくると手間が増えてしまうため、均一の額で依頼を受けてもらった。そのほかのスタッフはすべて手弁当になるが、簡単な昼食や夜食ぐらいは提供したい。炊事班の編制もまだ残り、そこにメディアからの取材依頼が入って真鍋は息つく暇もなかった。

事前審査は問題なくパスしたとわかり、担当の樋口たちをねぎらって仕事を続けた。夜になって最後の挨拶回りから野田が鈴ノ宮会のメンバーと戻ってきた。

「皆さん、ありがとうございます。真鍋さんから一人も欠員が出ていないと聞いて、感激しています。心から感謝いたします」

野田は会議室にこもって、演説原稿の仕上げにかかる予定だった。真鍋はそっと近づき、小声で訊いた。

「例の件は、どうだったでしょうか」

「うまくいってると思う。あとは相手の気持ち次第かもしれない。ひとまず弁護士から今夜にも連絡が入ると思う」

「了解です」

二人ともに声をひそめて言ったが、その時だけ事務所から正直にも私語が消えた。誰もが野田を信じようとしながらも、記事の余波を気にかけていた。

十時が近くなっても十名のスタッフが仕事を続けた。そこに一本の電話が入った。

真鍋は真っ先に受話器を取った。

「お待ちください」

スタッフの視線を感じながら内線ボタンを押して、会議室にこもる野田に連絡を入れる。

「例の電話がきました」

真鍋は回線を切り替えると、なるべくスタッフを見ないように注意しつつ、仕事に戻った。

おおよそ五分後に、野田が会議室から出てきた。険しい顔で真鍋のもとへ近づいてくる。

「何とか話はまとまりそうだよ。どうも彼女は知り合いから頼まれて断りきれなかったらしく、仕方なく記者のインタビューに答えたという」

「本当ですか」

真鍋は少しだけ声を張って尋ねた。

野田はまだ声を落としたままだ。

「うまくすれば、どういうルートで記者が近づいてきたのか、突き止められるかもしれないと弁護士が言っていた。もちろん、無理に調査を進めたのでは彼女に迷惑がかかってしまうんで、まだ予断は許さないと思う」

「何よりの朗報ですよ。これで一致団結して選挙に挑めます」

「追跡調査の結果が出たら、また連絡がくる。期待はせずに待とうと思う。心配かけて、本当にすまなかった」

野田は短く言い残すと、再び会議室へ戻っていった。

振り返って席に着くと、多くの目が真鍋に集まっていた。樋口が席を立とうとしたのを見て、真鍋は手で制しながらスタッフを見回した。

「みんなも気にしてると思う。どうやらいい方向へ話は進んでいるみたいだ。でも、まだ安心はできない。我々は全力で野田さんを支援する。どっちに話が転がろうと、やることは何も変わらないと思ってほしい。さあ、最後のひと踏ん張りだ」

真鍋が言い終える前から、仲間と目を見交す者が何人もいた。もし本当に、記者がどういうルートを使って女性に近づいたのかがわかれば、対抗手段を講じられるかもしれない。

真鍋はもう一度スタッフに呼びかけた。

「悪いけど、誰か夜食を買ってきてくれないか。今日ぐらいは、みんなにごちそうしたい。でも、期待はしないでくれよ。わたしも党の下っ端なんで、ボランティアに近い待遇だから、資金力はかなり乏しくてね」

笑いながら一万円札を財布から抜いて言うと、奥のデスクでさっと手が上がった。

「ぼくが行ってきます。みんな、リクエストはありますか。足りなくなったら、この際ですから会の経費に回してしまいましょうか」

鈴ノ宮会の若いメンバーが立ち上がると、冗談っぽくつけ足して笑顔を見せた。野田が会長を辞して町長選に出ると聞き、自分にも何かできないかと志願してくれたボランティアの青年だ。

久保田学《くぼたまなぶ》。二十五歳。選挙が近づくと、親の許しを得て家業を休み、ほぼ連日手伝ってくれていた。

「おいおい、うちだって、自慢じゃないけど、予算は限られてるんだからな」

先輩の会員が自嘲まじりに言うと、笑いの輪が広がった。

もう一人の若手が席を立とうとすると、最初に名乗りを上げた久保田が手を振るなり、車のキーをつかんで一人で玄関へ走った。

真鍋は席に座り直し、久保田の帰りを待った。その間、仕事が手につかず、上の空になっていたと思う。

十五分ほどして、早くも久保田がレジ袋を両手に戻ってきた。

「みなさん、お待たせしました。コンビニのパンと唐揚げをほぼ買い占めてきました」

サンドイッチや菓子パン、缶コーヒーに野菜ジュースの紙パック。ドリンク剤の瓶も十本近くが中央のデスクに並べられた。

スタッフが次々と礼を言いながら手を伸ばす中、そっと奥のドアが開いて杉原勝也が事務所に戻ってきた。樋口がそれとなく背伸びしつつ、問いかけの視線を送る。

杉原はいつもの無表情のままだった。静かに歩み寄ってくると、見た目にはわからないほどかすかに、あごの先でうなずいた。

予想はしつつも、厳しい現実を突きつけられて、胸がうずいた。が、選挙チームを預かる者としての仕事を果たさねばならなかった。

「ちょっといいかな、久保田君」

真鍋は立ち上がって、野田のこもる会議室へ歩きながら久保田に声をかけた。

「はい、おつりですね。ちょっと少なくなりましたけど」

笑顔で答えた久保田の顔が微妙に固まったのは、真鍋の態度に正直な胸の内が表れていたからだろう。

黙ったまま手招きして、奥の会議室へ久保田を誘った。踏み絵を突きつけられた信者を思わせるほど苦しげになった顔を見ていられず、会議室へ先に歩いた。

まだまだ自分は甘い人間だった。選挙は生き馬の目を抜く戦いであり、あらゆる事態に備える心構えを持っておくべきなのは、たとえ田舎の町長選であろうと政界の常識と言えた。

ドアを開けて入ってきた真鍋を見て、野田は目を閉じ、天井を仰いだ。二人で待っていると、ようやく久保田が底の見えない沼に足を踏み入れるような慎重さで近づいてきた。その後ろには、絶対に逃がすまいとして杉原が張りついている。

「あの……何か失礼が、ありましたでしょうか」

久保田は平静を装っておつりを差し出したが、指先は正直にも小さく震えていた。

真鍋はおつりを受け取らず、杉原が後ろ手に会議室のドアを閉めたのを見てから、問いかけた。

「どこへ電話をかけていたのかな」

意外な質問だと言いたげに、久保田は目をむいて真鍋たちを交互に見た。今の状況を素早く読み取って、あくまでしらを切るべきと心に決めたようだった。

杉原が後ろから冷めた声で追い討ちをかける。

「電話をかけるところをコンビニの駐車場から見せてもらいました。番号も確認できています」

杉原が背後についていた理由をようやく悟れたようで、久保田は振り返りもしなかった。答えもあらかじめ用意していたらしい。

「実は……ずっと気になっていたんです。知り合いのお母さんが入院していて、その病状に変化はなかったか、どうしても今日のうちに聞いておきたいと思ったんです」

その何が悪いのかと不思議そうに小首までかしげてみせる。汚職の追及を受けても記憶にないと答弁する政治家に負けてはならじと、素晴らしくタフな精神力を持っている。

杉原がメモを手に、十桁の電話番号を読み上げて、真鍋に歩み寄った。

メモを受け取ると、久保田を見つめながらデスクの受話器を取り上げた。ようやく観念したのか、奥歯を強く嚙みしめるのが、こめかみの動きから見て取れた。

「直接、わたしが君との関係を訊きだしてもいい。それとも、君の口から真実を語ってくれるだろうか」

「信じてください、本当ですから。ぼくは嘘なんかついてません。こんなおかしな疑いをかけられるなんて、どういうことです。誰かを裏切り者に仕立て上げて、有権者への弁明に利用しようってわけですかね。見損ないましたよ、野田さんを」

久保田は怒りの表情に変えて、迷う様子もなく早口に言った。

その姿を見て、真鍋はこの上なく感心した。敵はあらかじめ最悪のケースに備えていたのだ。

おそらく久保田が電話をかけた相手は、本当に身内が入院していて、与党の関係者でもない。利用できそうな人物を探して、知恵を授けてスパイに育て上げたのだ。成功報酬はおそらく、真鍋が党からもらっている給与の数倍にもなるに違いなかった。

「じゃあ、電話をかけた人物の名前と勤め先を教えてくれるかな」

野田がデスクの上で両手を組み合わせて、真実を引き出すべく尋問に移った。

「嫌です。そちらで勝手に調べたらいいじゃないですか。ぼくはその人に迷惑をかけたくありません。ぼくの口から言ったんじゃ、疑惑の仲間に引き入れるみたいで申し訳ないですから」

まず間違いなく、建設や土木などのダム関連で潤う予定の業界に近い者だろう。

もちろん、その職業が特定できたところで、与党とのつながりが証明できたことにはならず、彼が言うように疑惑の人で終わるのだろう。が、昔の交際相手に記者が近づいてきたルートがわかりそうだと野田が告げたとたん、久保田が自ら買い出しを引き受けて、外部へ電話を入れた事実は動かなかった。

「ぼくを悪者にしたければ、勝手にしてください。誰かさんみたいに記者が話を聞きたいと言ってきたら、正直に話してやりますよ。ぼくははめられたってね」

野田が受けて立つように椅子の上で姿勢を正した。

「いくら万年野党でも、政党の力を甘く見ないほうがいい。君の知り合いの勤務先が突き止められて、その会社と役員たちがどこに政治献金していたかを調査すれば、状況証拠は固められる。たぶん、どこかの記者が書きたがるだろうね。ダム建設をめぐって、与野党の汚いスパイ合戦が水面下で行われていた、と。せいぜい君の実名が出ないことを祈ったらいい」

もしかすると、献金などしていない下請け会社を使っている、とも考えられる。野田が言うような状況証拠がどこまで固められるか、不安はある。けれど、裏切り者には、せめて自らの罪に怯《おび》えながら選挙期間をすごしてもらいたいと、野田は強引な論法を口にしたのだ。

「今日まで頑張ってきたのが、ばからしく思えてきましたよ。いっそ明日から、推進派の現職候補を応援することにしましょうかね」

面白みのない捨て台詞を口にして背を向けると、久保田はおつりを床に投げ捨てるなり、肩をすくめるポーズを作りながら会議室のドアを乱暴に押し開けた。

野田はデスクにひじをつくと、両手で額を支えるようにして、うつむいた。身近にスパイが入っていたことを悔やみ、気づけなかった自分を責めているのだろう。

その姿を見ていられなかったのか、杉原が無言で一礼して会議室を出ていった。

彼なら心配はいらない。一人で部屋に呼ばれた久保田がなぜ急に帰宅したのか問われようと、自分の手柄をペラペラと語ることはない。スパイがいた事実も告げはしない。ちょっとした行き違いがあり、自分は意見を聞かれただけ。そんなふうに、たぶん答えてくれる。

「どうする。どこまでスタッフに打ち明けたらいいか、答えが見つからない……」

野田が選挙戦に入って初めての弱音を口にした。彼としては仲間に隠しておきたくはないのだろうが、確実にチームの士気はさらに落ちる。本当にスパイだったのか、それとも野田が疑心暗鬼に駆られて追い出すはめになったのか。明確な答えは誰にも出せず、ダムをめぐる選挙の怖さを印象づけることになる。

悩んでいると、閉じたばかりのドアが再び開いて、杉原が部屋の中へ戻ってきた。素早くドアを閉めると、いつもの表情の読めない顔で言った。

「……どうでしょうか。事務所の小銭や備品が減っているのにぼくが気づいて、真鍋さんに伝えていた。久保田さんが買い出しに出た際、マンガ雑誌まで買っていたので、そのことをただしたら辞めると言いだした、とか。下手な言い訳になってしまうでしょうか」

仲間に問われた時、どう答えたらいいか。すぐに知恵をめぐらせて、野田の意見を聞きに戻ってきたのだ。

「ありがとう。君のおかげで、意地でも最後まで乗り切っていこうと心を決められそうだよ」

野田が力なく顔を上げた。それからもう一度、ありがとうと言って、頭を下げた。

「投票日まで、あと二週間。ぼくも最後まで走り抜くつもりです」

杉原が淡々と言って軽く一礼したあと、再び落ち着いた足取りで会議室を出ていった。

7

――午後六時に締め切られた投票は、まもなく鈴ノ宮町の選挙管理委員会によって、即日開票が行われます。

地元紙による事前調査の結果、まれに見る激戦と言われており、国が推し進める鈴ノ宮ダムの建設計画の行方を左右する重要な選挙と位置づけられて、与野党ともに幹事長をはじめとする要職者や地元選出の国会議員が次々と現地入りしての激しい選挙戦がくり広げられてきました。

立候補者は二名で、現職の横尾氏に、元県議で地元出身の野田候補が挑む構図です。それぞれダム推進派と反対派を束ね、まさしく町を二分する戦いになったと言っていいでしょう。

現職は町の発展のためにダムは必要不可欠であり、下流域の水害対策や農業用水の確保も重要な争点であり、一級河川とともに生きてきた自治体として、その責任を果たさねばならない、と訴えてきました。

一方の野田候補は、すでに多くのダムが県下で造られており、治水の問題は解決ずみであるとして、二十年以上も前の計画を今になって強引に推し進めるのは、多くの町民を犠牲にするうえ、鈴ノ宮渓谷の豊かな自然を破壊して、国の抱える借金を増やすだけに終わる、と主張してきました。

鈴ノ宮町の有権者は四千人ほどで、一票の持つ重みを感じながら投票したいという町民が多く、選挙の行方はまったく予断を許しません。

「ここで政治部の官邸キャップに話を聞いていきます。まず、今回の町長選がこれほど注目されてきたのは、ダムの計画があるからなのですね」

「はい。与党の日本新民党は、鈴ノ宮ダムが発案された当初から、一貫して計画推進の姿勢を変えていません。ただ、派閥の綱引きがあったために、同県内の国会議員の間では長く意見が分かれてきた、という実状があります」

「しかし、今は地元農家の意向を受け入れる形での新たな生活再建案が打ち出されたことで、計画推進で意見はまとまったのでしたよね」

「はい。さらには、下流域の自治体六首長が、将来の治水対策と水需要に応えていくためには、鈴ノ宮ダムが必要であり、早く実現してほしいとの嘆願書を政府と新民党に提出しています」

「ただ、建設省と農水省が提出した治水と水需要のデータは、ダム建設のために水増しされたとしか思えない、と大学教授のグループから指摘を受けています」

「政府は偽装の証拠はまったくないとして、別の大学教授の試算を、あとから計画書に加えたという経緯があります。データの解釈次第によって、どちらのケースにも当てはまるという見方もあり、識者の間でもダムの必要性が問われてきました」

「では、今回の町長選での有権者の判断が、ダム建設の今後を左右することになるのでしょうか」

「すでに利根川上流で予定されていた沼田《ぬまた》ダムの計画が、地元の激しい反対運動によって、中止が決定しています。さらに、関西地区では、紀の川《きのかわ》上流域で建設計画が進む大滝《おおたき》ダムが、反対運動の盛り上がりと議会選挙の結果によって、着工できなくなっています。鈴ノ宮の町長選が、各地の大規模公共事業にもたらす影響は大きいと言えるでしょう」

「小さな町の選挙に注目が集まっているわけが、そこにあるのですね」

「地元のかたはもちろん、ダム計画を抱える日本各地の関係者が固唾を呑み、開票結果を待っています」

――こちら、開票が行われる鈴ノ宮町役場に隣接する福祉センター前です。開票結果を気にして、両陣営の支持者がすでに集まり始めています。報道関係者やテレビ中継車もひしめき、現場の警備のために、県警から三十名を超える警察官が投入されたとのことです。

すでに各地の投票箱がこの福祉センターに集められて、あとは開票が始まるのを待つばかりとなっています。

――ただ今速報が入りました。ダム計画の今後を占うと言われた鈴ノ宮町の町長選挙は、現職の横尾寿一《としかず》氏が僅差で当選を決めました。わずか六十二票差という大接戦でした。

横尾寿一氏は六十八歳。鈴ノ宮町議を四期務めたあと、四年前の町長選に初当選して、今回で二期目となります。

町と下流域の自治体のためには鈴ノ宮ダムが必要だという横尾氏の主張が町民に届いた結果と言えるでしょう。

――こちら永田町、日本新民党の本部前です。小さな町の選挙ですが、日本各地で計画されているダム計画や、大規模公共事業に及ぼす影響は大きく、苦戦を予想する報道もあったため、政府と与党関係者は一様に安堵《あんど》の表情を見せています。これでダム計画に弾みがつく。そう語る与党幹部もいたと伝わっています。

――見事、再選を決めた横尾陣営の選挙本部です。即日開票の結果が報告されると、万歳の大合唱が会場を埋めました。涙を見せて喜ぶ支持者もいて、今もなお勝利の興奮が続いています。当選を決めた横尾氏がまもなく支持者の前に駆けつけて、感謝の言葉を述べる予定になっています。

長く凍結されていた鈴ノ宮ダムの建設計画は、この選挙結果を受けて、一気に進んでいくものと見られます。以上、当選を決めた横尾氏の選挙本部前からでした。

インターミッション

――深夜を待たずに、今回の第四十五回総選挙の大勢が決定的となりました。全国で開票が進むとともに、与党の日本新民党の得票数が伸び悩み、大きく議席を減らす公算が高く、連立を組む公正党と合わせても、衆議院の過半数を割りこむのは確実と見られます。尾郷《おごう》政権の度重なる不祥事と、それにともなう閣僚の相次ぐ辞任に対して、全国の有権者の厳しい審判が下った結果と言えます。

一方、民主改革党は躍進し、議席をほぼ倍増させる勢いです。この情勢を受けて、直ちに社会新党ならびに国民主権党との連立協議を進めたい、と武藤《むとう》幹事長がコメントを発表しました。社会と国民の二党も直ちに両院総会を開いて、今後の方針を決定したいと表明しています。最終的な議席数はまだ確定していないものの、三党による連立内閣が発足するのは、ほぼ間違いない状況となってきました。

選挙前から改革党が盛んに訴えてきた政権交代が、いよいよ実現しようとしています。

「では、ここで新民党を優にしのぐ議席を獲得して、多くの支持を有権者から得た民主改革党の村《むら》中《なか》党首とつながりました。村中さん、政権交代が叫ばれる中での、この選挙結果をどう見られているでしょうか」

「はい。新民党のばらまき予算に頼った古い政治体質に、有権者の皆様が断固としてノーを突きつけるとともに、新たな政治に期待を寄せてくださった結果と考えています」

「今後は、改革党に大きな責任が課せられていくと思います。政権の座に就いた暁には、まず何をしていくべきと考えられているでしょうか」

「重責を果たすべく、国民の皆様の意見をよく聞いたうえで、議員一丸となって全力で政治改革に取り組んでまいります」

「そのためには、何より連立協議を速やかにまとめていくことが求められると思われます。各党の政策にはやや違いが見られますが、そのすり合わせはどう進めていかれるおつもりでしょう」

「まず今、日本に何が必要で、政府に求められているものは何か。両党の主張についてはもちろん理解している部分が、我が党にもございます。しかし、すべてを一度に進めていくのは、理想の姿であっても難しいと思われます。直近の課題からひとつひとつ、知恵を出し合い、議論を重ねて取り組んでいける体制作りを進めていきます」

「改革党は今回、マニフェストに多くの政策を盛りこんだうえで選挙に挑みました。中には、国民党の意見と相反する項目も見られます。特に大規模公共事業に関しては、中止をふくめた見直し作業を進めて、コンクリートから人へ予算を変えていくと主張されました。多くの有権者がその政策に注目していると思われます」

「はい。我々としても両党の皆さんと腰を据えて話し合いを重ねていきたいと考えます。しかし、我々はすべての事業を中止すべきと訴えてきたわけではなく、無駄を省き、財政の健全化に努めるのが優先されると考えて、今回のマニフェストを発表いたした次第です。その主張が有権者の皆様の支持を得られた面もあると思います。国民の皆様の生活をよりよくするための公共事業は当然ながら必要であって、経済のガソリンともなっていく側面が確実にあります。先ほどもお話しさせていただいたように、今の日本に何が必要なのかを見極めたうえで、慎重に取捨選択をしていくことが重要だと思われます。連立協議をさせていただく際には、両党のご意見にも耳を傾け、我々の主張を丁寧に説明したうえで、政策の優先度を共有したいと考えています」

「公共事業の中でも、特に鈴ノ宮ダムの工事中止をマニフェストの目玉として取り上げられていました。一度動きだした公共事業を止めるには、多くの課題があると言われていますが、その点はどうお考えでしょうか」

「もちろん、各方面からの懸念の声は我々の耳にも届いております。マニフェストをご覧いただければご理解いただけると思いますが、我が党は闇雲に公共事業の中止を求めているわけではありません。今ストップしなければ、国の借金を増やすだけになりかねない事業計画があるのではないか。特に何十年も昔に立案されながら、少しも進んでいない計画がいくつか見受けられます。ここで一度立ち止まって冷静に判断し直す時期が来ているのでは、と考えます。以前から我々は、事業計画を根本から見直すための専門家チームを立ち上げることを提言してまいりました。必ず最良の策が見出《みいだ》せると信じて取り組み、国民の皆様の期待に応えるべく全力をつくしてまいります」

——たった今、連立政権の樹立を念頭に置いた三党の党首会談が終わり、これから記者会見が行われます。

すでに幹事長や政務担当者による政策会議は終わっていますので、明日にも特別国会が召集されて、民主改革党の村中紀一郎《きいちろう》党首が、第九十三代内閣総理大臣に指名されて、社会新党と国民主権党との連立内閣が発足する運びです。

先の総選挙で三百人を超える当選者を出すという大勝利を収めて政権交代を実現させた民主改革党が、国民の負託にどう応えていくか、その舵取《かじと》りが大いに注目されます。


――こちら、国土交通省前です。

つい今しがた、前野《まえの》国交大臣が定例会見の席上で、かねてより課題として取り上げられていた群馬県鈴ノ宮ダムの建設中止を正式に発表しました。政権交代が叫ばれる選挙の際から、無駄な公共事業の代表と指摘してきたこともあり、新たな政治のスタートを広く国民に伝えるためにも、改革党は連立を組む二党にも中止を強く訴えてきました。

今回、専門家による政策見直しチームの答申を待つ形で、ようやく政権発足から二ヶ月を経て、正式に事業中止の決断を下すことになりました。

しかし、連立与党の社会新党と国民主権党からは、すでに動きだしている計画を中止すれば、各方面への補償金や、着工された部分の自然回復のために、ダム建設を完了させるよりも多額の費用がかかるとの意見も出されました。改革党としては、マニフェストのトップに掲げた鈴ノ宮ダムの建設中止を実現することで、各地でくすぶる公共事業の見直しを進めていく起爆剤にしたいとの思惑があります。

すでに鈴ノ宮ダムの本体工事の入札は凍結されています。鈴ノ宮町の生活再建を考える議員連盟も発足し、具体的な検証作業を進める段階となりました。

ダムの計画がスタートして、おおよそ四十五年。地元の鈴ノ宮町は、中止と建設の間で大きく揺れ動いてきました。今回の正式な中止決定で、多くの住民がさらなる困惑と新たな決断を迫られることになるのかもしれません。

第二部　十三年前

1

谷間の町へ続く県道が見違えるほど拡張されて、土砂を満載にしたダンプカーが次々と目の前を通りすぎていく。

あれから二十年もの年月がすぎたのだから、町も人も変わっていくのは当然の成り行きだったが、鈴ノ宮の変貌ぶりを見せつけられて、真鍋義邦は苦い思いを呑《の》み下した。

あのころは、断崖の迫る細いカーブが続き、谷を深くえぐる川の横手に差しかかると、昼間でもハンドルを握る手に汗がにじんだものだった。今は頑丈なガードレールに守られて、広々とした二車線が町の玄関口までゆるやかに延びている。すでにこの道路拡張工事に何億円が投下されたのか。代替地の整備はまだ始まったばかりと聞くので、今ここでダム関連の工事がすべて止まれば、確かに今後の予算に与える影響はまだ少ないと思われる。

谷間のうねる道を折れて視界が開けると、胸が一気に締めつけられた。

ダムを見据えた補助金が下流域の自治体や県道にもたらされながら、鈴ノ宮の町並みは時代から取り残されたように侘《わび》しく見える。点々と並ぶ商店はまた数が減り、さらに風化が進んだみたいだった。

やがて水没する地区に新たな予算を投じる意味はなく、二十年前より舗装は荒れて空き家が増え、ゴーストタウンさながらの区画が広がる。今も町民は年々、都会へ逃げ出している。その動きに拍車をかけるように、民主改革党がダム建設の中止を誇らしげに表明したため、機嫌を損ねた国と県の役人がそっぽを向いて予算がしぼられ、町の開発は見放される一方なのだ。

二十年前、野田伸輔を担いで町長選を戦った時の悔しさが、あらためて甦《よみがえ》る。証拠はなくとも、政権与党の策略としか考えにくい醜聞と身内に内通者のいた事実が痛手となり、急ごしらえのチームは気勢を削《そ》がれた。いざ選挙がスタートすれば、熱を取り戻してくれると期待したが、新たに党から派遣されたスタッフと「鈴ノ宮の自然を守る会」のメンバーが仕事の割り振りから激しく衝突した。あとから参加したくせに態度と物言いが横柄だと不満が高まり、澱《よど》んだ雰囲気を引きずったまま選挙戦に突入したのだ。それでも、現職町長に六十二票差まで迫れたのだから、善戦と言ってよかった。

ところが、県連は責任を被《かぶ》りたくないがために、真鍋がボランティアの面々をまとめきれなかったのが敗因とする報告書を、永田町の党幹部に送った。鈴ノ宮会の協力がなければ選挙を戦うことすらできなかった事実を見ず、支援不足を隠蔽する動きに出たのだ。

現場に足を運ばず、レポートのみを信じたがる党の幹部にも、責任を取る動きはなかった。選挙が終わって真鍋が地元に戻ると、県連で待っていた新たな仕事は、鈴ノ宮に負けない田舎の町議の事務所責任者だった。

たまたま第一秘書が年齢を理由に引退したので、玉突きのように事務所の代表が秘書となり、その後釜に据えられたのだ。誰が見ようと、明らかな左遷人事だった。

縁もゆかりもない地で、さして仕事もない町議の下で働いたところで得られるものは何もなかった。党を離れることを、まず考えた。が、二、三年の辛抱だと幹部に説得された。君のような実力者を党が放っておいたのでは、多大な損失になる。必ず呼び戻すので、町議の仕事を覚えて、次のチャンスに備えてほしい。

幹部の語るチャンスは四年後に与えられたが、父親の兄弟が住むという細い縁しかない地の市議選への出馬だった。一年半前から転居して準備したものの、泣くに泣けないたった三十票差で落選した。

この男では選挙に勝てない。そう県連で世評が固まったという。

ところが、次の県議選で新人候補の事務所に入って支えたところ、誰もが想像しなかった上位での当選を果たした。鈴ノ宮での町議選で得た経験から、若者のボランティアを大胆に投入する策が当たった結果だった。

この男は選挙を采配できる。新たな評判がじわりと広まっていき、県連の選挙対策班のチームリーダーを任されるようになっていた。今では衆参の国政選挙にも呼ばれて、多くの部下を指導する立場にあった。

気がつけば、五十代半ばになっていた。自分の手で政治を変えたいという初心は忘れていないつもりだが、いつしか議員を裏から支える役回りを託されて、政治の世界の片隅に未練がましくとどまっていた。

与えられた仕事があるだけ、あなたはまだ幸せだと思う。わたしには何もない。苦労ばかりかけてきた妻は、娘を連れて実家に戻っていった。二人の意志は岩盤のように固く、話し合いの機会もろくに得られなかった。それだけのことを自分は無自覚にも二人にしてきたのだ、と知らされた。政治は、語りかけた約束を実現していくものであるべきだった。けれど、妻にしてみれば、実績を手にできない夫は、空疎な夢の語り部にすぎなかったのだ。

二十年も経《た》てば、否応《いやおう》なく人の心は移ろう。自分一人が鈴ノ宮と同じように時代から取り残されて虚《うつ》ろな心のまま、あてがわれた仕事に向かうべくまたも車を走らせていた。

昔の記憶をたどり、信号を左に折れる。推進派の町長が続けて当選したことで、国と県はダム建設を進めようと図ったが、肝心とも言っていい生活再建策はかけ声倒れの状態が続く。移転補償の交渉は揉《も》めに揉めて、改革党政権が生まれるより先、事実上ストップしていたと聞く。

国が再建策をろくにまとめようとしないために、痺《しび》れを切らした住人が次々と転居していき、町の過疎化がさらに進んだ。住民の期待する再建策を遅らせることで、水没予定地から先に人を追いやろうと狙ってのことではないか。単なる噂《うわさ》ではなく、どうにか反対派の結束を切り崩し、補償交渉を有利に運んでいこうとの狙いがあったのは間違いなかった。

町のささやかなメインストリートは歩く人も往来の車も乏しく、三百メートルも進めば宅地は途切れて、青空の下に田畑が広がる。苔の緑に覆われた渓谷の流れを越えた先に、目指す新たな選挙事務所はあった。

二十年前と同じで、町を出て行った住人が残した古い民家を使っているのだった。農具を入れる納屋とおぼしき錆《さび》だらけのプレハブ小屋の前で車を停《と》めると、事務所の玄関ドアが早くも開いて、懐かしい男が笑顔で飛び出してきた。

「お待ちしておりました、真鍋さん。お噂は嫌というほど、うかがってます」

樋口素夫。二十年前、野田陣営の若手スタッフをまとめ、最後まで献身的に働いてくれた男だ。野田は県議に復帰すべく、二年後に立候補したが、町長選に続いての敗北を喫した。その選挙を樋口は手伝ったあと、鈴ノ宮に帰って実家の仕事に戻ったという。

その樋口から数年ぶりに電話が入り、実は選挙の準備を進めていると聞いて驚いた。てっきり樋口本人が町議選に出るのかと思ったが、二十年前と同様にリベラル系無所属の新人候補を次の町長選で支援するのだという。

「実を言うと、鈴ノ宮会の地元リーダーから、ずっと誘われていたんです。実家の仕事は兄に任せておけば、心配ありませんし。改革党政権がダム計画の見直しを進めているので、何より先に町民の意思を固めておくべきだと思うんです。そのためにも新民党べったりの現職ではなく、我々の手で信頼に足る町長を担ぎ上げて、ともに進んでいくことが重要になってきます。厚かましいお願いになりますが、あの時のように選挙戦を手伝っていただけないでしょうか」

このところは年賀状のやりとりぐらいしか音信がなかったのに、選挙の支援を二十年ぶりに依頼されて、懐かしさより戸惑いのほうが大きかった。

「真鍋さんが引き受けてくださったら、二十四年ぶりに反対派の町長を送り出すことが絶対に叶《かな》います。正直に言うと、改革党の勢いにぜひとも乗せていただきたい、という狙いもあります」

保守王国と言われた地でも、先の総選挙で改革党は目覚ましい躍進を見せた。地滑り的とも言われた勝利を手にしたおかげで、今や政権を切り回す与党勢力の中心となった。政治を変える。その夢に近づけたことで多くの党員が沸き返り、新たな任務に熱を入れている。

真鍋にも多くの仕事が与えられ、自分一人の判断で決められる状況になかった。

「二十年前の敵《かたき》を討とうじゃありませんか。おかげさまで鈴ノ宮ダムの建設は中止が決定的になっています。次の町長選で我々の推す鶴崎《つるさき》さんが当選すれば、町の大半が水没することはもうありません。無駄な公共工事を食い止めるダムに、我々自身がなれると思うんです。真鍋さんとまた一緒に戦っていけば、若い世代も多くを学んでいけます。どうか手を貸してください。こちらの県連を通して、正式にお願いするつもりでいます。その前に相談しておきたかったんです」

樋口に県連を動かす力があるとは思えないので、おそらく候補者が是が非でも改革党の推薦を取りつけようと懸命に働きかけているのだろう。同時に真鍋からも助力を得たい、と考えてのことだった。

党としては、旧来の政治を否定し、独自路線を推し進めていく姿を国民に見せるべく、無駄な公共事業の代表として、まず鈴ノ宮ダムの建設を止めるべく動いた。その地元で、建設推進を謳《うた》う現職町長が当選したのでは、党の掲げるマニフェストに泥を塗られる結果となる。

真鍋が後押しするまでもなく、幹部の判断は速かった。党を挙げての支援がすぐに決まった。二十年前に敗北の責任を真鍋に押しつけた幹部はとうに退任しており、群馬県連からの要請は問題なく受け入れられて、真鍋がまたも鈴ノ宮町に入ることになった。過去の経緯は本部の者に問われたが、形式的なものにすぎず、総選挙の勢いを逃してはならないという意気ごみが強く感じられた。

「これで百人力です。鶴崎さんも待ってくれています。さあ、どうぞ」

鶴崎昌彦《まさひこ》。次の町長選への立候補をすでに表明している弁護士だった。三十五歳と若い。生まれは高崎市。ただし、父親が鈴ノ宮の出身だった。三十年も前から活動を続けている鈴ノ宮の自然を守る会が、阪神・淡路大震災を機に制定された特定非営利活動促進法に則《のっと》り、晴れてＮＰＯ法人に認定された。その申請を引き受けた弁護士の一人が鶴崎であり、一年ほど前には次の町長選を見据えて、父親の実家のある鈴ノ宮に転居したという。

まだ殺風景な事務所に通されると、シャツの袖をまくった逞《たくま》しい男が待っていた。弁護士というより、地元で建設会社を切り回す若社長といった風情で、陽《ひ》によく焼けた顔に皺《しわ》を刻みながら分厚い手で握手を求めてきた。

「初めまして。鶴崎です。お噂は樋口さんから何度も聞かされています」

意欲を伝えるためなのか、手を握る力が痛いほどだ。

どうして弁護士の仕事をなげうってまで、ダム湖に沈む町の首長選に出ようと決意したのか。政権交代をあおるメディア各社が鶴崎のインタビュー記事を掲載していたので、真鍋は礼儀として事前に目を通していた。

彼は渓流釣りが趣味で、学生のころから鈴ノ宮渓谷に通い、その景観の素晴らしさに心を打たれたという。その上流域を水没させてしまうのは、大自然への冒瀆《ぼうとく》と考えて、鈴ノ宮会に手を貸すことを決めたのだった。

趣味が高じて鈴ノ宮に関心を抱いたのは嘘《うそ》ではないだろうが、彼は学生時代から政治に強い関心を持っていたらしい。たとえ選挙に敗れても、以前の法律事務所に戻って弁護士活動を続けられるし、小さな町の首長選でも、その経験は政治活動を続けていくうえで必ず大きな財産となる。当選できれば、ダムに揺れる町としてメディアが注目しているため、狙いどおりに知名度が高められる。

樋口から裏の事情を打ち明けられて、真鍋は悪いと思いながらも、二十年前の野田伸輔と比べていた。誠実な人だったと思うが、野田もやはり計算ずくで町長選に挑んだ経緯があった。今は前橋に戻って市議の座をつかみ、ゆくゆくは市長選に出馬しようと機会をうかがっていると聞く。鶴崎も、鈴ノ宮をスプリングボードに政治の世界へ挑んでいこうというのだった。

たとえ鶴崎の打算が透けて見えようとも、かつてともに戦った樋口から請われたうえ、党本部の要請でもあった。力をつくすほかないと思いながらも、ダムを強引に建設して旨味《うまみ》に与《あずか》ろうという政官財の面々と何が違うのか、との疑問が胸に湧いた。一地方を利用して目指すものを手に入れようという秘めた狙いに、さしたる違いはないと思えたのだ。

——あなたは生真面目に考えすぎる。

妻は昔からよくそう言っていた。結婚当初は信頼の笑みとともに。仲がこじれ始めたころからは、冷笑とともに。

人は立場が変われば、ずっと掲げてきた理想を差し置いても、現実を選び取る。ダム湖の底に家や店が沈む者は先の不安を払拭しておきたくて補償金の額を気にするし、沈まぬ者は傍観に徹してどっちの側につくのが得かと胸で天秤《てんびん》を揺らす。どちらかに大きく傾くことなく、より多数の利益を図っていくのが政治であるはずなのに、数千億円という大型予算の大事業と聞けば、目の前にちらつく果実に多くの者が手を伸ばす。

二十年前、清流館の若い社長は、推進派の切り崩しに応じて融資話を受け入れた末、県下のスキー場近くに温泉ホテルを新たに開業した。ところが、小さな町のしがない温泉宿の経営者に、リゾートホテルを巧みに切り回す手腕はなかったようで、赤字を続けて借入金の返済が滞っていき、数年であえなく人手へ売り渡すことになったと聞く。

言わんこっちゃない、と身のほど知らずをあざ笑う者が町には多かったらしい。が、当時はなぜ自分に美味《おい》しい話がこないのだと、清流館の社長とその一族への妬みを嫌がらせで晴らそうとする者が出て、親戚のほとんどが町から追いやられたという。

裏切り者への悪口は身内の結束を固める効果はありながら、よそ者と言っていい真鍋から見れば、清流館の社長一家はダム推進派に人生を翻弄された犠牲者としか映らなかった。今はどこで何をしているのか、知る者はいないらしい。

残念ながら政界の周辺には、欲をかいて因果《いんが》を招き、悲惨な末路をたどった者が跡を絶たなかった。口車に乗せられた候補者が大金を借り入れて選挙に挑みながら、あえなく落選して、ただ返済に追われる人生を歩むという話は、全国各地に散らばっている。

党の幹部がマニフェストで謳ったように、ダムは本当に無駄の象徴なのか、今も真鍋はわからずにいた。

ただ、鈴ノ宮渓谷の優美な景観の一部は失われて、もう二度と戻らない。当初の予算は二千億円強と発表されたが、これから建設が本格化すれば、その数倍の予算が必要になると言われていた。下流域の洪水がなくなり、多くの人命と財産が守られるのであれば、大金を投じての建設にも意義はあった。

ところが、治水効果の予測は両派の専門家の間で大きく揺れ続けてきた。それぞれの拠《よ》って立つ場の違いで、数字の解釈に差が出すぎるためで、何年も前からすでに有権者の判断材料にはなっていなかった。

それでも、ひたすら大規模公共事業に邁進《まいしん》する新民党が下野した今、国も地元もあらためて考え直す機会が与えられたと見るべきなのだ。すでに周辺工事が進む中、建設中止が本決まりとなれば、受注した業者はもちろん、町の住民も補償金は手にできず、さらに人生を翻弄されていく。その痛みに耐えてでも、強引に建設工事を中止すべきなのか。

「うちの精鋭を紹介します」

鶴崎が事務所のスタッフ五人を紹介してくれた。

広報を兼ねた総務担当は、鈴ノ宮会をまとめてきた四十代の男性だった。ＮＰＯ法人は税制の優遇を受けるため、職員は公正な立場が求められ、特定の政治団体や候補者を支援する選挙活動はできなかった。そのため、会を辞めて正式な事務員となっていた。

第一秘書を務めるのは、鶴崎の大学時代の後輩だという。遊説や取材などのスケジュール調整も担当する。

残る三人は女性だった。一人が鶴崎の在籍していた法律事務所からの派遣で、もう一人は県連から紹介されたベテランだった。最後の一人が樋口の高校の後輩で、高崎市内の中堅スーパーで経理を見ていた経験を持つ。

樋口は第二秘書として選挙チームのまとめ役を担い、資金管理団体の代表にも就いていた。責任は重い。

真鍋の役どころは、二十年前と同じく選挙対策本部長だった。

「実は……もう一人、チームに誘いたいやつがいるんです、隠し球として」

樋口が最後にいわくありげな笑みを見せて言った。

「昔の仲間だな」

隠し球という野球のワードを口にしたことから見当をつけて問うと、にんまりと頬に微苦笑が広がった。

「杉原が、家業だった耕運機で耕しても無駄なくらいに、根腐れを起こしてるんです」

杉原勝也。彼も二十年前、野田陣営でボランティアの運動員として働いていた。口数は少なかったものの、いつもチームを外から眺めるようなところがあって、時に大胆な意見を言ってきて何度も驚かされたものだった。当時はまだ大学生だったので、選挙が終わると東京に戻ったはずで、その後の消息は何ひとつ耳にしていなかった。

樋口は選挙カーにも使えそうな白の古い小型バンのハンドルを握りながら教えてくれた。

「あいつ、大学を出たあと、食品の卸会社に就職して、前橋の営業所に配属されていたんです。新たな顧客を開拓したいって泣きつかれて、うちの店も取引するようになってました」

ところが、耕作機械の代理店を営んでいた父親が病に倒れたため、その仕事をやむなく引き継ぐことになった。二年前に父親が亡くなって店をたたみ、以前に勤めていた卸会社のつてを頼って、配送の下請けに再就職したという。

「どうも奥さんと何かあったみたいでして。真鍋さんもご存じのように、ああいう男ですから自分のことを話したがらないんで、詳しい事情は聞けませんでした。半年ほど前に離婚したとかで、今は実家に舞い戻ってきてます。何度か野球部の後輩たちと飲んだんですけど、相変わらずの無口で、まったく元気もなくて……。でも、二十年前は見事なベンチワークを見せてくれたじゃないですか」

「選挙を手伝えって、本気でスカウトしようっていうのか」

「一緒に飲んだのは、総選挙の前だったんです。だから、もうダムは決まったことだ、今さら反対派の町長を当選させたって意味はない、たとえ改革党が衆院選で多少の議席を増やしたところで、群馬は相変わらずの保守王国だから、絶対にダムは造られる。そうぼやきっぱなしでした」

「風向きが変わったんで、誘ってみるかと考えたわけか」

「いえ……。実はその時、彼は真鍋さんのことをやたらと気にしていたんです。あの人なら政治家になって当然だと思うけど、噂は聞かない、どうしてるのか、って」

「あえなく落選したのは、埼玉の田舎だったからな。そりゃあ、こっちまで情報は届いてないだろ」

自嘲して笑うしかない。けれど、二十年も前にたった二ヶ月足らず一緒に働いただけなのに、今も気にかけてくれているとは意外だった。もしかすると杉原自身、選挙に勝利はつかめなかったけれど、存分に戦えたという満足感が強く、今も忘れえぬ思い出のひとつになってくれているのかもしれない。

人を大切にすることで、縁は作られ、社会が広がっていく。地方政治への取り組みがその役目を果たせていたなら、たとえ下働きの仕事にも喜びと誇りを感じられる。

「今は配送の仕事をしてますが、運転手たちは積み荷を考えた運転をちっともしてくれないし、遅刻は日常茶飯事なのに上は放任主義で職場はだらけきってる。新規の開拓なんて、誰も考えちゃいない。ずっと文句をこぼしてました。そういう不満がたまったせいで、奥さんともすれ違いが生まれたのかなって、思えたんです」

樋口は二十年前と変わらずに、地元の仲間を本気で心配していた。実家の店も、いずれダムができれば水没する運命にある。次の町長選を勝つことで、まだ何かを変えられるのではないか。後輩の杉原も、仕事と人間関係を愚痴るばかりでなく、いくらかでも前向きさを取り戻してほしい。このままでは絶対にいけない。

「だから、ぼくらのリクエストが通って、真鍋さんの手を借りられることになったら、本気で誘ってみようと考えてました。彼なら正式なスタッフとしても、この先ずっと働いていってもらえると思うんです」

あの杉原も今年で四十歳になる。政治の道に誘うのは申し訳なく思えたものの、立ち直るきっかけにしてもらえたら、と樋口は願っているのだった。

まだやり直せる。もしかすると、くすぶる真鍋の評判をどこかで耳にして、ともに戦いたいと言ってきたのか、とも思えてきた。

暗くうねった道を進んだ町外れに、小さな集落があり、その一軒が杉原の家だった。夜目にも古いとわかる平屋造りで、へこみの目立つ軽自動車が雑草の生い茂る庭の端に駐《と》められていた。

玄関の呼び鈴を押すと、返事もなくドアが開き、杉原勝也の眠そうな顔が現れた。

二十年前より十キロほどは太ったと見えて、立派な中年男性になっていた。乱れた髪のあちこちが大きく跳ね、真鍋たちを認めるなり、表情の乏しい顔がいかにも皮肉そうな笑みを刻みつけた。

「何年ぶりですかね。真鍋さんまでご一緒とは……何が起きたんですか」

「スカウト活動が実ったんだ。言ったろ。絶対に引き入れてみせるって。強引に口説き落として、二十年ぶりの再会を果たしたよ」

「元気そうじゃないか。貫禄《かんろく》も出たみたいだしね」

真鍋は自然と笑みが洩《も》れた。

杉原がまた薄く笑い、腰回りを両手でなで回しながら言った。

「腹にためとかないといけないものが多くて困ってます。真鍋さんは昔とちっとも変わりませんね」

人からよく言われてきた。仕事で苦労を重ねてきたというのに、少しも老けていない、と。清新な志が顔と体に表れるものらしい。そうも言われた。心は疲れきっているのに、顔が若いままなので、使い減りしないやつと思われるのか、厳しい現場に送られてばかりだった。この童顔のせいで有権者から頼りなく見られて、票を得られなかったと指摘する党の関係者もいた。政治家は見かけが熱意よりも重要だと今さら説かれたところで、なぐさめにもならなかった。

「見かけは変わらなくても、今は一人になったよ」

「……じゃあ、おれと同じで、内閣不信任案を突きつけられた口ですか」

「ああ。娘にまで賛成票を投じられて、圧倒的多数の可決だよ。政治にかまけて子育てを任せきりにしてきたツケだな。今さら反省しても、性分ってやつは変わりそうにない。何しろ、樋口君に呼ばれて、またのこのこ鈴ノ宮に来て、選挙に汗を流そうっていうんだからね」

「お疲れ様です。おれはもう、選挙なんて二度とかかわりたくありません」

二人が訪ねてきた理由を悟って、先手を取るかのように険しい目を返された。ガードは堅い。

「君も知っているように、政権交代が実現したろ。鈴ノ宮も県に頼りきった政治を続けていくわけにはいかない。ダム建設が中止になれば、その始末を広い視点からくまなく見てじっくり取り組んでいく必要がある。新民党の言いなりになるしかない町長では、町の思いは国や県に届きっこない。悔しいじゃないか」

用意してきた言葉なのだろう。樋口は押しつけがましく思われては損だと考えたらしく、静かな口調で語りかけた。

杉原が冷めた目でうなずいた。

「頑張ってください。カンパくらいはさせてもらいます、少額ですが」

「鶴崎さんも経験あるスタッフは大歓迎だと言ってくれている。必ず町長選を勝ち抜いて、鶴崎さんと一緒に町を変えていこうと、ぼくは決めた」

「樋口さんは何があっても、実家の店に戻れるからいいですよね」

明らかに皮肉のニュアンスがこめられていた。それでも樋口は笑顔を変えない。

「投票前の二週間だけでもいいから、仕事を休めないだろうか」

「樋口さんだって、知ってるでしょ。うちみたいな小さな運送業者ってのは昔っから、政権与党っていうおっきなクジラの腹にしがみついて、おこぼれ仕事をもらってきたんです」

仕事を休んでリベラル系の新人候補を応援すれば、会社に睨《にら》まれて、いずれ離職を迫られる。そこまで言われてしまえば、安易な誘いかけはできなかった。

「わかった、ごめん。でも、これだけは言わせてくれないか。ダム計画は間違いなく中止になる。改革党がマニフェストを実現させていかないと、多くの国民の期待を裏切ることになるからだ。ダムが造られなくなった時に備えて、今から準備を進めておかないと大変なことになる。今の町長では、絶対に無理だよ。必ず多くの仕事が急になくなって、町の経済活動は大打撃を受けて、予算すら組めなくなるだろう。ダムで濁りきった水を鈴ノ宮渓谷のような清流に戻していくには、若く新しいリーダーが必要なんだ」

「今さらダム建設が中止されたら、大騒ぎする人がたくさん出ますよ。みんな、ダムの補償金を当てにしてましたから。ご多分に洩れず、うちもですけど」

杉原は言って、古びた平屋をそれとなく振り返った。補償金を得たら、別の土地に家を新築して、気持ちも新たに再出発ができる。そう淡い期待を、杉原自身も抱いていたのかもしれない。

「そうだね。取りすがろうとしてたダムが急に決壊するようなもので、かなり混乱を来すと思う。だからこそ、今のうちから準備が必要なんだ。心構えだけではなく、町の手厚い政策で町民を守る堤防を築く。そのために、頑張ってみようと思う。話を聞いてくれて、ありがとう」

樋口は後輩の前で姿勢を正し、律儀に頭を下げた。

杉原は何も言わなかった。心を動かされたようには見えず、うなずき返しもしてこなかった。

真鍋は最後につけ足した。

「町はまた二分されてしまうかもしれない。どうか君の一票を大切にしてほしい。次は選挙カーから呼びかけさせてもらう。お邪魔したね」

明るく語りかけたが、杉原のどこか不満を宿した表情は、最後まで硬いままだった。

樋口が用意してくれた民家に少ない荷物を運び入れると、真鍋は翌日から選挙チームに加わった。今回も実働部隊はボランティア頼みとなる。

「あとは改革党からの支援待ちです」

樋口が正直にも真鍋を誘った理由を語り、苦笑した。こういう策を打てるようになったのは、ダムをめぐって町の者らが計算ずくで動く場面を嫌でも見せられてきたからだろう。

真鍋は早速、地元の県連に選挙チームの状況を報告した。国は政権交代の勢いに乗って勝てたが、地方の現状は予断を許さない。強引にダム建設を中止していけば、ようやく覚悟を固めた町民の反感を買うのは見えているので、丁寧な説明と充分なケアを忘れないでほしいとリクエストを出させてもらった。どこまで現地の声が届くか。その点に党の真の器量が見えてくる。

「鶴崎さんからおおかたのことは聞いている。党は正式に推薦を決めたんだから、必ず君たちの期待に応えてくれるはずだよ」

相も変わらず党本部の指示がなくては、何も決められないようだった。こういう自主性のなさが、保守王国と言われる地から脱却できない理由のひとつとなっている。

お願いしますと声を強めて念押しして、電話を終えた。

吐息を洩らしながら窓の外へ目をやると、事務所の前に古びた白い軽自動車が停まるところだった。午前九時半。政治家の事務所は、地元の有権者であればいつでもウェルカムだが、約束もなしに朝から訪ねてくる者は珍しい。地元の新聞記者だろう。

「樋口さん、お客様です。杉原さんというかたがお見えです」

スタッフの声を耳にして、真鍋は腰が浮いた。昨日の今日で、まさか杉原のほうから訪ねてくるとは思ってもいなかった。樋口が、どうだとばかりに見つめてくる。彼にはいくらか手応えがあったらしい。

二人で応接室へ急ぐと、Tシャツ姿の杉原が粗末なソファに座りもせず、立ったまま真鍋たちを待っていた。

「よく来てくれたね」

樋口が歩みながら笑いかける。

杉原は昨晩と同じで、怒りを秘めでもしたように不機嫌そうな顔だった。座らないか、と真鍋が手でソファを示したが、彼は立ったまま軽く一礼した。

「狭い町ってのはすぐ噂が広まるから嫌ですよ。また選挙に手を出す気かって、向かいのばあさんにまで言われました。責任を取ってください」

「そう言われても……」

樋口が面食らったように目でうかがってきた。杉原が思いつめた顔になる。

「たぶん、会社に伝わるのは時間の問題でしょうね。鈴ノ宮に住む社員もいるんですから。いろいろ訊《き》かれるのが面倒くさいんで、思いきって辞めてきました」

「え？　仕事を辞めたのか……」

樋口が驚きに目を見張る。

「はい。電話一本入れて、辞表をあとで郵送すれば、それで終わりです。いくら上司にうるさいことを言ってたにしても、引き留めようともしないなんて。こんなひどい話ありますか」

「そうなのか、よかったな」

樋口がおかしな喜び方をすると、杉原がふて腐れたように横を向いた。

「何がいいんですか。退職金だって、出るかどうかわかりゃしない。ひどい扱いですよ」

「そうだな、ごめん。でも、我々は心から歓迎するよ。さあ、みんなに紹介しよう」

樋口が言いながら、早くも応接室から出ていこうとした。真鍋は杉原に近づき、そっとささやきかけた。

「頼むから、得意の仏頂面は控えてくれよ。若いスタッフが萎縮する」

「わかってますよ。ぼくだって、もういい歳《とし》なんですから。どこかの政治家連中には負けますけど、作り笑いぐらいは覚えました」

変わらぬ仏頂面のまま答えると、杉原は皮肉そうな笑顔を見せた。まったく二十年前と変わっていない。真鍋は笑った。

「あのな。下手な作り笑顔ってのは必ず有権者に見抜かれるぞ」

「じゃあ、真鍋さんと裏方仕事に専念します」

「よし。逃げ出したくなるほど、こき使うからな」

真鍋は腹の底から笑い、杉原の肩を押して一緒に廊下へ歩きだした。

2

いいかげん勘弁してもらいたいですよ。もう十年以上も昔の話なんだからね。

おかげさまで、ようやくダムは無事に完成して、水没予定地にあった旅館や商店はほぼ代替地に移って、今もつつがなく営業を続けてます。ダムの計画が発表されて以来、半世紀もの長い年月がすぎて、ようやく町の者は平穏な生活を取り戻すことができたんです。

政権交代が求められているとか勝手なことを言って、やたらとマスコミがあおったせいで急に中止の話が出てきたり……。いや、やっぱり計画は進めるだとか、ずっとゴタゴタ続きだったでしょ。そのたびに町は国の朝令暮改に悩まされて、ずっと振り回されてきたんです。たまりませんよね。住み慣れた家を奪われて町を離れていった者が、何人いるのか。君たちは若いからよく知らないだろうけど、マスコミ業界の人たちは正確な数字を調べてみたことがあるのかな。今もって大いに疑問ですよ、ええ。

だって、一時期は町が本当になくなるかと、みんな気が気でなかったから。五十年もの長きにわたって、ずっと台風に見舞われ続けてきたようなものだもの。いくら巨大なダムができたところで、地元に治水の効果はなくて、潤うのは下流域ばかりだっていうのは本当の話でね。町にはメリットなんかありゃしない。どれほど故郷が大切だと思って反対運動を続けようと、日々の暮らしが成り立たなくなったら、おしまいでしょうが。

よくぞここまで盛り返すことができたと、おれは町に残った人たちの決意の重さを誇っていいと思ってますよ。ダムの礎石より立派なもんだと褒めてほしいよね。

ああ……そのとおりで、昔は確かに建設土木の小さな会社をうちは営んでました。

でもね、鈴ノ宮は面積が広いわりに、住民が少なかったせいもあって、そもそも町が発注する公共工事なんてのは、ずっと雀《すずめ》の涙みたいなものだった。建設関連の仕事は、本当に数えるほどしかなかったから、ゼネコンの出張所とその下請けみたいな二社が、どうにか細々と営業を続けてたぐらいだった。

そこに、総事業費が町の予算の数十倍にもなるダムの話が復活しそうだって噂がまたぞろ流れてきたんで、うちの祖父が身銭をすべてはたいて、会社を立ち上げたわけ。

だって、そうでしょうが。

このままダムの建設計画が進んでいったら、首都圏の大手にばかり仕事を取られるのは目に見えていた。町の業者は安い下請けにこき使われるだけで、ほとんど町民にお金が下りてこないでしょ。うちのじいさんは、町の未来を儚《はかな》んだから先手を打とうと考えたわけなんだよね。

いやいや、とんでもない。

もちろん、祖父の兄が一時期、町長の職に就いてはいましたよ。けど、大伯父は会社の経営には一切かかわってこなかった。そのあたりのことは昔の登記簿を見てもらえばわかるのに、祖父が温泉旅館を弟一家に任せて急に建設会社を興したものだから、いろいろ人からは言われたみたいでね。褒めてくれる人はいないのに、いつだって悪口だけは集中豪雨みたいに襲ってくる。

でも、まあ、ちゃんと調べてもらえればわかると思うけど、隣の町では、地元で建設会社を営んでいた人が町長選に出て、当選までしてたんだからねえ。田舎にはよくあるケースと言えるけど、だから公共事業の奪い合いになったりして、選挙が荒れて逮捕者まで出す始末になるんだろうね。小さな自治体だと、議会はほとんど顔見知りの馴《な》れ合いだから、町長のひと言で予算が決まってしまい、入札だって自由に差配できるって話だもの。

もし選挙に負けたら、公共事業に加われなくなって、孫請けの安い仕事しか落ちてこなくなり、干上がってしまう。隣の町では、そういうよくない噂が、堂々と流れていたっけかな。

でもね、鈴ノ宮は、よそとは比べものにならないぐらい健全な選挙だったと思いますよ。もともと落ちてくる補助金が少ないから町発注の工事も悲しいかな限られていたんで、奪い合うパイなんか、最初からないも同然だったわけ。お恥ずかしい話だけど。

ところが、そこにダムなんていう公共事業の化け物みたいな話が降って湧いた。しかも、ちょっとした渓谷と少ない温泉宿しか取り柄のないちっさな町が急に脚光を浴びたもんだから、しめしめ横から割って入るのは簡単そうだと、県下で目の色変える連中がわんさか出てきたってわけで。うちのじいさんは、そういう抜け目ない連中から町を守ろうと考えて、コネも回転資金もろくにないのに建設会社を興したんだ。

口幅ったい言い方をさせてもらうなら、町を建て直した勇士みたいなものだよね、掛け値なしに。うちのじいさんがいなければ、ダムの工事はすべて大手ゼネコンに奪われていたんだろうから。

ところが、国と県が大きく旗を振り始めたってのに、どうしたものか、ダムの話はちっとも進んでいかなかった。相も変わらず鈴ノ宮の公共事業は乏しいままで、じいさんも父親も長いこと苦労を強いられてきた。

大伯父も歳だったので、まもなく引退したから、予算のおこぼれに与ることなどできずに、一時はおれらの母親まで現場に出て、社員と一緒に汗を流してたっていうくらいなんで。

今も忘れられないなあ。温泉の客は減る一方で、おれらが幼いころは一丁の豆腐を弟と分け合って、晩ご飯のおかずにしたぐらいだからね。大手の下請けに甘んじて、その日暮らしをかろうじて続けるしかなかったんだよ、悲しいけど。

結局、ダムを当初の計画よりやや上流域に移すことで、渓谷の一部を守れそうだとなって、ようやく反対運動が収まってきたんで、少しずつ計画が進み出したんだ。で、下流域での道路拡張などの付帯工事が先にスタートしていった。

ダムってのは、地図にも残る名誉ある仕事だよね。ようやく祖父の信念が結実する時がきた。鈴ノ宮にも工事の話がちらほら出始めて、うちもどうにかひと息つけそうだって、親子で胸をなで下ろした時のことだったね。

どうして政治家っていうのは、自分たちのことしか考えないのか……。うちの祖父も大伯父も、どれだけ選挙運動を手伝ってきたか。なのに、新民党ときたら身内で金にまつわる不祥事ばかり起こして、ころころ総理も代わっていって、見るも無惨に支持率を落としていったでしょ。

マスコミもそろそろ政権交代が必要だなんて聞こえのいいメッセージを大々的に打ち出して、さして力もない野党連中が鈴ノ宮ダムを目の敵にするマニフェストを発表したんで、本当にまいったよね。まさか新民党が、あそこまで大負けするなんて、町の者は誰一人として思ってもいなかった。急に梯子《はしご》を外されたら、あとは墜落するしかないでしょ。

国がひとつくしゃみをしたら、鈴ノ宮なんてちっさな町は、もう肺炎だよ。仕事はぱたりと止まるし、ダムがどうなるかわからないから補償金の話だって、ずるずるあと延ばしにされる。ようやく代替地が決まったのに工事はまったく進まず、みんな思い描いてた将来設計が白紙に戻されて、ただ茫然《ぼうぜん》とするだけだった。

何十年も我々を惑わしたあげくの仕打ちだからね。ああ、もう終わりだ。ダムの話は綺麗《きれい》さっぱり消え失《う》せた。補償金も入ってこない。この町は滅びる運命にある。そう見切りをつけて出ていく者が増えていっても、当然でしょう。よく自殺者が出なかったと、今もおれは感心してるよ。

とにかく、かけ声ばかりでまったく腰の定まらない政治家に、その指示が曖昧だから右往左往するしかない役人はもちろん、根拠もなく政権交代をあおったマスコミの責任も重いよね。自分たちには事実をありのままに報道していく使命がある。政権交代も国民の声をよく聞き、忠実に報じてきたにすぎない――なんて言い訳ばかりしてたけど、マスコミってのはいつだって自分らが興味を持ったニュースしか取り上げようとしないから、卑怯《ひきょう》にもほどがあるよね。

だって、ひとたびダムが完成したら、あれほど大騒ぎしておきながら、もう新味がないと思ったのか、今はどこも振り向きやしない。

どれだけの苦難を乗り越えて、町が今の暮らしを成り立たせてきたのか、ほぼ知らんぷりでしょうが。都会の目線でしかダムを見てこなかったから、我々のつましい暮らしぶりなんか、もとより目に入っていなかったんだろうね。勝手すぎるよ、本当に。

今になって、町の者が話したがらないことを聞いて回ろうだなんて、おかしな話でしょ。また無理やり昔の話をつついて、何か騒動に仕立てようって魂胆なのかもしれないけど、正直もうたくさんだよね。

え……?

誰から聞いたのか、まあ、想像つかないこともないけど、迷惑な話だよなあ。十年以上も前の些《さ》細《さい》な喧嘩《けんか》を、まだ面白おかしく言いたがる者がいるとは、気が知れないね。

まあ……何を言いたいのか知らないけど、杉原勝也は確かに高校の後輩ですよ。

あいつは野球部で、おれはサッカー部。どっちも大会に出ると負けで、何かスポーツをするくらいしか田舎には発散できるものがなかったから、仕方なく部活を続けるしかなくてね。おれもただ暇つぶしにボール蹴りをしてたようなものだったかな。

いいや……そうじゃなくて。あいつを殴ったのは、ほんの些細な意見の食い違いから、弾みで言い合いになっただけなんだ。二人とも、かなり酔っていたし。

あの時は、大伯父も亡くなって、会社も親父《おやじ》の代になってた。ご指摘のとおり、当時の町長は大伯父の推薦で町議の職を辞して町長選に出たんだけれど、うちとは別系列だった建設会社の幹部とは遠縁だったでしょ。親父もおれも挨拶くらいはしたけど、懇意にしてもらってたわけじゃないいんだよね。

でも、まさかあいつが懲りもせずに、敵対陣営に参加するとは……。

殴ったことは、あとで頭を下げて、ちゃんと謝ったんだよ。町の噂が怖かったわけじゃなくて、本当に単なる誤解だったからで。

そうだね……杉原が町に戻ってきてたのは、友人から聞いてたけど。たまたま高校の仲間で飲み会を開くというから、顔を出そうと決めたんだ。そしたら、杉原が三年上の先輩に頼んで開いてもらった会だったって、あとで知らされて啞然《あぜん》となったよ。まず間違いなく、計画的だったんだろうな。

もちろん、あいつがその二十年くらい前に、ダム反対派の選挙を手伝ったことは知ってたよ。かなりの激戦だったんで、選挙の行方は話題の的だったから。

でも、あのあと、あいつはずっと町を離れてたし、次の町長選にも興味はないって、飲み会の席では言ってたんだ。それどころか、ダムは必要かもって今になって思い始めてるって、殊勝なことまで口にしてた。

まあ、その話をまともに信じたおれが馬鹿だったわけだ。

でも、関係者の間では、例の件を知らない者はいなかったと思うんだよね。何しろ町の住民が集まれば、必ずダム計画の行方が話題だったから。

あの時は、うちの会社も下請けとして付帯工事に参加させてもらってたうえ、社の後輩も飲み会に出てたんで、ちょっと油断というか、口のすべったところがあったんだよね。いろいろと下地はあったわけで……。

けど、いくら酔っていたにしても、おれは告発なんかする気はまったくなかった。ただ杉原が面白がっていろいろ訊いてくるから、噂があるという話をしただけなんだ……。

実は、あの時の飲み会で例の話をしたことすら、すっかり忘れてた。ところが……誰から聞いたのか覚えてないけれど、あいつが急に会社を辞めて、反対派の選挙チームで働きだしたっていうから、耳を疑うどころか息が止まるかと思ったね。

だって、そうでしょうが。その直後に、左翼系の弁護士が、町で官製談合が行われていた疑いが強いだなんて記者会見を大々的に開いたんだ。

町が想定してた入札予定価格と、落札額が極めて近い値になっていて、そのすべてが町の業者による落札だった。どこから資料が出たのかわからないけど、役場にも組合系の職員はいたんじゃないのかな。二十年前と同じだったのかもしれないね。データ偽装の件で揉めた時も、県庁内でかなり騒ぎになったみたいだから。

でも、まさか警察までが動くとは、こっちの想像を超えてたよね。改革党が政権を握ったんで、強制捜査に動けと検察辺りに指示したんだろうけど。もちろん、鈴ノ宮ダムの建設を中止に追いやるための布石のつもりだったんでしょ。

あの時の飲み会に参加した仲間は、みんな言ってたよ。あいつは裏切り者だ。絶対に杉原が町の入札に不正があったと、改革党の連中に密告したんだって。

おれも業界内から多くの批判を浴びせられたよ。だから、仕事を回してもらえなくなって、親父も身売りを考えるしかなくなったんだ。

さあ……どうなのかな。親父は何も言ってなかったけど、地元の政治家に泣きついたって噂は、おれも聞いたよね。何かしら手を貸してもらったのかもしれないけど、親父だって選挙の時はかなり協力してたから、少しぐらい助けてもらって当然じゃなかったのかな。

ああ……もちろん永見宗太郎の名前は知ってるよ。でも、親父が頼みこんだのは、せいぜい県議の先生じゃなかったのかな。永見ってのは、いろいろお金に汚いって噂があったし、二世議員なのに票を少しずつ減らしてて、まだ実力不足だとか、あのころは言われてたと思うよね。だから、ダム頼みだったみたいで、政権交代はかなりの痛手だったと思う。でも、おれらみたいなちっさな町の業者じゃ、とても近づけない存在だよね。

えーと……とにかく、杉原があの件に絡んでいたのは、間違いない事実なんだ。いくら仲間内での飲み会でも、言っていいことと悪いことがある。何て話をしてくれたんだ。聞くに堪えない言葉で多くの関係者から、おれは散々責められたよ。

ダムってのはこれ以上ないほどの大型事業だから、実現すれば、おれらが見たこともない大金が一気に上から落ちてくる。大手の下請けに甘んじてる連中は、のどから手を出して仕事をつかみたがってた。そこへきて、町始まって以来の不祥事発覚だもの。おまえの失言でもし計画が流れでもしたら、命はないと思えよな。そうあからさまに脅迫するやつだっていたほどだった。

だから、おれは慌てて杉原を呼び出して、問いつめたんだ。

そしたら、あいつ、偉そうに言いやがった。二十年前にデータ偽装の書類を表に出したケースを忘れないでくれ、って。不正は許されないと思った役場の職員が情報を流したんでしょう。素知らぬ顔でそう言ったんだ。まるで、おれたち家族までがダムにたかって商売してるような言い方をされたんで、つい発作的に手が出てしまった。

でも……。事件にならなかったのは、杉原が警察にも自分の陣営にも、おれの名前を出さなかったからなんだ。

まあ、できるわけがないよね。高校の時から、何かにつけてあいつには目をかけてきたんだ。普段からものをはっきり言わず、何を考えているのかわからないところがあって、面白みのない男だったけど、家が近くだったから、おれはよくあいつを遊びに誘ってやってた。あいつの父親も、仕事の関係もあったのか、風見鶏《かざみどり》みたいに推進派や反対派のどっちにもいい顔しまくって、評判は悪かったよね。一時期あいつまで相手にされなくなって、だから東京へ行くことを決めたんだと思うよ。

でも、いっぱしの大人になって、あいつも結構つらいことがあったらしいって聞いて、優しくしてやったのに……。おれらの善意を裏切って、町を売り渡すような行為に加担したんだ。

冗談じゃないよ。昔ならともかく、あのころはもう、反対運動を取り仕切ってたのは、外部の連中ばかりだった。町の歩んできた道のりをろくに知りもしないくせに、身勝手な正義感を振りかざして、鈴ノ宮の町を土足で踏みにじろうとしてた。何を考えてたのか、そういうやつらに、あいつは手を貸したんだ。

証拠はあるのかって？

だから、おれの名前を誰にも言わなかったことが、明白な証拠と言えるんじゃないかな。後ろ暗さを感じてたから、あいつは何も言わなかった——言えなかったんだよ。

清廉潔白で濡れ衣《ぬれぎぬ》だったら、遠慮なく警察に訴え出ればよかったはずでしょうが。殴りつけたのは事実だし、見ていた仲間もいたんだから……。

まあ、たいした怪我《けが》にもならなかったんで、たとえ訴えられても、逮捕や起訴なんて事態にはならなかったろうけどね。

それでも、推進派の建設業者がろくな証拠もなしにスパイ行為の嫌疑をかけて後輩に暴力を振るった――そう大々的にアピールすることはできたんだ。

けど、あいつは気がとがめてたから、あくどいことまではできなかった。恩を仇《あだ》で返すような真似《まね》はもう無理だって、さすがに思い直したんだろうね。それくらいは、あいつにも良心のかけらが残っていたんだって、おれは今も思ってるよ。

違いますかね。だって、例の不祥事が発覚したあと、あいつは綺麗さっぱり反対派の陣営を離れて、よその町へ行って新民党議員の秘書として働きだしたんだ。よほど嫌な思いをしたんだろうね、あの鶴崎って反対派の町長の下で。

さあ……今はどこで何をしてるのか。

あいつの母親が亡くなって、もうずいぶんと経つので、噂も聞いてないね。連絡取り続けている者は、たぶん町にはいないと思うけど。

考えてみれば、杉原もダムに翻弄されて、町を捨てていった者の一人と言っていいのかもしれないね。

こんなどうでもいい昔話より、今の鈴ノ宮の町民がどれほど頑張ってるか取材して、しっかり報道してもらいたいよね。首都圏の水需要と治水のためにダムを受け入れて、町のほぼ四分の一を失ったんだ。もっと国と県が支援を続けるべきだって、当然の主張を大きく扱ってもらってもいいんじゃないかな。言わばおれたちが、首都圏の安全を支えてるんだよ。

これまで散々、面白がって記事にしてきたんだから、それくらいの貢献はしてくださいな。でないと、東京のマスコミは信用できない。今後もそういう評判が、確実に町で定着していくでしょうね。

町の者は今も懸命に頑張ってるんですよ。

3

町の選挙管理委員会につめて取材していた記者から一報が入ると、人いきれで埋まった事務所は歓声に包まれた。真鍋は席を立つと、自宅で妻と吉報を待つ鶴崎昌彦の携帯に電話で知らせを上げた。

「たった今、当選確実が出ました、おめでとうございます、鶴崎町長」

真鍋の声を聞いて、つめかけた支持者が万歳を叫びだす。最前列に立つ杉原が、珍しく顔を紅潮させつつ両手を突き上げてから、周りのスタッフと抱き合った。

歓喜の輪が広がる中、真鍋は自分でも驚くほど冷静でいられた。衆院選で新民党が惨敗してから半年も経っておらず、メディアによる情勢調査でも勝利は固いと見られていた。それでも油断せずに町内をくまなく回り、ダム建設が中止になった時は町が何をすべきか、鶴崎は熱心に語りかけた。

四十年もの長きにわたってダムに振り回されてきたせいで、少なくない町民がすでに町から去っていった。新たな住人を集めるためには、観光業を中核にした産業振興策を国や県と進めていく必要がある。農家への支援策も求めていき、外部の識者を交えた町民会議を設立して、町の意を汲《く》んだ再建策を独自にまとめていきたい。

対立候補はあくまでダム建設にこだわる姿勢を見せた。今ここで中止したのでは町の存続さえ危うくなる。国政選挙でひとつの結果が出たにしても、動きだした計画をストップさせれば、大きな影響が各方面に及んで、莫大《ばくだい》な補償を要求される。新民党が国政の場で主張する意見をくり返すのみで、警察による摘発まで受けた官製談合には一切触れもしなかった。新たな提案も何ひとつないため、このままでは国と地元の方向性を分断させかねないと、メディアによる厳しい意見までが寄せられた。

選挙がスタートする前から多くの状況が、鶴崎にアドバンテージを与えていたと言える。野田伸輔が敗れ去ってから二十年もの時を経て、ついにダム反対派が勝利をつかんだのだった。

樋口の運転する車で駆けつけた鶴崎が、支持者に背を押されながら事務所に入ってきた。メディアのカメラがフラッシュを放ち、また万歳の声が大きくなる。樋口が夫人を守るように群がる人々を制しながら、あとをついて歩く。

真鍋は用意したマイクを鶴崎に手渡した。電話でも礼は言われたが、鶴崎が耳元でまた「ありがとうございます」とささやいてくれた。今日のために作られた小さな演台に鶴崎が上がって姿勢を正した。

「皆様の篤《あつ》きご支援のおかげで、当選を果たすことができました。しかし、今はまだ選挙で多くの票をいただけたにすぎず、本当の勝利をつかんだとは言えません。これから国や県と渡り合って、多くの交渉を重ねて、皆様の暮らしと仕事を守り、町を雄々しく育て上げていく。明日の見える鈴ノ宮を作り上げてこそ、本当の勝利と言えるのです。全力をつくしますので、どうかご支援とご協力のほどをお願いいたします」

真鍋はこれまで何度か候補者の近くで勝利宣言を聞き、そのたびに胸を熱くさせてきた。この瞬間があるから、日陰の仕事にも耐えていけると思ってきた。が、自分でも不思議なほど、今回は昂《たかぶ》るものがなかった。

樋口や杉原たち地元のスタッフが涙を流して喜ぶ姿を見れば、嬉《うれ》しく思えはする。が、地方の政治も選挙も、国の多大な影響下にあると、あらためて思い知らされたのだった。二十年前に苦杯をなめた地で獲得した念願の勝利ではあったが、たとえ真鍋が手を貸さなくとも結果は変わらなかったろう。

本当に地元の民意がどこまで反映されたのか。ダム建設が中止になるのはさけられそうにないから、迷いながらも鶴崎に票を投じた有権者が多かったように思えてならなかった。

党の幹部は選挙情勢を見て当然のような顔で乗りこんできたが、現地スタッフに形だけの礼と激励の言葉を告げて、満足げに帰っていった。県連も次の選挙の話題ばかりを口にして、官製談合を議会で追及しろと所属の町議をけしかけていた。資金の援助はあったものの、彼らが町民に直接話しかけるシーンはほとんどなかった。勝利が見えていた田舎の選挙であり、重要視されてもいない現実を突きつけられた。

樋口が記者を分けるようにして、真鍋のもとへ戻ってきた。その目が赤くなっている。

「やっと町民の手に政治を取り戻せます。何度でも言わせてもらいます。真鍋さんがいたから勝利をつかめたんです。本当にありがとうございました」

「おめでとう。あとは任せたぞ」

「はい。鶴崎さんを支えて、必ず町を繁栄させていきます」

勝利に酔いしれているせいもあるだろうが、樋口はてらいなく夢を口にした。

保守からリベラルへと首長が変わったケースは各地で過去に幾度もあったが、任期の四年で劇的な成果を上げたという成功例はあまり見受けられなかった。特に保守王国と言われた地なので、県や町の議会は保守系議員が今も多数派を保つ。手練《てだ》れの議員と渡り合っていく交渉力と、嫌がらせまがいの議事進行に耐えて乗りこなす力が、鶴崎には要求される。

駆け引きのためとして譲歩の手並みを間違ったなら、必ず有権者の失望を招く。綱渡りの議会運営が待っている。

「ちょっと浮かれすぎでしょうか。でも、今日一日は許されていいですよね」

声に振り返ると、杉原勝也が怪訝《けげん》そうな顔で立っていた。真鍋がさして喜んでもいないのを見て、熱が冷めたような目を向けてくる。

「わたしはこれでお役御免だよ。まあ、いつものことだけど、少し寂しさがある。君たちには鶴崎さんに負けない重責が待っているぞ」

「はい。樋口先輩にも言われてます。推進派の議員を抑えるためにも、例の官製談合を徹底的に追及して、新民党と業界の結束にひびを入れてやろうと作戦を練るつもりです。もちろん、最初から対決姿勢は取りませんから、安心してください」

本当に逞しくなったものだ。

役職が人を鍛え上げる面はあったが、この選挙戦を通して杉原は最も成長し、自信をつけたように思われた。高校時代の仲間から聞きつけた官製談合の話を、選挙戦に利用することまでしてみせた。鶴崎の先輩弁護士が、鈴ノ宮会と組んで行政書類の開示請求を行い、談合としか考えられない入札結果が明らかになった。

しかも杉原は推進派と言っていい建設会社の先輩に呼び出されて、仲間の前で顔を殴打された。重傷ではなかったものの、転んだ弾みに左手の尺骨《しゃっこつ》にもひびが入った。が、警察に訴えたのでは、自分がスパイの真似をしたので殴られたと町に広まりかねず、鶴崎に迷惑をかけると考えて、酔ったための諍《いさか》いだったと言ったのだ。

当然ながら、相手も黙《だんま》りを決めこんだ。殴った事実が広まれば、業界内での立場が危うくなる。警察までが動いたせいで、現職町長は仕方なしに再選をあきらめて身を引いた。入札の総額が、過去の談合事件と比べて少なかったために起訴まではいたらなかったが、保守系の新人候補に与えた影響は大きかった。これまでと同じく建設業界が陰ながらも全面的に支援したと聞くが、予想どおり接戦にもならずに結果は出た。

官製談合の情報を入手したことで、県連からは賞賛されたが、真鍋は正直に自分の手柄ではないと報告している。

樋口と二人で杉原を誘った時、彼は迷惑そうな顔で断ってきた。すでにあの時、先輩たちとの飲み会で、談合の噂を聞いていたという。だから、迷う気持ちがあったのだろう。真鍋がその点を尋ねても、杉原は曖昧に首を横に振り続けた。噂は昔からあったんですよ。先輩から聞いたわけじゃありません。最後まで否定を続けたのだった。

「真鍋さん……」

杉原がふと、あらたまるように声を落とした。まだ続く拍手と歓声に押されて聞き取れず、演台に背を向けながら耳を寄せた。

「クリスマスに宿り木を飾りましたか」

唐突に問われて、返事が遅れた。

「……ああ。娘にせがまれて、柄にもなくいつも玄関にぶら下げてたな」

「欧米で宿り木って、幸運を呼ぶ木だと言われてるそうなんです。冬の落葉樹にも巻きついて、緑の葉を生い茂らせるじゃないですか。強い生命力の象徴だから、クリスマスの飾り物に相応《ふさわ》しいとなったらしいんです」

遠回しな言い方だったが、杉原の視線は支援者に挨拶して回る鶴崎新町長に向けられていた。

「お飾りみたいなものだと言う人はいるでしょうから、冬になっても枯れない宿り木にならないといけませんよね」

政権交代を果たした改革党の勢いを得られて、ひとまず当選は叶えられた。今は玄関先を飾る手作りリースのようなもので、強い生命力までは持っていない。

「もし国政の場で改革党の政権が倒れるようなことになったら、鶴崎さんの立場も危うくなるでしょう。早く実績を積み上げて、町の人たちにクリスマスだけじゃなく、本物の幸運を与えられる存在にならなきゃいけませんよね」

今は国民もメディアも新たな政権に期待をかけて、温かい目で見ようとしてくれていた。が、長く政権を担ってきた新民党も不祥事に見舞われて、あえなく下野する事態に追いこまれた。これまでにも新党が持てはやされる一時的なブームは何度かあった。杉原は改革党の政権も単なるブームに終わる怖れはないか、と危惧しているのだ。

改革党政権はいまだ確かな成果を上げられずにいた。いつまで国民とメディアが温かい目で見るものなのか。政権への視線が厳しくなれば、否応なく鶴崎新町長への風向きも変わってくる。

正直に伝えるしかない。

「ダムが中止になれば、予算という恵みの雨は期待できない。そのうえに仕事が目に見えて進まないと、厳しい視線が向けられるだろう。本来は、国政と地方自治は独立したものであると思えても、補助金なしで成り立たない地方は、国の意向に嫌でも左右される。確かに大木あってこその宿り木だから、独自路線を進んでいくのはなかなかに難しいぞ」

「はい……。国や県との交渉は、より慎重に進めていくべきでしょうね」

「いいや、考え違いはしないほうがいい。誰が相手だろうと、慎重さは必要なんだ。町の人すべてが納得できる政策があるわけもない。器用に立ち回ろうとして下手な確約をしたのでは、あとで必ず問題になる。一挙手一投足を見られていると思って動くんだ」

国も県も、役所はトップに誰が就くかで方針が変わる。改革党の政権が続かないと、地方は再び公共事業に頼るしか生きる術《すべ》はなくなるだろう。

「喜ぶのは今日だけですね。仲間にも言っておきます」

「頼むぞ。新たな町長を支えて、存分に働いてくれ。君たち若い世代が町を作っていくんだ」

「はい。たとえダムがなくても自立できる町に育てていきます。今後も鈴ノ宮をご支援ください」


翌日から選対本部の撤収作業に追われた。

選挙参謀を名乗る者の中には、当落に関係なく、本部を引き払う仕事は自分の任ではないとして、すぐに姿を消す者が多かった。そういう選挙屋になるのは恥としか思えず、真鍋はいつもスタッフをねぎらい、ともに最後まであと始末をこなした。

樋口たち秘書は当選の喜びにひたる間もなく、役所の近くに新たな事務所を探さねばならない。真鍋は残りのボランティアと残務整理を進めた。選挙カーを清掃して返却の手続きを取り、電気とガスと電話の精算をすませて、残った伝票をまとめて集計する。

一日で終わる作業ではない。過去には落選が多かったので、気落ちしたスタッフが泣きだして仕事にならないこともあり、陽の当たらない裏方仕事の最たるものだった。が、今回は大勝の余韻に笑顔が絶えず、取材に応じたテレビ局から菓子折の差し入れも届き、和やかに撤収作業を終えることができた。

ボランティアで最後まで働いてくれた若いメンバーには、本当に頭が下がった。町の出身でもないのに、進んで選挙に力を貸してくれたのは、彼ら一人一人が断固たる動機を持つからなのだ。

政官財が闇雲に公共事業へひた走り、地方の自然を破壊しようと、国民のためになるのだから当然と疑ってもいない。戦後の復興期からの発想をいまだ変えられず、大金をただじゃぶじゃぶ投じる安易な公共事業に頼ってきた結果、日本は莫大な財政赤字を抱えるにいたり、そのツケは子や孫にのしかかっていく。

鈴ノ宮の自然を守る会と謳っていたが、彼らは日本の明日を守るために活動を続けているのだ。NPO法人になったことで、それなりの報酬を得られるようになったが、当然ながら所得水準は高くない。しかも、NPO法人法によって、表立った選挙活動は禁止されていた。それでも、撤収作業に手を貸してくれる者が多いのだから、素晴らしい志に感謝するほかはなかった。こういう草の根の力に多くの政党が、実は支えられているのだ。

これまでも選挙戦に入ると、実は彼らに負けているのではないか、と真鍋は何度も思わされてきた。

自分は政党の正規職員であり、まだ恵まれた環境にあった。県連の役職者の中には、ほかに仕事を持つ者もいたが、正規職員の立場に安住したまま人と金を管理するのが仕事と割りきったように見える者も中には見受けられる。

このまま裏方仕事を続けていけば、淡々と党務を割りきってこなす選挙職人と、若い者たちから呼ばれるようになるだろう。

それで満足なのか。

勝利の喜びにひたり、明日を夢見る若者らを前にしていると、自分の足跡が頼りなく感じられる。守るべき家族も手放したというのに、昔と同じ立ち位置でただあがくような足踏みしかしていないとの怖ろしい実感に手足を縛られる思いになる。

夜は連日、資金管理団体の責任者を兼ねる樋口と、選挙にかかった費用を精算して出納帳を仕上げた。投票日から十五日以内に、選挙運動費用収支報告書を地元の選挙管理委員会に提出しなければならない。領収書と残った現金を照らし合わせて、どこにもミスがないか、金額を入念にチェックする。もし収支報告書に不備が見つかれば、信用問題となる。

鶴崎は挨拶回りの会合が続き、新たな取材も入る忙しさで、ずっと睡眠不足が続いていた。それでも、会合のあとは自宅へ帰る前に、真鍋たちの仕事につき合ってくれた。こういう裏方への接し方に、政治家の器が見える。

四日後の深夜に、ようやく樋口と二人きりで缶ビールの祝杯を挙げた。

真鍋にはまだ借家を引き払う作業が残っていたが、鈴ノ宮での役目はほぼ終えられた。責任を果たした充実感より、勝利に喜ぶ仲間から離れる寂しさのほうが強かった。住み慣れた自宅へ帰れば、嫌でも一人を知らされる。

「真鍋さんがいなかったら、本当にお手上げでした」

「経理のスタッフを新たに雇っておけよ。いくら政治資金が少ないと言っても、君一人じゃ絶対、手に負えなくなる」

「はい。スーパーの経理とは大違いだって、身に染みてわかりました」

疲れも残っていただろうが、樋口は早くもアルコールに頬を赤らめていた。酒ではなく、勝利の手応えにまだ酔っていたいのだ。この先はより忙しさと責任が増し、彼らスタッフの地力が試されていく。

「選挙が終わったというのに、ろくに家族の時間を持ててないだろ。頼むから、誰かの二の舞いにはならないでくれよ」

「家族はもちろん大切です。でも、選挙の最中は、妻や娘のことをすっかり忘れてました」

「そう。怖いんだよ、政治ってのは。自分は多くの人のために働いている。立派な言い訳にあぐらをかける。理想を実現するには、少しくらい現実に目をつむっても許される。そういう油断が何よりも怖い」

腐敗や不実の土壌は、いつだって慢心からの油断なのだ。

「大昔は祀《まつ》った神の意を汲んで民衆に伝える形を取って、世を治めていった。だから、政治を、まつりごと、と言うわけだ。でも、祀られてたのは神様であり、その意を聞く祭司じゃない」

「ええ、わかります。偉ぶったら、新民党の二の舞いですよね」

「政治は、多くの意見に耳を傾けて、互いの利害を巧みに調整していく側面が強い。けれど、突きつめれば、国民すべての生活を守ることが最も重要なんだ。だから、下支えの仕事にも誇りが持てる」

「真鍋さんの教えは、必ずみんなに伝えていきます」

「もし困ったことがあれば、いつでも相談してくれ。県連も多少は力になってくれるだろう。ただし、根回しは必要になるぞ。おれは聞いてないとか、すぐ機嫌を損ねたがる役員ってのはどこの組織にもいる」

「はい。何とかやってみます」

あとは任せてほしい。軽々しい答えに聞こえたのは、真鍋が歳を重ねて、厳しい現実ばかりを見せられてきたせいだったろう。

初当選は努力と運で手にできるが、二度目の選挙は真の実力を量られる場となる。ダムをめぐる難問が待ち受けているので、浮かれることはないと思うが、折を見て電話を入れて状況を聞いておいたほうがいい。国政の見通しとは別に、地方は着実に任務を果たしていってもらいたい。

「おかげで最初の一歩を踏みだせました。鶴崎さんを支えて、硬直しきった町の政治を変えていきます」

「そうだな。これからが本当のスタートだ」

「はい、やるしかありません。家族には悪いけど、脇目も振らずに頑張りますよ」

樋口は旨そうに缶ビールを飲み干すと、続けて二本目のプルトップを引き開けた。

4

そうだね……まだ飽きずに鈴ノ宮ダムの取材を続けるなんて、ちょっと感心するね。あんたたちは若いんでよく知らないと思うから、たっぷり取材を重ねて、いろいろ学んでほしいよね。とにかく昔から、鈴ノ宮は大変だったんだから。

ほら、どうにか紆《う》余曲折《よきょくせつ》の末にめでたくダムが完成した時は、全国からこぞって報道関係者が集まったでしょ。けど、まだ完成から二年も経ってないのに現金なもんで、もう面白そうな騒動は起こりそうにないとわかったからか、新聞もテレビもにぎやかしに日参したことなんかすっかり忘れたみたいなよそよそしさで、どこも注目すらしてくれてない。

　ニュースバリューがなくなってしまえば、あとはダム観光や旅館の宣伝にしかなりそうもないんで、タイアップとかの美味しい話をもらえない限り、振り向いちゃくれないんだろうね。

　こんな老いぼれのわたしでも、そこそこ長く政治の世界にかかわっていたんで、メディアの特質ってのは身に染みてわかってる。なので、今さら何を聞きたくて来たのか、興味があったんで、わざわざ時間を作ってみたわけなんだ。ダムの話を聞いてくれるなんて久々だから、ちょっと嬉しくはあるかなあ。

　まあ……観光客はそこそこ今も来てくれてますよ。ダム湖の南には綺麗な温泉宿がいくつもできたし、最近は自転車型のトロッコみたいなアトラクションも作られたんで、子どもらもけっこう喜んでくれてるみたいだしね。

　まだ宣伝がちょいと足りてないところはあると思うけど、昔より町に活気が出てきたのは確かだろうね。あれほど反対運動に入れあげてた者らだって、今はもう昔の笑い話だなんて言ってるからね。

　そりゃあ、中にはダムができたほうがいいと思いつつも、立ち退《の》き料とか補償金とかをつり上げる狙いで、わざと声高に反対の声を上げてた者もいたと思うよ。けれど、自分の身になって考えてみてほしいな。長く住み慣れた家と土地を、国の命令で問答無用に奪われてしまうんだ。しかも、政治家の方針が揺れてばかりで、何十年もほったらかしにされてたら、誰だって怒りだすに決まってるじゃないか。若いあんたらだって、わかるでしょ。

ダム反対派を増やしたのは、国や政治家のどっちつかずでぶれまくった政策のせいだって、町の者はみんな言ってたね。国の議員さんが票とか見返りとか求めて、こそこそ動き回るから、建設省のお役人も政策決定を打ち出したいのに、仕方なく様子見するしかなかったんでしょうな。足の引っ張り合いで被害をこうむるのは、いつだって名も力もない現場の者と決まってる。

そう……思い出すのも嫌になるぐらい、本当に大変だったね。わたしも町長としての職務柄、何十遍も反対派の人と車座になって話し合いを続けましたよ。生まれも育ちも鈴ノ宮なんで、町民の気持ちは誰よりも理解してたから、親身になって相談に乗っていた。でも、生活再建案は上の都合で泥粘土みたいにぐずぐずでいっこうに固まらないし、建設の本格的なゴーサインがいつ出るかなんて見当もつかなかった。

話の進めようがなくて、身がすり切れるほど弱り果てたよね。そのうえに突然、思いもしない決定事項が政治家と国から言い渡される。

あの町長は根っからの推進派だし、新民党の言いなりだとか、さんざん言われたけど、そもそも国や県に逆らっていけるはずがないんだよね。

わたしらが鈴ノ宮渓谷の自然を守りたいと執拗《しつよう》に訴え続けたから、国も努力してくれて、一キロほど上流にダムの建設場所が変更されて、町民の多くを説得することがようやくできたわけでね。

ところが、与党が不祥事ばかり起こして支持率を急落させた末に、衆院選で見事な惨敗をするものだから、すべてが棚上げだ。わかるかな、その大変さが。

付帯工事があちこちで始まってたのに、新たな入札がすべてストップされた。ダム計画を白紙撤回しようなんて、できるわけがないのに、国民への点数稼ぎを狙って、よりによって鈴ノ宮を狙い撃ちにするんだから、たちが悪いよね、改革党の連中は。

あんたたちメディアの責任も大きいと、正直わたしは思ってますよ。当時の報道は、本当に牽強《けんきょう》付会《ふかい》がすぎて、でたらめだったと断言していいでしょう。

例をひとつあげようかな。

アメリカ内務省の当時の開拓局長官って人が「ダム建設の時代は終わった」と正式に発言したのは確かな話ですよ。一九九五年のことだったかな。

自然保護団体が川を甦らそうと大がかりな運動を続けた結果、五百基ものダムを撤去させた。それも間違いない事実だ。けど、撤去されたダムは、日本で言うところの巨大ダムじゃなくて、単なる堰《せき》にすぎないんだ。

わかるかな？　堰。

つまり、農業用水の取り入れ口にすぎない水門みたいなもので、技術革新が進んだために、地下水を労なく汲み上げて簡単に使えるようになって、利用価値がなくなった代物だから撤去したんだよ、堰を。

たぶん、あんたたちメディアはろくに調べてもいないだろうから、正確な数字をわたしが教えようか。あれだけ騒がれたダムの地元で町長を三期も務めたんだから、今もそらで数字を口にできる。いいかな？　日本のダムの総貯水量は、当時でおよそ二百三十億立方メートル。片やアメリカでひときわ有名なフーバーダムの総貯水量は、驚くなかれ、おおよそ三百五十億立方メートル。たったひとつのダムで、日本の総貯水量を軽く凌駕《りょうが》する規模を持ってるんだよ。

しかも、ダムの個体数で言えば、アメリカは何と、日本の三倍もあって、総貯水量は四十倍なんだから、アメリカってのはスケールが違うよね。

それだけ多くのダムを造ってきたんだから、もう新たに造る必要はなくなるってものでしょうが、普通は。

で、当時の開拓局長官が当然のように、ダム建設の時代は終わった、と宣言したわけなんだ。

そういう具体的な数字をしっかり取り上げて、詳細な報道をしてたメディアが当時どれだけあったろうかな。最初からダムや公共事業を敵視した報道ばかりで、強引なまでに政権交代をあおったんだ。

もっと言わせてもらうなら、日本のダムの建設コストが高すぎるって、学者もメディアも口をそろえて批判してたよね。違うとは言わせないよ。

けど、地図を見てもらえば子どもでもわかるように、日本は山岳地帯が多くて、川がやたらとうねってる。大きなダムを造るには、現場までの道路を先に通さないといけないわけで、山道を平らにならすとか、橋やトンネルを造るとかの工事がどうしても必要になってしまう。

ところが、欧米は日本より地形に恵まれているから、ダムに適した地が比較的見つけやすい。だだっ広い地に造るのであれば、トンネルや橋なんかいらないから、工事費はうんと安くすむ。当然だよね。

どだい環境条件が違いすぎる。だから、どうしても日本では建設コストが上がって、問題視されてしまう。

有り体に言えば、そもそもアメリカやヨーロッパのダム建設にかかる費用と比べること自体が無茶なんだ。なのに、改革党の連中は馬鹿のひとつ覚えのように、日本は建設費を高く見積もりすぎて、無駄な公共事業の象徴だ――なんて言うんだから、小賢《こざか》しい戦略を通り越して、卑怯な手だと言っていいでしょうな。

しかも、公的資金を差し止める住民訴訟まで、鈴ノ宮の自然を守る会という反対派活動家と組んで起こしたのには、呆《あき》れてものが言えなかったな。

だって、原告団の中に、水没地に住む町民はたったの数名のみ。名義貸しがほとんどだったから、裁判の仕組みを使った嫌がらせも同じでしょうが。どこかの野党が裏で手を回してたっていうじゃないか。

そのあくどい手法を取材で知っていたにもかかわらず、中立であるべきメディアもダムたたきに加担した。住民訴訟が起こされたと聞けば、地元はこぞって猛反対してるって、全国の人は思うよね。しかも、弁護士や学者までが善意で手を貸していると、ダメ押しの報道まで続けて、名義貸しの実態にはまったく触れようともしなかった。

いやいや、別に例の事件の言い訳をしたいわけじゃなくて、わたしはただ事実を指摘してるだけなんで。

十年前にも退任の記者会見で同じことは言わせてもらったよ。けれど、テレビで流され、新聞に載った写真は、町長のわたしが深々と頭を下げるシーンばかりだった。

厳密に法律と照らし合わせるなら、談合と言われても仕方なかったのかもしれないね。けど、ダム本体や下流域の道路拡張などの基本工事は、大規模公共事業に実績ある会社でないと、そもそも入札が認められていなかった。政治家と役人が結託して、そう決めたからなんだ。

だって、大手ゼネコンなら、多額の献金が期待できるし、外郭団体を新たに設立して天下り先を作ってくれる。誰かの指示ってわけじゃなくて、暗黙の了解だったろうね。高度経済成長の時代から、ずっと同じ手法で手を組んできたわけだから。まさしく錬金術もいいところだよね。国の予算で、たらふく私腹をこやそうっていうんだもの。

けど、有権者によって選ばれた代議士先生と国が決めたことに、ちっさな町の責任者が何を言おうと、聞く耳すら持っちゃくれない。多くの住民が住み慣れた土地と家を奪われるのに、地元には建設関連の予算がほとんど落ちてこない。

おかしいでしょ。

町に許された工事の予算は、ちっぽけなものだった。そこに、よその自治体の建設会社まで入札に加わってきたんじゃ、地元の中小企業はすぐ干上がってしまう。大きな工事は、入札に参加すら許されない。それが現状だったんだ。

あまり言いたかないけど、わたしの前の町長は、反対派の意見も汲んで、国の再建案を一度は突き返したんです。そうしたら、驚くじゃないか、多くの補助金に難癖がついて、急にストップされてしまった。田舎のちっさな町は国と県の言うことを聞いていればよくて、余計なことをするなって、実力行使に出てきたってわけだ。

補助金を止められたら、税収なんか高が知れてる田舎は、太いロープで首を絞められるようなもので、即窒息死するしかない。そうでしょうが。役人ってのは無慈悲なもので、何があろうと一度ゴーサインが出た計画は、力ずくでも実現させる。動かした金の額が役人たちの成績につながっていき、いい天下り先を手にできて、楽な老後が待ってるんだから、誰に何を言われようと知ったものかって顔で平然と無理を押しつけてくる。

要するに、ダム建設がストップしようものなら、町のあらゆる事業まで止まって、世の中から惨めに取り残された破綻間違いなしの困窮自治体になってしまう。住民は明日を悲観して、そりゃあ逃げ出すよね。

これだけは、今も胸を張って言える。

わたしは一円だって、建設会社からもらってはいない。町の職員だって、過剰な接待なんか受けてもいなかった。力のない我々に、天下り先なんかもありゃしない。ただ、やむにやまれず、町の企業を守ろうと動いたんだよ。

安い下請け工事を分け合うぐらいしか、町の建設会社にできることはなかった。上からこぼれ落ちてくる雨のしずくをなめて、我々は生きていくしかない。せめて、町で行われる工事の何割かは請け負いたい。

その何が悪いんだろうかね？

あんたたちだって、小さな町の首長になったら、身に染みて実感できるよ。国と県の命令にただうなずいて、憤る町民をなだめていくことが与えられた使命なんだって。想像力のない人らには、まあ、わからないだろうがね。

わたしら役場の者はメディア不信に陥ったよ。それまでは興味本位にダムができるのか中止になるのか、面白がって報道してたくせに、町の発注する工事の落札金額が予定価格に近すぎるだなんて、調査報道の結果を急に発表するとは……。改革党の手先なのかと、本当に恨んだね。

お抱え学者が裏で動いてたって話があったし、開示請求を取り仕切っていたのは鈴ノ宮会に近い弁護士だったでしょ。力なき町民に手を貸す正義の味方だって持てはやされて、弁護士として名前を売ろうって魂胆だったんだろうね。テレビに何度も出てたし、見事な手腕だと感心するしかなかったな。

しかも、警察までが動きだすと言われたんじゃ、町長が先に責任とって辞めるしかないでしょうが。与党になって喜び勇んだ改革党の政治家が地元の公安委員会に圧力をかけたんだろうけど、本当に小狡《こずる》いことをしてくれるよ。

わたしは町のことを真剣に考えた職員たちを守るために、進んで泥を被ったんだ。責任者が辞職すれば、メディアの追及もおとなしくなるとわかってたからね。責任者の首さえ取れば、自分らの手柄だって胸を張って言えるでしょ、メディアの人らは。

でもね、町の人はわかってくれてましたよ。多くの職員にも感謝された。わたしの手を取って頭を下げ、悔し涙をこぼしてくれた者までいたぐらいだから。

そうだね……。最初は出直し選挙に打って出るべきだって、言ってくれる人は多かった。ところが、即座に新民党からストップがかけられた。

七十すぎた老人では、若い対立候補に敵《かな》うわけがない。こちらも新人をぶつけるから、黙って見ていろ、と言われたんだ。おまえにもう用はない。お払い箱だって宣告を受けたわけ。

仕方ないよね。永見先生は地元の大物だから。先生ほど視察のために何度も現場に足を運んで、地元の話を聞いてくれた議員さんはいなかったしね。

それに比べて、国のお役人連中は指示を伝えてくるだけだったでしょ。ろくに現場を見てないし、自分で手を下すわけでもないから、ちっとも心が痛まないんだろうね。ほら、軍の上官が冷酷に突撃命令を出すのと同じだよ。血を流すような地元の苦しみなんか、あの人らは興味すらありゃしない。ただ予算を執行するスケジュールが大切なだけで。

でもね、永見先生はわたしなんかに頭を下げて、若い者にどうか力を貸してほしい、と言ってくれた。あの先生に頼まれたんじゃ、とても断れないでしょうが。だから、わたしは力の限り新人候補を応援したよ。町のさらなる発展と将来のためにも、自分が身を引いたほうがいいと考えて。相手は鈴ノ宮の出身でもなく、ここなら勝てそうだと落下傘で舞い降りてきたような候補だったでしょ。負けるわけにはいかなかった。

でも……。まさか、あんな結果になるとは思いもしなかったよね。

まあ、改革党の紐《ひも》はついてたけど、所詮は学生気分で反対運動を続けてた連中が中心だったし、政治と選挙を軽く見ていたのは間違いなかったね。だから、あんな初歩的なミスを犯したんでしょう。

ええ、そうなんだろうね……。当時はいろいろ噂が飛んだかな。けど、政治資金を管理するプロがいたら、あんな単純なミスは見逃すはずがないんだよね。

……うーん、そうかもしれないかな。

新民党にしてみれば、藁《わら》にもすがる思いで相手の政治資金を調べようと思ったんでしょう、おそらくは。そしたら幸運にも、ほんの小さなミスを見つけられた。

大喜びしたと思うよね。すでにダムの建設中止は難しいと言われてたし、あんたらメディアも不甲斐《ふがい》ない改革党政権への批判をくり返すようになってたんで、絶好のチャンスと見たんでしょう。

今思えば、当然の結果だったのかもしれないね。何十年も政権を取れず、外野から野次を飛ばすことしかできなかった党に、日本を切り回すなんて、しょせんは無理だったんだ。

いやいや……事実はどうなのかな。

もちろん、永見先生がダム関連を仕切っていたと思うけど、手足となって動いてた人が誰だったのかなんて、噂にも聞いたことはなかったね。でも……あの永見先生だったら、知り合いの記者を使って、記事を書かせるのは簡単だったでしょ。ミスを調べ出したのは、現場の執念だったんじゃないのかな。

改革党になんか任せていたら、日本経済は世界に後れを取ってしまう。震災もあったし、円高の是正もできず、多くの企業が悲鳴を上げていたし。日本を救う気構えで、くまなく収支報告書を見ていったから、あのミスを突くことができたんだろうね。

まあ……ダムが完成にこぎ着けられて、本当によかったと心から思ってますよ。今もわたしにお礼を言ってくれる町の人は多くてね。頑張ってきた甲斐があったというものですよ。

あとはメディアでもっと取り上げてもらって、鈴ノ宮の観光客が増えてくれたら、言うことはないけど……。

それぐらいは協力してほしいよね。ダムに揺れ続けた町の実状をありのままに報道してこなかった責任が、あんたらメディアにはあるんだから。忘れてもらっちゃ困るよね。

5

新聞を開くたびに胃が縮み、真鍋は朝のコーヒーが飲めなくなった。昨晩のニュース番組でも、改革党の迷走ぶりが取り上げられていた。

今年の春、沖縄の普天間《ふてんま》基地を県外に移設すると大見得を切った村中総理が、何もできずに辞任へ追いこまれて、狼狽《うろた》えるような慌ただしさで党首選が行われた。財務大臣だった池田大喜《いけだだいき》が国会議員のみによる投票で新たな党首となり、第九十四代の内閣総理大臣に選出された。

ところが、政権交代を実現しながらめぼしい成果を上げられずにいた改革党を見限る動きが強まり、七月の参院選で惨敗を喫したのだ。

しかも、政策協議が物別れに終わって社会新党が連立から抜けたため、参議院で野党が過半数を超えるという、ねじれ国会の状態におちいって、多くの法案に成立の見通しが立たなくなった。

ここぞとばかりに新民党は審議拒否の荒技に打って出て、改革党の実力不足を世に訴える戦術を採った。今ではメディアまでが、ネガティブ・キャンペーンに加担したかと疑いたくなる掌返《てのひらがえ》しの厳しい意見が論壇を賑《にぎ》わせていた。

念願だった政権を手にできたことを喜ぶあまりに理想ばかりを語りながら、何も実現できない党のだらしなさに最大の責任がある。コンクリートから人へ予算を振り分けて暮らしやすい社会を築くというスローガンは、国民やメディアに受け入れられた。が、その予算執行を実現させていくのは、政治家だけでなく、官僚たちの手にもかかっている。

改革党の幹部は理想を追うあまりに、官僚らが組んだ予算計画に、端《はな》から難癖をつける事業仕分けをくり返して、彼らの仕事を無駄に増やしたうえ、さらに天下りを排除すると言い切った。官僚の機嫌を損ねるどころか、敵対すると宣言したも同じで、役所の仕事があらゆる方面で滞っていった。

政権さえ手にできれば、役人を指揮して、理想を貫いていける。現場の仕事をろくに知らず、国民に夢を語れば票を得られると信じた党幹部の幼さが招いた哀れな事態だった。

彼らは地方自治の現場を長らく見てこなかったのだ。革新系の首長が各地で誕生しながら、いつしか中道寄りの政策へ変わっていった例が、どれほど多かったことか。

まずは現実路線を踏むことで、少しずつ理想に近づけ、役所の中で理解者を増やしていくほかに手立てはないのだ。そういう地方の苦労を学ぶ謙虚さを持ち合わせてこなかったうえ、国民へしばしの我慢を呼びかけることも満足にできない視野の狭さが惨めだった。

そもそも一切の当てもなく、沖縄の米軍基地を県外へ移設すると表明したこと自体に、勉強不足と自身の力量への自惚《うぬぼ》れが如実に現れていた。いくら改革党を立ち上げた功労者であっても、親の莫大な資産を譲り受けたにすぎず、汗して資金を集めたことのない世間知らずを党首に担ぎ上げたのがそもそも間違いだったと、今さらながら幹部連中は痛感しているだろう。

政治を変えられると勢いこんでいた多くの地方党員が失意の底に落とされた。どうして永田町の議員は、革新系の知事や市長の話を聞こうともせずに独善へと走ったのか。

国会議員が偉く、地方は劣るとの思いこみが、いまだ幅を利かす中央政界に多くの関係者が絶望しか抱けずにいた。情けないが、だから地方組織が脆弱《ぜいじゃく》なままで、参院選に負ける事態を招いたのだ。

ところが、新総理は敗因をろくに分析しようともせず、ただ国会運営に汲々《きゅうきゅう》とする始末だった。高みばかりを目指すあまり、泥に埋まる足元がまったく見えていなかった。

鈴ノ宮の町長選を終えたあと、真鍋は再び埼玉県下の選挙を仕切る仕事に戻された。

誰が応援に出向こうと、国政の威勢があるので勝利は約束されていたと、党と県連の幹部は考えていたようで、「よくやった」という慰労の言葉すらもらえなかった。五十六歳にもなり、残された時間を考えると、このまま党に残って得られるものが本当にあるのかと自問自答の日々が続く。そのくせ、選挙を控えた現場は、真鍋を頼って仕事を丸投げしてくる。

今の仕事から潔く身を引いて地元へ帰り、無所属の候補として選挙に挑んで自分に勝ち目があるか。

県議の椅子は限られ、選挙区は相も変わらず新民党が強く、保守派に割って入るほどのネームバリューは自分になかった。長く党に在籍していたので色がついていると見られかねず、年齢からも新鮮味があるとは映らないだろう。たとえ奮闘が実って当選できたところで、政治を変える一助にもならないのは見えていた。

政治とは、選択であり、決断なのだ。ところが、自分の道を選ぶことすら迷い続けて動けずにいるのだから情けない。

その日も、辞表を書こうか迷いながら県連本部で次の選挙へ向けての行動計画表の草案作りをこなしていると、事務員に名前を呼ばれた。しばらくぶりに鈴ノ宮の杉原勝也から電話が入ったのだった。

「元気でやってるようだね、久しぶり」

真鍋が電話を代わってありきたりな挨拶を口にすると、杉原らしくもない切羽つまった声が耳を打った。

「助けてください、真鍋さん」

「……どうした、何かあったのか」

「先日、県の選挙委員会が政治団体の収支報告書を公開しました」

各政治団体は、活動の拠点となる都道府県や総務省に、一年分の活動費と収入をまとめたうえ、現時点で保有する資産表を添えた報告書を三月末までに出さねばならない決まりがある。有権者による監視が前提であり、提出された収支報告書は十一月の末までに各選挙委員会が公開する。

鶴崎町長の政治団体も報告書を出したはずだ。そこに何か問題が見つかったか……。

「週刊誌の記者が、つい先ほど事務所を訪ねてきました」

辺りをはばかる声の低さに、身が引き締まる。

「報告書の写しを手に入れてのことだね」

「はい。でも、鶴崎昌彦後援会の報告書だけではありませんでした。実は昨日、同じ週刊誌の記者が鈴ノ宮会の本部に来て、出納帳の閲覧をしていったというんです」

鈴ノ宮の自然を守る会は、NPO法が制定されたあと、非営利団体に認定されて、税の優遇を受けている。そのため、特定の候補者を支援する選挙活動を団体として行うことは許されていない。また、活動計画や決算書などとともに細かい支出入の記録である出納帳を公開する義務があった。

「そちらの後援会と鈴ノ宮会の収支を調査して何か出てきたんじゃないだろうね」

「今になって週刊誌の記者が来るなんて、まったく思ってもいませんでした」

鈴ノ宮会の出納帳まで調べたとなれば、すでに公報で公開された後援会の記録は確認ずみとわかる。両者の支出入を比べて、怪しい金銭の移動がなかったかどうかを精査したのだ。

もし選挙期間内に金銭の移動があるとわかれば、NPO法で定められた選挙活動禁止規定の違反が疑われる。

昨年の町長選で、町の内外を問わずに多くの若者がボランティアで支援してくれていた。たとえ鈴ノ宮会の支持者であろうと、個人の資格での協力であり、会の名前を出しての選挙運動は行っていなかった。NPO法人の関係者は演説会や選挙カーでの遊説にも参加はせず、あくまで事務の手伝いにとどめていた。

杉原の声が悔しげに震えた。

「……ぼくも驚きました。今になって、去年の選挙の時の収支報告書にも開示請求が出されていたんです。あの選挙期間中に運転手やウグイス嬢を務めてもらった人には、それぞれ決められた額の日当を払ってました。その運転手の中に、鈴ノ宮会のメンバーとまったく同じ名前が出てきたんです。でも、会のメンバーに日当を渡したことは絶対にありません。運転手を務めた者なんかいるはずがないんです」

チームの者なら誰もが知っていた。選挙カーの運転手は重労働になるので、もし事故を起こしては評判にかかわる。そのため、選挙中はほとんどプロの運転手に任せていた。選挙前に鶴崎の送り迎えを会のメンバーに手伝ってもらうことはあったが、当然ながら日当は支払っていない。すべてボランティアだ。

「単なる偶然の一致とは考えられないのか」

「だから、真鍋さんに調べていただきたいんです。田中良司《たなかりようじ》。よいつかさ、と書くんですが、そういう名前の運転手に依頼しましたよね」

一年近くも前なので、さすがに運転手の名前まで記憶になかった。党の県連から紹介を受けて、大手タクシー会社の契約ドライバーに依頼していた。

「メンバーの田中良司君は、もちろん運転手を務めていなければ、日当ももらっていないわけだよな」

「当たり前ですよ。そんなミス、するわけないじゃないですか」

真鍋はいったん電話を切ると、運転手を依頼した県下の支社に連絡を入れた。すると、田中良司という運転手はやはり在籍していなかった。偶然の一致という可能性は排除される。日当を受け取った運転手が、領収書に偽名でサインするわけもなく、どうして田中名義の領収書が残されていたのか、あまりにも不可解だった。

鈴ノ宮町の鶴崎事務所に折り返しの電話を入れると、杉原が歯をきしらせるような調子で言った。

「どう考えたって、代理で名前を書くことなんかありえません。いくら選挙期間で多くの仕事に追いまくられていたにしたって、わけがわかりませんよ」

選挙のさなかだからこそ、金銭の授受には慎重になる。費用を浮かすため、あまった領収書に勝手な名前を書いて提出しておいた者がいたとも、常識では考えられない。

が、政治の世界では、ありえないことがしばしば起きる。

「日当や領収書は、樋口君が管理していたんだよな」

「はい。先輩もまったく記憶がないと言ってます。領収書はひとまとめにして、選挙のあとで整理し直して、選挙運動の収支報告書に添付しておいたはずなんです。真鍋さんも一緒に確認していただいたかと……」

「もちろんだとも。でも、収支の金額に狂いが生じていないかをチェックしていったにすぎない」

領収書の名前を一枚ずつ確認したわけではなかった。収支の総額にずれが出れば、支出入のどこかに見落としがあったことになる。洩れがないとわかれば、出納帳に領収書を貼りつけて額をまとめて記載し、それで作業は終わる。

二十年前の選挙の時であれば、樋口が若手のまとめ役だったので、ボランティアの名前もほぼ把握していたはずだ。が、去年は秘書と会計責任者を兼ねていたので、多くの仕事に追われる立場にあった。ボランティアで働いてくれたメンバーすべての名前が頭に入っていたとは思えない。そのために見落としが出たわけか。

「まずいことにならないでしょうか。週刊誌が急に来るなんて……」

「樋口君は収支報告書の訂正を進めているんだろうね」

政治資金規正法は、報告書の訂正に期限と回数を定めていない。国民に正しい収支を公開することを目的としているため、間違いがあれば報告し直せばいい、とされている。

つまり、不審な点があると指摘された場合、何度でも訂正が可能なのだ。

ザル法と言われる所以《ゆえん》で、過去に多くの政治団体が収支報告書の訂正によって、様々な疑惑を逃れてきた実例がある。中には、記録を保存したパソコンを破壊して、さかのぼっての調査ができないと言い訳を作った代議士までいた。法に触れていないために、警察も手出しができなくなってしまう。

「もちろん、間違いだったとしか思えないので、訂正作業は進めています。でも、同じ名前が出てきた件は、もう記者がつかんでるんです。ほかにも不可解な領収書が見つかったとか、まるで脅すようなことも言われました。日当の件で正式な回答を得られなければ、記事にするしかないって。まるで、どこかの党の差し金で動いているんじゃないかって疑いたくなりますよ」

言われてみれば、確かにきな臭さが感じられる……。

年間の収支報告書が公開されるのを、手ぐすね引いて待っていたかのようではないか。それに合わせて、選挙の際の報告書と鈴ノ宮会の資料も手に入れる算段だった……。

何者かが鶴崎陣営の領収書を手に入れて、会のメンバーの名前を書いて提出しておく。陣営の会計責任者として、樋口は金銭の出入りをすべて任されていた。領収書に書かれた名前までチェックしている余裕はなかった。

やがて偽の領収書は収支報告書に添付されて選挙委員会に提出される。時期を見て報告書をチェックすることで、時限爆弾の効果が発揮される。

鶴崎陣営は、NPO法人である鈴ノ宮会のスタッフに日当を支払い、運動員として働かせていた証拠が見つかった。NPO法によって禁止された選挙活動の範疇《はんちゅう》に当たる。

仮に、田中良司というメンバーが日当をもらっていなかったのであれば、架空の領収書を発行して、支出を多く見せかけていた疑惑が生じる。鶴崎事務所の会計処理は信用できない。

運転手の日当は、公職選挙法によって額が決められていた。一人一日、一万五千円が上限である。たった一万五千円の領収書にすぎなくとも、NPO法人との関係が深いために、選挙違反の嫌疑を受けかねない。敵陣営の策略を疑いたくなる状況は確かにあった。

「真鍋さん、こういうケースではどうしたらいいんでしょうか。教えてください」

矢継ぎ早に問われて、真鍋はひと呼吸おいた。冷静に回答を導き出す。

「……心配はいらない。たとえ鈴ノ宮会のメンバーが選挙活動をしていたと指摘されても、鶴崎さんが公職選挙法の違反に問われることはない。違反行為は、あくまで鈴ノ宮会が犯したことになる」

秘書が選挙違反を犯したなら、候補者本人にも罰則が適用される。が、運動員の所属していたNPO法人の違反なのだ。

「領収書にミスがあったとしても、報告書を訂正すれば問題はない。新民党だって疑惑が出てくるたびに、いつも申告書の訂正ですませているじゃないか」

気休めにすぎないとわかっていたが、法律上の逃げ道しか思いつかなかった。

「でも、多くの町民が知ってるんです、鈴ノ宮会と鶴崎さんの関係は。一緒になって選挙違反を続けてきたって騒がれるに決まってます」

確実に新民党はその点を攻撃してくる。疑惑をあおって町民に違法だと訴えたうえ、リコール運動をスタートさせるだろう。

たとえリコールに必要な数の署名が集まらなくても、町議会は今も新民党らの保守派が多数を有する。ただ、町長選で民意が示されたために今は協調路線を取っていたが、これを機に審議拒否などの強硬策に出てくるはずだ。

そうなれば議会はストップし、予算審議は進まなくなる。春まで混乱が長引けば、ただでさえ頼りない町の予算が執行できなくなり、国や県も補助金の供与を一時的に止めてきかねない。ダムを建設したい役人と新民党の思惑は一致する。町の運営は滞り、すべての責任が町長一人に負わされるのだ。

国政の場でも、新民党の国会議員が巻き返しのために鈴ノ宮ダム推進議員連盟を発足させて、独自に検証作業を進めると表明していた。その動きに、首都圏の首長らも賛同する意向を示した。

改革党は参院選での敗北によって、自力のみで国会を乗り切っていく道は事実上、絶たれている。そして今、ダム直下の鈴ノ宮町でも新民党の巻き返しが始まるのだ。

そう考えていくと、本当にミスなのかは怪しく思えてくる。

政権交代の勢いもあって、町長選を勝てそうにないと見たダム推進派が、二十年前と同じようにスパイを反対派陣営に送りこみ、領収書という時限爆弾を仕掛けたのではなかったか。参院選で改革党が負けた今こそ、ミスを指摘する絶好の時だ。

証拠は何ひとつない。いくら不自然だと声を上げようと、怪しげな領収書に気づけなかった鶴崎陣営に落ち度があったのは事実なのだ。

「状況はかなり悪いとしか思えません。どうすべきでしょうか。意見を聞かせてください、真鍋さん。週刊誌の記事が出たら、鶴崎さんは追いつめられます」

焦って知恵をしぼろうと、妙案は浮かばなかった。参院選に負けた党に、残念ながら余力は残されていない。第三者の弁護士を入れて検証チームを立ち上げると表明するほか、打てる手立てはない気がする。が、窮地を脱する最善の策にはなりえなかった。

鶴崎がどこまで耐えていけるか。見通しは限りなく悪い。

「ぼくたち政治の初心者では、どうしたらいいのかわかりません……。党に、こういうケースでは何をすべきか、善後策を訊いていただけませんでしょうか」

「わかった。至急、相談してみる」

会計責任者を兼任する樋口を心配したが、事務所には不在だという。携帯に電話を入れてメッセージを残したが、折り返しもなく、一人で責任を感じて収支報告書の訂正作業に必死なのだろう。

改革党の法務部に相談したところ、たちまち上層部に電話が回されて、地元の県連に任せるしかないと、及び腰の対応を見せられた。鶴崎は党が推薦を決めたが、あくまで無所属で選挙を戦った。彼に何があっても実害は及ばないと、対岸の騒動を眺める腹を決めたのだ。予想はできたものの、役に立たないどころか、ただ火の粉をよけようとする思慮の浅はかさに呆れ、また失望感に襲われた。

ろくな解決策を見出《みいだ》せず、樋口を案じていると、夜十時をすぎて真鍋の携帯にようやく電話が入った。

「ご心配いただき、ありがとうございます。鶴崎さんと対応策は考えています。田中良司君が選挙活動に従事していなかったのは間違いないと、多くのスタッフが証言してくれています。田中君名義の領収書が出てきたことは、わたしのミスにすぎません。運転手のリストと見比べたうえで、訂正の手続きを終えましたので、何も問題はないはずです。いつも新民党の議員は、違法な献金疑惑が出ても、報告書の訂正でごまかしてきてますからね。誰が見ても、我々のほうが明らかに悪質性はありません」

「鶴崎さんも同じ意見なのか」

「もちろんです。胸を張って言い切れます。我々にやましいところは一切ない、と」

「そちらの町議会は、保守派が多数を握っているだろ。抗議として審議拒否に出てきた時、本当に乗りきっていけるのか」

「はい。いざとなったら、議会を解散すればいいんです。民意はすでに出ているんですから、町議選に打って出れば、必ず反対派の議員が多数をしめてくれます」

地方自治法の第百条には、国における国政調査権と同じ強制権を持つ、議会による調査委員会の設置が認められている。そこでの追及は逃れることができず、態度を曖昧にすれば有権者の不信を買う。

ダム推進派の議員は不正があったと疑惑をあおったうえで、町長の不信任案を提出するかもしれない。が、可決された場合、町長の権限で十日以内に議会を解散できる。

だが、保守派が不信任案を出さなければ、議会の空転は延々と続き、鶴崎の立場は追いつめられていく。どんな譲歩案を持ちかけようと、彼らは絶対に受け入れない。町長をたたき続けることで、民意の逆転を狙うに違いないのだ。

「ほかにも不可解な領収書が見つかったと記者は言っていたんだよな」

「スタッフ総出で確認しています。鈴ノ宮会のメンバーの誰にも日当を支払ってないことは確認できました。あとは事務の備品を購入した時の領収書と交通費ばかりで、会食費などを経費で落とすことはしていません。我々は政治資金で贅沢《ぜいたく》な会食をしてる新民党の議員たちとは違うんです」

「県連は協力してくれているのか」

最も不安な問いかけをすると、樋口が言葉を選ぶように言った。

「第三者委員会を設置するなら協力は惜しまない、と言われました」

つまり、党が直接乗り出すことはしない、と明言したのだ。

おおっぴらに支援しておき、もし鶴崎の立場が悪くなっていったら、せっかく保守王国と言われた県で一定の成果を上げた党のイメージが大きくダウンする。ずっと選挙で負け続けてきたため、今はまだ勝利にひたっていたいと、卑怯にも考えている。

「もし党が鶴崎さんを見捨てるようなことをしたら、今の仕事を捨ててでも、全力で君たちを支援に出向く。約束するよ」

「ありがとうございます。そう言っていただけたこと、鶴崎さんにも伝えます。けれど、必ずスタッフ一同、力を合わせて乗りきってみせます。ですから、どうか早まったことはしないでください。真鍋さんのような人がいてくれるから、地盤も看板もない候補者が政治を続けていけるんです。ぼくは心の底からそう思っています」

「ありがとう……」

勇気づけるつもりが、反対に励まされていた。けれど、樋口を鼓舞するために思ってもいないことを口走ったわけでなく、胸の片隅に何十年も前からくすぶり続けていたものが言葉になったにすぎなかった。

「わたしにできることがあれば、何でも言ってくれ」

「はい。本当にありがとうございます」

自信と気負いに満ちた力強い言葉が返ってきた。

6

言われてみれば、もう十年近くになるんですね。本当に早いものです。

もちろん、彼のことを忘れた日はありません。嘘偽りなく、今も悔しくて思い出すたびに涙がこぼれます。最も近くにいながら、何もできなかった自分が本当に情けなくて……。

時間がすべてを解決してくれるなんて言う人もいますけど、無理ですよ。でも、あの時もそうでしたけれど、責任ある者として今もわたしには、たとえ思い出すのがつらく苦しくても説明していく務めがあると思っています。だから、こうしてインタビューを承諾させていただいたんです。

……はい、そうですね。

今になって振り返ってみるなら、当時のスタッフはみんな若くて、政治に取り組んだ経験はまったくと言っていいほどない者ばかりでした。素人の集まりにすぎない、と腐す人は確かにいました。小さな町の首長選挙だったし、熱意とチームワークで充分にカバーしていけると、仲間の誰もが考えていたと思います。わたしもスタッフ一同を信頼していました。

ただ……チームの中で、樋口さんの負担は、第一秘書を今も務めてくれている守口《もりぐち》君より、かなり大きかったかもしれません。改革党の真鍋さんと一緒に以前の町長選を戦っていたし、実家のスーパーで経理を任されてもいました。それに、何より鈴ノ宮の将来を真剣に憂う気持ちが強かったから、家族の許しを得て仕事を辞めたうえでチームに加わってくれたんです。本当にありがたく思ってました。

あの人の評判は、町内を少し歩いてみれば、すぐにわかりました。鈴ノ宮の自然を守る会には入っていませんでしたが、昔から同世代のリーダー役を担っていたと言っていいと思います。地元中学で生徒会長を務めていたこともあって、若い世代のまとめ役と見なされていたんです。

彼に言わせると、選挙の時期になるたび、年配者ばかりがダムへの賛成や反対を盛んに論じ合っていて、若者の多くは様子見に徹していたようなところがあったそうなんです。そのことを、彼はずっと不満に思っていた、と真剣に怒ってました。町の未来を決めるのは、若い世代であるべきではないのか。そう考えたから、旗振り役を務めようとして秘書に志願してくれたんです。

正直に言うと、当時のわたしのチームも、昔の選挙と同じく、鈴ノ宮会のメンバーが多くなっていて、地元色がやや薄かったかと思います。けれど、樋口さんが加わったことで、地元の若い子が集まるようになってくれて、とても助かりました。

昔の選挙を体験していたので、会のメンバーとの調整役を務める者が必要だと思ってくれたんですね。そういう目配りもできる人でした。

わたしは法律事務所を辞めて立候補を表明したものの、当時は政治資金が頼りなくて、百円二百円のわずかなカンパを町の外でも集めて、何とかチームを回していました。ダムの付帯工事がスタートしたので、もう計画は止められないと町の誰もがあきらめムードになっていて、鈴ノ宮会の運営資金も似たような状況でした。

ところが、国政のほうで政権交代が実現した影響から、少しずつ寄付をいただけるようになっていたんです。やはりダムが本当に必要なのか疑問に思う人が、町を超えて多くいた証拠だと我々は手応えを感じました。

心強い支援は少しずつ増えていきましたが、活動資金の大半は、わたし個人の貯金に頼っていた面は否めませんでした。なので、樋口さんたち事務所の正式なスタッフのほかは、すべてボランティアの運動員で選挙を戦ったんです。彼らはまったくの無償で働いてくれました。鈴ノ宮の自然を守り、無駄な公共事業を食い止めるためとはいえ、なかなかできることではありません。

鈴ノ宮会のメンバーも当初は何人かが手伝ってくれてましたが、選挙期間に入ってからは、日当を支払っていい運動員として参加はしていませんでした。

百条委員会でも証言したように、誓って断言できます。だから、田中良司君は本当に日当を受け取っていないのです。

ええ……そう指摘されれば、我々に返す言葉はありません。

選挙が終わった段階で、領収書を一枚ずつすべて入念にあらためていれば、気づけたのかもしれません。

ですが、選挙の間、いつも同じ運転手さんがドライバーを務めてくれていたわけではありません。日によっては、予定に入っていた人が体調を崩したりして、急に別の運転手さんが派遣されてくることもありました。

それに、費用を少しでも安く上げるために、町の人が無償でわたしの送り迎えに動いてくれてもいたんです。その当番表は、すべて日誌に残していましたので、間違いはありません。多くの関係者も現場で見ていたので、そう証言もしてくれています。

心強い支援のおかげで選挙を戦い終えたあとは、役場の近くに事務所を借りねばならず、樋口さんは昼も夜も動き回ってくれました。それに、収支報告書はお金の出入りを正確に記載すればよくて、支払い名目が政治活動であるとわかれば、本来は何も問題はないんです。

どこかの巨大政党などは、政治活動費の内訳を公開せずに、会合費として多額の飲食代を使っていますよね。しかも、パーティー券がノルマより売れた場合はキックバックがあって、表に出ない裏金作りを続けていたんですから、よほど悪質ですよ。ただ、報告書の記載に不備がなければ、政党交付金という国民の税金で飲み食いしたところで、罪には問われないんです。ひどい話ですが。

ええ……確かにそうですね。

わたしも罪に問われたわけではありませんでした。でも、わたしを支援してくれていたNPO法人の職員の名前が、収支報告書に添付した領収書から、なぜか出てきてしまいました。我々スタッフはもちろん、田中良司君にとっても、まさしく青天《せいてん》の霹靂《へきれき》でした。

何かの間違いだろうと、最初は我々も考えました。そのうち、何者かが田中良司君名義の領収書を、うちの事務所に黙って置いていったのではないか、と疑う者が出てきたんです。

選挙の期間中はほぼ毎日、支援者が何十人も事務所を訪ねてきます。番記者というのか、メディアのかたも連日、何人も来ていました。その中の一人が、デスクの上に領収書を置いておけば、気づいたスタッフが保管場所に入れていたと思います。一枚の領収書をまぎれこませるなど、何の苦もなかったと思うんです。

しかし、そういうケースでは通常、領収書の数が一枚、多くなってしまうでしょう。外部の者が、領収書の保管場所を知り、密《ひそ》かに正規の領収書を一枚持ち出すことができるのか。大いに疑問だと、わたしは思っていました。

ただし、内部の者であれば、その犯行は可能なんです。

当時のボランティアを疑いたくはありませんでしたが、そう考えると最も合理的に説明できるのではないか。二十年前にも、鈴ノ宮会の中に敵対陣営のスパイとしか思えない人物が潜入していた、と樋口さんから聞かされてもいました……。

そうです。我々は追いつめられて、内部の犯行説を疑ってみました。不可解な領収書のサインと、当時のスタッフすべての筆跡を見比べることにしたんです。疑心暗鬼になっていたんでしょうね。

ですが、残念というか、やはりというか、似た筆跡は見つかりませんでした。

考えてもみてください。内部にスパイがいた場合でも、筆跡をごまかさずにサインを残しておくわけが、そもそもないと思いませんか。

信頼できる身内の者にでも頼んで田中良司君の名前を書いてもらえば、自分の犯行だと疑われる心配はありません。筆跡を比べてみたところで、もとより意味なんかなかったんです。

でも、何かしないと、町長の職を奪われかねないという恐怖心が、わたしには強くありました。樋口さんも同じだったと思います。

ところが、その直後のことでした。

当時も報道されたと思いますが、意外なものが事務所の中から出てきたんです。

わたしと樋口さんで町長選の記録と出納帳の総点検をやり直した際、パソコンの書類から田中君の名前は当然ながら出てきませんでした。ところが、警察の捜索が入った時、なぜか田中君の名前が載った運転手のリストが、書類の束の中から見つかったんです。

金の流れをごまかすために、二重帳簿を作るという手法はよく聞きます。それと同じで、リストをふたつ作っていたのではないか。外部に見られてもいい偽物と、身内だけが閲覧できる正規のリストと。

事務所のパソコンには偽物だけを残しておいたのに、もうひとつの本物のリストを処分し忘れてしまったのだろう。その正規のリストをもとに、誰かが田中良司君の名前を領収書に書いてしまったのではないか。そう指摘をされたのは確かです。

でも、我々スタッフは誰一人として、そんなリストの存在は知りませんでした。偽の領収書と一緒に、何者かが偽リストを持ちこんで、書類のどこかに挟みこんでおくことはできたように思えてなりません。

ですけど、事務所の中から田中君の名前の載ったリストが見つかったことで、疑惑の決定打になってしまったんです。

運転手に支払っていい日当の上限は、公職選挙法によって決められています。たかだか三日分で四万五千円という少額にすぎません。なのに、どうして県警の家宅捜索が我が家と事務所に入らねばならなかったのか。

メディアは面白がって興味本位の報道を続けて、その不自然さを追及しようとはしませんでした。

まるで警察と同じで、旧政権とつながる者の意向を受けて動いていたんじゃないか、と疑いたくなりますよね。

しかも、ひどい嫌がらせが続いたんです。借りていた家の庭にネズミの死骸が投げこまれていたり、昼夜を問わず無言電話がかかってきたり……。妻は体調を崩して実家に帰るしかありませんでした。警察に被害届を出そうと考えましたよ。でも、我が家を捜索した警官がまともに話を聞いてくれるのか。四面楚歌《しめんそか》でしたね。事務所の前には右翼の街宣車まで来たんですから。迷惑だから出ていってくれ。町の人たちまで態度を変えるのには、愕然《がくぜん》となりました。でも、警察が捜査に動いた事実は重く、町民の不信感を増幅させるには充分すぎるほどでした。

付帯工事が始まる中での、建設反対派の中核は鈴ノ宮会だったと言っていいでしょう。NPO法人でありながら、違法とされた選挙活動に実は加担していた疑いが強くなった。たかだか四万五千円の領収書に、警察が動くことはありえない。だから、本当は選挙違反があって、その摘発のための捜査に違いない。保守派の町議が集会を開いて、何の確証もないのに、そう広めたんです。

わたしも警察から何度もしつこく話を聞かれましたが、故意に偽の領収書を作ってなどいませんでした。田中良司君もボランティアで働いてくれていたにすぎず、やましいところは何ひとつなかった。報告書の訂正もすませたので、新民党でよく話題に上る政治資金疑惑より明らかに罪はないと言えるはずなんです。

記者会見もして潔白を訴えたのに、保守系の議員がリコール運動を始めるにいたって、町民と議会を率いていくのはもう難しいと思うほかありませんでした。

不信任案が提出されなくては、いくら町長であっても、総理大臣とは違って、議会を解散する権限までは持っていません。スタッフの中には、出直し選挙に打って出るべきだという強硬論を語る者もいました。再び町が混乱するのは見えていたので、どうすべきか、わたしは大いに悩みました。スタッフも離れていき、心を決めかねていた時のことでした。

まさか樋口さんが、そこまで責任を感じていたとは思いも寄らず……。

偽の領収書を作ったのは、会計責任者だ。政治資金の使い道をごまかして、懐へ入れたに決まっている。証拠もなしに、そう非難する者がいたのは知ってました。

あの人に責任があると決まったわけではなかったんです。わたしたちはみな、信じていました。仕事が手につかない状況に追いこまれていたのは確かだったと思います。おそらくは鬱に近い状態になっていたんでしょう。家族の人も、思い悩んで口数が極端に少なくなり、表情も乏しくなっていた、とおっしゃってました。

でもね……。

厳しいことを言うようだけれど、いくら悩んでいたにしても、死んだらダメなんですよ。責任を取ったと思われて、ありもしないことまで事実と見なされてしまうんです。

いいえ、それでもわたしはあの人を一ミリたりとも疑っていません。樋口さんは責任を取ったわけではない。一人で悩んで鬱になってしまい、ただ楽になりたいと思うあまり、手段を間違えてしまった……。あの人は何もしていない。我々を裏切るようなことは絶対になかった。

今も悔しくて、やりきれません。

わたしは弁護士なので、戦っていく自信はありました。あの状況で警察が罪に問えるわけはなかった。会計責任者が死を選んでしまったことで、捜査が中止されたわけじゃないんです。わたしも樋口さんも潔白だった。でも、世間とメディアはそう見なかった。死者に鞭打《むちう》つことはできないために、捜査は打ち切られた。そう町民にも思われてしまったんでしょう。メディアも一切、報じなくなりました。

ちょうどあのころは、改革党政権もゴタゴタ続きで、風向きは一気に変わっていったんです。そのうえ、一度は中止を表明しておきながら、やっぱりダムは建設すると態度を翻したのでは、多くの人を裏切るも同じですからね。党の幹部たちは、散々振り回されてきた地元のことは何も考えていなかったんですよ。初めて政権の座に就き、高所から国民を見下ろしていたんでしょう。

じゃあ、あのマニフェストは何だったのか。政策の細部はつめずに、具体的な中止プランもまったく考えずに、ただ聞こえのいいお題目だけ並べておいて、日本中の期待を大きくあおったうえで、あっさり裏切ったんです。総選挙で入れてもらった票をすべて自らの手でドブに捨てる行為ですよ。

政治は信念なんです。信念なき政治家には、潔く身を引いていただきたいですね。

ただ……今となっては、何を言っても始まりません。樋口さんも戻ってこない。仲間を見殺しにして、自分一人が罪を逃れた、という誹謗中傷《ひぼうちゅうしょう》も浴びました。だから、あえて政治の世界へ再チャレンジすることを決めたんです。

いくら生まれ育った地元であっても、一度は政治資金のスキャンダルに見舞われた新人が当選できたのは、樋口さんが雲の上から手を貸してくれたからだと、わたしは信じています。彼のお兄さんや、ご家族までが支援の声明を出してくれたんです。ありがたくて、本当に涙が出ました……。

あの人の死を無駄にしないためにも、わたしは決してあきらめません。今後も理想を掲げて、仲間と有権者を信じて、民意を生かすために戦っていきます。

何か所信表明みたいになってしまいましたが、今の嘘偽りない本心です。たぶん、樋口さんも、わたしの戦いぶりを見てくれていると信じています。

7

真鍋は悲報を聞きつけるなり、仕事を投げ出して鈴ノ宮へひたすら車を走らせた。が、樋口素夫の亡骸《なきがら》と対面することは叶わなかった。家族が頑《かたく》なに弔問客《ちようもん》を自宅へ入れようとしなかったからだ。東京からもメディア関係者が押しかけ、無遠慮にカメラを向けたため、樋口の兄が立ちはだかって訪問者をすべて追い払ったのだ。

一族で営むスーパーの裏に建つ古びた小さな家の前で、真鍋も夜の路地へ押し返された。選挙の時に取材に来た者がいたらしく、あやうく記者に取り巻かれそうになったので、顔を隠しながら小走りに立ち去った。

あんたたちが騒いだからだぞ。怒りの声がのどを突いてあふれかけたが、口にすれば身元を突き止められた末に、ニュースやワイドショーで面白おかしく使われるだけだった。恥ずかしくも無言を貫いて、ただ走り去った。

車に駆けこんでアクセルを踏み、町外れで一人深く息をついた。

考えてみるならば、二十年前ともに働いたことを忘れずにいて、熱心に誘ってくれたのを喜びながら、彼の家族にはろくな挨拶すらしていなかった。祝勝会の席で妻子を紹介されて、政治家の秘書は大変な仕事だから支えてやってほしい、と偉そうなアドバイスを送っていた。あの時、家族に礼を告げたか、記憶すらしていないのだから、ただ樋口を使い勝手のいい優秀な運動員と見なしてきた証拠に思えてならなかった。

国政の勢いがあったため、心のどこかで町の選挙を甘く見ていた面はあったろう。だから、現場を離れたあとは、忌み嫌っていた選挙屋みたいに日々の忙しさにかまけて、彼らの仕事ぶりをろくに見てこなかった。

もちろん、気にかけていても、こんな自分に何ができたか疑問はある。杉原から相談を受けて電話で激励したぐらいで、樋口の悩みの深さに気づきもしなかった。今さら悔やんでも遅いが、不甲斐なさに手足の先から身が冷えていく。

役場に近い鶴崎の事務所に向かってみたが、近くの路地にも多くの記者が群がっていた。自殺者を出した責任を町長に問うのが何より報道機関の務めと勘違いする連中だった。単に上司の命令で無自覚に来た者もいるだろうが、事件の核心を見ようともしないのだから、どちらにしてもジャーナリストの矜持《きょうじ》とは無縁な者らに違いなかった。もちろん、一方的に彼らを批難できる立場にないと、苦い自覚にも苛《さいな》まれた。

鈴ノ宮へ駆けつけながら、何もできずに車内で唇を噛《か》んで耐えていると、携帯電話が鳴った。悲しい知らせを届けてくれた杉原勝也からだった。

「……ついさっき、樋口先輩の奥さんから電話があったんです。もしかしたら、選挙を手伝ってくれた党の人だったかもしれない。お兄さんの怒りが治まらなくて、追い返してしまった。電話番号を知っているなら教えてくれ、と言われました」

「無理はないよ。家族の身になってみれば、当然だろう。お詫《わ》びなんて必要ない。詫びなきゃならないのは、わたしたちのほうなんだ。彼が困っているのを知りながら、傍観していたようなものだ……」

「今どこですか」

鶴崎事務所の近くだと言うと、川の上流にある紅葉橋《もみじばし》でこれから会えないか、と切り出された。その近くに彼の実家はある。

街灯のまばらな暗い道を慎重に進むと、五分もかからずに紅葉橋が見えてきた。古い石造りの小さな橋の頼りない欄干に寄りかかって、すでに杉原勝也は待っていた。

通りかかる人もない道の端に車を停めて、気も重く降り立った。嫌でも視線が足元に落ちてしまう。

渓谷のせせらぎと虫の音が耳に届く。真鍋が歩み寄っても、杉原は顔を上げなかった。白いシャツにスラックス姿で、ほどけた黒いネクタイが胸元で左右に垂れていた。

「ぼくも真鍋さんと同じで、追い返された口です。責任を先輩一人に押しつけたと思われても仕方ありません……」

長さ二十メートルもない橋の両岸を街灯がわずかに照らしていたが、うつむく杉原の表情は暗がりに溶けこんでいた。

「悔しいのに……悲しくて、腹立たしくてならないのに、ちっとも涙が出てこないんです。どうして樋口先輩が死ななきゃならないんですかね」

欄干をたたきつける音が闇夜に響き渡った。虫の音がぴたりと止まり、また生の証《あかし》を叫ぼうとするような合唱が聞こえ始める。

「新民党の町議連中は、さぞや満足してるでしょうね。死人に口なしで、あとはどう疑惑をあおろうと、もう反論はされないんですから」

「鶴崎さんはかなり参ってるだろうね」

「あんな人だとは思ってもいませんでした。死ぬなんて卑怯だって、ずっと言い続けて……。これで終わりだ。何てことしてくれたんだって……。いくら本音でも、少しは樋口先輩を悼む言葉を聞かせてもらいたかったですよ」

死を選んだ樋口には悪いが、鶴崎の心情は理解できた。悩んで苦しみあえいだあげくの選択だったにしても、死は責任を投げ出すのも同じなのだ。鶴崎もまさか死ぬとは思ってもいなかったろう、自分と同じで――。

その気持ちはわかる、などと樋口を慕う後輩の前でとても口にはできなかった。何も言えずに苦みを嚙みしめていると、杉原が両手で欄干を握りしめた。

「ダムができたら、この辺り一帯は沈むんです。我が家もふくめて……。たぶん町のみんなは、樋口先輩のことまで一緒に沈めて、綺麗さっぱり忘れようとするんでしょうね」

橋の下に流れる川は闇に沈んで見えなかった。

「ここらは流れがちょっとゆるやかなんで、小学生のころは友だちとよくこの橋の上から川にダイブして遊んでました。樋口先輩は、特に泳ぎがうまかったんです……」

その口調が深刻すぎて、真鍋はまさかと思いながら杉原の横で身構えた。

「おれ……決めました。弱気を抱えていたんじゃいけない。ここは思いきってみようって。この際、自分の気持ちを試すためにも、無理してでも飛びこむのもありかなって」

「おかしなことは言わないでくれよ」

真鍋が杉原の腕に手を伸ばすと、両手を激しく左右に振られた。

「違いますよ。飛びこもうって決めたのは政治の世界です。意地でもしがみつくしかないって思えてきたんです」

「君が……」

「はい。でも、政治家を目指そうってわけじゃありません。二度も選挙を手伝ったんですから、その経験を買ってくれる人が必ずいると思うんです」

もう声は震えておらず、いつもの淡々とした言い方だった。

鶴崎の今後は想像できる。政治資金管理団体の責任者が死を選んでしまったからには、疑惑を認めたも同じに思われて、より厳しい視線を浴びる。議会の紛糾を抑えるには、辞職を選ぶしかなくなる。

たとえ出直し選挙に踏ん切ろうと、疑惑の払拭ができなくなった以上、勝てる見こみはかなり薄い。鶴崎は元の弁護士活動に戻り、秘書は職を失う。

鶴崎のことなので、自分を支えてくれたスタッフに新たな仕事を見つけようと奔走はしてくれるだろう。が、杉原は逃げることはせず、政治の世界に踏みとどまることを決めたのだ。

二度の選挙で、彼は意気に燃える姿を周りに見せることはしなかった。絶えず冷めた目で周りを眺めやり、状況を見極めたうえでの的確な意見を口にした。鶴崎も彼への信頼は厚かったと思う。

しかし、気持ちが表に出にくい彼の性格は、熱気を尊ぶ政治の世界では異質に映る。

どうやらこの決意表明のために、自分は呼び出されたらしい。人の前で語っておくことで、自分の決意を揺るぎないものにしておきたかったのだろう。

杉原が暗い川を睨みながら、言葉を継いだ。

「裏切り者扱いされるのは、覚悟のうえです。どうにかして新民党の懐深くへ飛びこんでみようと思うんです」

「え……?」

仕事を紹介してもらえないか。そう言われるかと思ったので、真鍋は虚を突かれて言葉が出てこなかった。

「よほど実力をつけないと、何もできないでしょう。でも、新民党の中に飛びこんでいけば、いろいろと見えてきたり、聞こえてきたりすることがあるんじゃないでしょうか」

「待ってくれ。もしかすると——」

真鍋は言葉のニュアンスから感じ取って、杉原の横顔を見つめた。

「二十年前と同じですよ、絶対に。新民党に近い者の仕業としか思えないじゃないですか、あの領収書……」

「スパイが内部にいた、と信じているのか」

「見事な筋書きですよ。敵の側に都合のいいミスが見つかったので、警察やメディアを動かそうとしたように見えはします。何者かがミスを見つけて、情報を売りつけた、という可能性もあるでしょう。だけど、どう考えたって、話ができすぎてます」

二十年前の苦い思いが、閉じこめた記憶の底から浮かび上がってくる。

確かにあの時、陣営の情報を流していた者が、身内と言っていい鈴ノ宮会の中にまぎれこんでいた。今回も真鍋は最初、スパイの存在を疑いたくなった。が、今と昔では状況が大きく違っている。

政権交代によってダム計画は棚上げされたものの、参院選で改革党が惨敗したため、工事再開の芽が生まれつつある。確かに選挙の時は、新民党の推す候補は分が悪かった。が、すでに今は立場が逆転したと言っていい。その状況下で、反対派の町長を罠《わな》にかけて貶《おとし》める意味がどれほどあるのか疑問は大きい。

警察やメディアが動いたのも、改革党政権の不甲斐なさに痺れをきらして参院選で票を投じなかった有権者と同じ思いからだった、と考えられる。何もできない烏合《うごう》の衆より、古臭くとも実績ある新民党が政権を担っていたころのほうが、仕事は進めやすく、無駄も少なかった。役人の多くも改革党に日本の舵取《かじと》りは無理だと悟り始めている。

そういう状況で、選挙の時に仕掛けておいた罠を、今になって使おうとする意味は薄そうにも感じられてしまう。

もし万が一、卑怯な策だったと発覚したなら、大きなダメージとなって跳ね返ってくる。危うい策を弄さずとも、いずれ改革党は国民の不信をつのらせて、野党に舞い戻る。ダム建設も必ず再開できる。

真鍋にさえ先は読めるのだ。手練れの政治家たちに見通せていないはずはない。

もちろん、改革党がその後の参院選で惨敗する、と読んでいた者は少なかった。止《や》むにやまれず、卑怯な策に打って出て、領収書という時限爆弾を敵陣営に仕掛けておいた。

参院選で改革党は敗北したものの、ダム計画の再開を決定づけるためにも、打てる手は打つべしと考える者がいたのかもしれない。もし敵の策であるなら、その発案者はよほど嫌疑の外にいられるとの確信がなければ、ゴーサインは出しにくい。

選挙のたびに敵側の評判を落とそうと怪文書が出回るケースは珍しくなかった。何千億円もの予算が地元にもたらされる大規模公共事業となれば、卑劣な裏工作も起こりうる……。

いくら考えようと、結論は出そうにない。ならば、新民党の中にもぐりこむまで。そう杉原は考えたのだ。

彼は自分で言っていた。よほど実力をつけないと、何もできない、と。先の見通しは立たずとも、樋口が死を選んだ理由に近づきたいと悩んだ末の決断なのだ。その気持ちを踏みにじるような言葉は、とても口にできなかった。真鍋自身も考えていたことがあった。

「わたしも決めたよ。君の所信表明を聞いたからじゃない。いつだったか、樋口君と約束したことがある。今度のことで、党が手助けしないようなら、今の仕事を辞める。そう決めていた」

「本気ですか、真鍋さん」

「ああ。三十年も力をつくしてきて、やっと政権交代を果たせたというのに、今は絶望感しかない。党にすがろうとしてきた自分の考えが甘かったと、思い知らされたよ」

「悲しいことを言わないでください……」

杉原の声が夜の暗がりに消えゆくように沈んだ。

気持ちはもう変わらなかった。真鍋は迷わず、うなずいた。

「君は自分の信じる道を力の限り歩んでほしい。わたしも今からやり直してみる。まだ君たち若い者には負けないつもりだ」

党から身を引いて、自分一人の力で何ができるか当てはなかった。この歳になって自分探しを始めるはめになるとは、誰が予測できたか。けれど、今の立場に未練はない。気づくのが遅すぎたとも思っていない。

人はいつだって、やり直せる。生きている限り。たとえ輝ける明日を手にできずとも、何もせずに後悔するより、戦いに挑んで敗れ去ったほうが、まだあきらめはつくと思えるのだった。

8

「頼むから、もう泣かないでくれよ、南美《みなみ》。つらいよな。苦しいと思うよ、こんなおれだって、少しはわかるつもりだ。でも、約束したじゃないか」

「そういうデリカシーのない言い方するなよ、友行《ともゆき》」

「ホント。南美は無理して言ったに決まってるでしょ。あたしらがずっと気を遣ってたの、わかってるんだから。こんな時でも仲間のことを考えられるだけ、南美は凄《すご》いって思うよ、あたしは」

「そうだよ、タッコの言うとおりだぞ。泣きたくなくたって、どうしようもなく泣けてくる時、誰にだってあるだろ。時間が解決するなんてのは、おまえの失恋みたいに、大した傷じゃない時だけなんだってば」

「わかったって。もう言うなよ、ごめん。おれが最後に五人みんなでここに来たいなんて、感傷的なこと言ったせいだよな。ありがと、南美。つらいのに、おれの無理を聞いてくれて。タッコも優《ゆう》太《た》も健《けん》も、ありがとな」

「何言ってんの。わたしたち五人は、家が沈む仲間でしょ」

「そう。タッコの言うとおりだよ」

「わたしこそ、ごめんなさい。でも、この川を見てたら、父さんと釣りに来た時のこと、思い出して……」

「南美だけじゃないよ。おれだって、ここには思い出がたくさんある。なあ、友行」

「そうそう。健に言われて、おれも思い出したよ。確か五年生の時だったよな。優太ったら、派手に足を滑らせて、そこの深みで溺れかけたものな」

「ああ……。みんな、真っ青になって飛びこんでくれた。そこそこ泳げると信じてたのに、まさか突然足がつるなんて思わなかった。本当にありがたかったな。下手したら、流されてたかもしれなかったから。おれ——東京へ行っても、絶対に一生あの時のこと、忘れない」

「大げさなこと言うなって。泳ぎの得意な健だって、ここで溺れかけたことあったぐらいだ。ただでさえ、ちょっと流れが速いから、雨降ったあとは特に気をつけろって、親から言われてたのに」

「ホント、しつこいぞ。意地が悪すぎるんだよ、友行は」

「だって、何度もしつこく言わないと、一人で生きてきたみたいな顔ばっか、するだろ、健は」

「はいはい。でも、あん時はおれ、自力で岸に泳ぎ着いたじゃないか」

「そうでもなかったぞ。おれが手を貸してやったからだろ」

「ちょっと友行君、うるさすぎる。馬鹿話なんか、あとにしてよ。この渓谷の美しさを胸に焼きつけておくために来たんだからね。優太君と南美とはもう当分、会えなくなるんだよ」

「タッコこそ、大げさなこと言うなって。大丈夫。またすぐ会える。おれ、東京へ遊びに行くし、働きにもでるからさ」

「勝手に言ってろ。農家を継ぐしかないだろ、友行は長男なんだから」

「けど、本当に代替地で農業が続けられるのか、父ちゃんは怪しいものだって、今も疑ってる。田んぼも畑も、ただ耕せばいいってもんじゃねえからな。収穫あげるにゃ、何年も手塩にかけて、まず土を育てていく必要があるんだからよ」

「うちの両親も同じこと言ってた。国が温泉を掘り当てたって、本当に営業できるほどの効能を持つのかどうか、保証はないんだものな。博打《ばくち》もいいところで、温泉宿には死活問題になりかねないって」

「……本当に沈むんだね、この川。鮎《あゆ》たちももう、ここらじゃ生きていけなくなる」

「頼むから泣かないでくれよ。笑顔で見送るつもりだったんだから」

「おし。約束しないか。十年後に、必ずここで会うって」

「おかしなこと言うなよ、友行。ここはダム湖の底に沈むんだぞ」

「違うな、健。確かに沈みはするけど、この川はちょっと時間はかかるけど、みんなの気持ちを寄せ集めて、驚くぐらいの大きな湖へと育っていくんだよ」

「さすが優等生。いいこと言うな、優太は」

「だろ。だから、大きく成長した湖の畔《ほとり》で、おれたちも一人前の大人になって、また会おうじゃないか。たぶん十年後には、工事も終わってるだろ。でっかいダム湖にボートでこぎ出そうぜ」

「そうだな……。完成した湖の真ん中で、地元への愛を叫びたいな。鈴ノ宮、最高って」

「何だか、どこかで聞いた台詞《せりふ》。友行君、あの女優さんのファンだったたっけか」

「うっせえな。おれはわざと、おどけてみせてんの」

「ねえ、十年なんて言わないで、もっと早くたっていいじゃない。ダムの工事がどんなふうに進んでいくのか、見てみたい。こんな綺麗な川をめちゃくちゃにして、灰色のコンクリートで固めつくすんでしょ」

「見たら、つらくなるぞ、南美」

「ううん。お父さんが大切に思ってきた川や町を誰が奪っていくのか、自分の目で確かめたい」

「強いよ、南美は。お父さんも雲の上で安心してる」

「何だったら、おれが詳しく報告するよ。何枚も写真を撮って、送るから」

「お。ラブレターのつもりか」

「違うよ。ちゃかすなって、友行。うちは旅館組合と一心同体だから、代替地で営業していかないと、大問題になるだろ。おれも高校出たら、宿の仕事を手伝えって言われてる。町を離れるわけにはいきそうもない」

「すまんな、健。うちの親はもううんざりだって言って……」

「気にすんな。おまえは東京へ行ったほうが絶対にいい。おれらとは頭のできが違うんだから。両親はおまえのことを思って町を出るべきだって決めたんだよ。だから、頑張って、必死こいて、勉強しろ。いい大学出て、必ず出世して、おれたち貧乏人にうまい飯をおごれ」

「ありがと、友行。頑張ってみるよ。約束する」

「南美なら大丈夫だと思うけど、お母さんと力を合わせてね」

「当分お母さん、何も手につかないと思う。お父さんが悩んでたのにって、今もずっと悔やみ続けてる」

「だから、ここで思いきって環境を変えることが大切なんだってば。東京へ行けば、少しずつ立ち直っていけるよ、なあ」

「だから、時間ができたらで、いいからね。こっちは国と県が何とかしてくれるっしょ。新しい家が建ったら、泊まりに来てよ。妹も喜ぶから。南美の大ファンだから」

「必ず、行くね」

「よし、決まりだ。ダムが完成したら、絶対に湖の畔で再会しよう。声かけるからな、優太」

「そうだな……。また会いたいよな」

「会いたい、じゃないだろ。必ず会うんだってば。ここがおまえの故郷だろ」

「おれらの家は沈むけど、仲間と一緒に暮らした記憶まで奪われるわけじゃないって」

「そうだな。必ず、ここへ帰ってこよう」

「絶対だからな」

「わたしも約束する。その時は涙なんかこぼさないで、笑っていられるように東京で頑張ってみる」

「その意気だ」

「よーし。派手なクラス会を企画すっからな。楽しみにしとけよ」

「おまえが幹事で大丈夫かね」

「ホント、心配だよ」

「うっせー。よし、決まりだ」

9

さあ、どうぞ、こちらに。

ようこそ、いらっしゃいました。でも、今になって鈴ノ宮ダムの話を聞きたいなんて、ちょっと驚きですね。わたしはもうこちらに来て十年近くになるので、電話でもお話しさせていただいたように、たいしてお役に立てないかと思います。それでもよろしければ、何でも訊いてください。

ええ……そうですね。昔はいろいろあったみたいですけど、完成にこぎつけられて、本当によかったと思っています。町に通じる県道も温泉旅館も見違えるほど綺麗になりましたし、ダム湖を訪れてくれる観光客も少しずつ増えているようですしね。

結果として鈴ノ宮は、長くダムに振り回されてきたけれど、今は多くの地元の人が心から喜んでくれていると信じています。わたしも生まれは鈴ノ宮ですから、ずっと心配していたんです。

……はい。おっしゃるとおりで、不幸にも現場の事故でお二人の作業員のかたが亡くなられています。正確な数字が発表されていたかどうか覚えていませんが、怪我をされたかたも数名いらっしゃったと思います。

ダムに限らず、大規模な工事の現場では、いくら施工主が安全第一を謳い、スタッフ総出で万全の注意を払っていたつもりでも、時にヒューマンエラーが起きてしまうものなんでしょうね。

時代が違うので、単純に比較はできないと思いますが、あの黒部《くろべ》ダムの建設で百七十一人もの作業関係者が亡くなられているのは有名な話です。ご存じないかたは多いと思いますが、東海道《とうかいどう》新幹線の工事ではもっと多い、二百十人もの犠牲者が出ています。世界に目を向けるならば、アメリカのフーバーダムでは確か百人ほどの犠牲者が出ていたと記憶しています。

今でしたら、現場の管理体制に不備があったのではないかと、ニュースで大きく取り上げられて、社会問題化していたでしょうが、当時は大規模公共事業が国の経済を推し進めていくためには欠かせず、多少の犠牲はついて回るものと見なされていたのかもしれませんね。人命をおろそかに考えていたわけではなく、使命感に燃える人々が多く、身を挺《てい》する覚悟で仕事に向かわれていたんだと思います。

……ええ、鈴ノ宮の出身なので、ダムをはじめとする公共事業については、個人的にも調べてみたことがあるんです。神奈川の貴重な水瓶《みずがめ》となっている相模《さがみ》ダムの工事では、実に八十三人もの尊い犠牲者が出ていたと思います。ほかにも、青函《せいかん》トンネルでは三十四人がお亡くなりになっていたのではなかったでしょうか。

そういう危険がつきまとう工事の最前線で働く建設作業員のかたがたの少なからぬ犠牲があって、日本は高度成長を成し遂げ、我々の快適な今の暮らしが成り立っていると言っていいでしょう。

鈴ノ宮ダムでも毎年、犠牲になられたかたへの感謝の意味をこめて、ささやかながら慰霊祭を行っています。参加者の中には、ダム建設が遅れたことで仕事をなくしたり、体を壊して亡くなられたかたの遺族もおられて、そういう人たちも工事の犠牲者ではないか、という意見があるほどなんです。まったく報道されたことはありませんけれど、地元には今も複雑な感情を持つかたがいらっしゃるのは致し方ないのかもしれません。

はい……。おっしゃるとおり、わたしもまだ冷静にダムを見ることはできていません。だから、生まれた町の話だというのに、どこか第三者的な立場からの発言になってしまう時があります。母を亡くしてからは、鈴ノ宮の自宅も処分しましたし、もう何年も地元には帰っていないんです。

……そうかもしれませんね。

鈴ノ宮に帰れば、今は何をしているんだと、同級生から必ず職業について聞かれるでしょう。この仕事に就こうと決めた時、ある種の覚悟は固めたつもりですが、やはり昔を知る人たちから陰口をたたかれるのではないか、という不安を拭えずにいたのは確かです。

まあ……そのあたりのことはいいじゃないですか。今日おいでいただいたのは、鈴ノ宮ダムの話でしたよね。

もちろん、小さな町なんで、ダムと選挙は昔からダイレクトに結びついていたところがあったみたいです。ダム推進派と反対派に町が二分されて、かつては暴力沙汰も起きて警察が出動したとか、亡くなった父から聞かされた覚えがあります。

でも、わたしが最初に選挙を手伝ったころは、ダム建設がほぼ確定的と言われていて、補償金や生活再建策を少しでも有利なものに運びたいと考えつつ、反対の声を上げていた人が多かったと思います。いわば、条件闘争派と言っていいでしょうかね。

計画が長く停滞したこともあって、国は次第に強硬姿勢を見せるようになってました。町民が執拗な反対活動を続けたので、補助金を削ったり、県道や国道の補修から町だけ除外されたりといった、嫌がらせも同然の施策もあったと聞きました。じわじわとお金の蛇口をしぼられてしまえば、税収の頼りない小さな町は、ひとたまりもありません。

旅館組合の関係者も、営業面ではどこも苦しんでいたので、町民を束ねていく結束力には少々欠けていましたし、有力者が割のいい融資話で急に切り崩されてしまい、いつしか推進派に取りこまれていった経緯も見られました。

反対派の牙城として、鈴ノ宮の自然を守る会が活動を続けてましたが、実は主要メンバーのほとんどが首都圏に住む人たちだったんです。

見返りも求めずに、鈴ノ宮の自然を守ろうと奮闘してくれたんですから、その情熱には本当に頭が下がりました。でも、町の中には、国の政策に反対することで自分らの評判を上げたがっている野党の政治家や弁護士が裏で手を組み、勝手なことをやっていると貶《けな》す者もいたんです。

近年ではSDGsの視点が重要だと言われるようになってますが、当時まだそういった理念は一般に浸透していなかったし、ましてや情報の限られた田舎では、会の理念への共感も薄かったと思います。今だったら、自然保護運動への理解も高まっているので、鈴ノ宮ダムが完成できたかどうか、疑問視する人は多いですね。大規模公共事業への批判も強くなっていますし。

ただ、当時は国が決めた公共事業で、すでに多くの税金がつぎこまれていたので、地元がいくら反対運動に熱を上げようと、中止に追いこむのはかなり難しかったでしょう。そのころの改革党政権も、マニフェストの第一に鈴ノ宮ダムの中止を大々的に掲げておきながら、何もできずに終わりましたから。

いいえ……。実はそうでもないんです。少し説明させてください。

わたしが最初にダム反対を表明する町長候補の陣営に参加したのは、お恥ずかしい話、自分の意思ではありませんでした。たまたま家業の関係で、両親はダム計画にずっと曖昧な態度を取るしかない状況に置かれていたんです。

そこで、東京の大学に通っている息子であれば、夏休みの期間だけでも反対運動に身を投じたところで、若気のいたりで許されるだろうからと、母親に泣きつかれて、仕方なく協力することになったんです。ご近所は農家ばかりで、土地を奪われることに抵抗感を持つ人が多く、両親もずっと肩身の狭い思いをしていたからでした。

はい……。二十年後にも、ダム反対を訴える別のリベラル派の候補の陣営に加わりました。あのころは、運送業の仕事に情熱を持てていなかったし、二十年前の縁から、高校の先輩でもある秘書のかたに強く誘われて、再び選挙の手伝いをしてみようと決意したんです。

ちょうど政権交代が実現して、新民党のイメージが悪くなっていた時期だったので、選挙に勝てる見こみもありましたし、当選を勝ち取れた暁には、正式な秘書として雇ってもらえるという話をいただけたからでもありました。

幸いにも候補者が町長選に勝利できたため、曲がりなりにも秘書の仕事をしていた時期もありました。ですけど、当時わたしは四十歳になっていたのに、ほとんどが使い走りのような簡単な仕事しか任せてもらえずにいたんです。田舎の自治体でしたから、政治の厳しい現場で鍛えられるという経験も得られず、この先どうしたものかと悩んでいた時、いろいろあって、町長が辞職することになってしまい、秘書の仕事を失いました。

町長が辞職した理由ですか?

実はわたしにも詳しいことはよくわかりませんでした。資金管理団体の収支報告書にミスが見つかり、一部の週刊誌に記事が出たんです。

間の悪いことに、当時の改革党政権の腰が定まらず、鈴ノ宮ダムの建設を中止すると言っておきながら、計画どおりに進めたほうがコストもかからないし、下流域のためにもなる、と急に方針転換を言いだした時期でもありました。国の姿勢がコロコロ変わることもあって、町民もうんざりして、リベラル派の町長に厳しい視線を向けるようになっていたと思います。そんな時期に政治資金の問題が表面化したわけなんで、ついには辞職に追いこまれてしまったわけです。

ただ、自分は運に恵まれていたんでしょうね。二度も選挙を手伝い、末席ですが町長の秘書として働いた経験があったので、一緒に頑張ってみないかという、ありがたい話をいただけたんです。政治家の秘書というのは、経験が重要なうえ激務でもあるので、田舎では特になり手が少なく、どこの党の関係者も困っていました。なので、わたしのような者にも声がかかったんです。

まさか新民党のベテラン県議さんから誘っていただけるとは思ってもいませんでした。

もちろん、悩みはしましたね。

鈴ノ宮町の人たちから見れば、敵対陣営に鞍替《くらが》えするように見えたでしょうから。ですが、先ほども言ったように、わたしはもともと明確な信念があって、リベラル派の町長の下で働いていたわけではありませんでした。思いきって環境を変えることで、もっと政治に興味を抱くとともに、仕事に責任感とやり甲斐を持てるのではないか。新たな自分に期待する気持ちが強くなって、今の環境に飛びこむことを決めたんです。

……はい。その恩人と言える県議さんが三年後に引退されることになり、地盤を継がれる新人候補のかたにも、一緒に働いてもらえないか、と誘われはしました。ですが、自分よりひと回りも若い政治家に仕えるのでは、変に気を遣われたり、こちらも働きにくくなったりはしないか。そう不安を感じてしまい……。思いきって地元重鎮の永見先生の秘書のかたに相談して、今の先生を紹介していただいたんです。

井上先生は、永見先生の懐刀と言われるほどの実力者でもありますし、願ってもない話なので、思いきって神奈川で働いてみようと心を決めたんです。

……待ってください。

わたしの経歴に、どうしてそこまで興味を抱かれるのでしょうか。

鈴ノ宮ダムの話でしたよね。お世話になったかたの紹介だったので、今回のインタビューを承諾して、時間に都合をつけたんです。何かわたしの経歴に納得のいかないところでもあるみたいな言い方はしないでいただきたいですね。

言い訳のように思われてしまいますが、先ほども言ったように、わたしは信念を持ってリベラル派の陣営に参加していたわけではありません。改革党が政権の座から追われたのは、わたしが前の先生の下で働くようになったあとのことなんですよ。なので、そういう見方をされるのが嫌なので、わたしは鈴ノ宮に帰りにくくなってしまったんです。

ええ、確かに以前もインタビューの話はありましたね。けれど、鈴ノ宮から離れた身なので、ろくな話はできないと思って、断らせていただいた記憶があります。……ですから、今回はお世話になったかたの紹介だったので、と言ったじゃありませんか。

はい……。わたしは今の仕事に誇りを持っています。当時は勝手な憶測が地元でずいぶん乱れ飛んだと聞いています。ですが、怪しい領収書が収支報告書から見つかれば、警察が動こうとするのは当然の成り行きではないでしょうか。

わたしは当時、本当に下っ端の秘書だったので、収支報告書や出納帳の作業にはかかわってもいないんです。不幸な出来事もありましたし、だから環境を変えて仕事をしたいと願ったことの、何がいけないと言われるんでしょうか。

本当に週刊誌の人は、好き勝手な憶測を頭の中で描きたくなるものなんですね。わざわざ鈴ノ宮まで行って取材されるのは、そちらの自由だと思いますが、証拠もろくにない噂話に振り回されたうえ、人の時間を奪って不快な思いにさせて、何が楽しいんでしょうか。

もう録音は停めてください。

そもそもの取材依頼の内容とは、あまりにも話が違いすぎる。あなたたちは、ダム計画の背後で暗躍する政治家がいたのではないかと、想像を逞しくしているわけですよね。確かにわたしは鈴ノ宮の出身で、今も政治の世界に職を得ています。けれど、わたしのような力を持たない秘書風情に質問をぶつける時間があるのなら、当時から有力者と言われた政治家の取材に動くべきではないですかね。

わたしに話せることはもうありません。迷惑ですから、お帰りください。

編集部には、正式に抗議をさせていただきましょう。よろしいですよね。約束が違うんですから。

……え、何ですって？

週刊誌の記者じゃない？　じゃあ、君たちは何者なんだ。

おい、待ちたまえ。

それ以上、近づくな。おかしなことをすれば、警察を呼ぶぞ。

インターミッション　2

——こちら、神奈川県厚木市の現場上空です。井上議員を乗せたと思われる車両は、パトカーに先導されながら、立ち入りを禁じられた区画内にたった今入っていきました。現場近くの路上には多くの警察官の姿が確認できます。ざっと見える範囲で、五十名はいるかもしれません。さらにその周囲を、もっと多くの群集が取り巻いています。

我々は、井上議員の事務所が入ったビルに、これ以上は近づけませんので、パトカーに警護された車の行方を上空から目的地まで追うことはできません。ですが、おそらくは現場の近くから、井上議員による犯人への説得が始められるのではないでしょうか。

井上議員が犯人の立てこもる事務所へ入るのか。それとも、路上に停まる警察車両の中から呼びかけるのか。いくつか手段は考えられます。議員の安全を充分に配慮したうえで、犯人側との交渉が慎重に行われていくものと思われます。

この少し離れた上空から見た限りですが、また新たな警察車両が現場に到着しました。ジュラルミン製の楯《たて》を持った機動隊員の姿も見えます。井上議員の到着によって、現場は緊迫の度を一気に高めています。

——たった今、新たな情報が入ってきました。井上議員の事務所内で人質になっているのは、男性の秘書のかた一名のみだということです。ほかに当時は二名の事務員のかたがいたといいますが、おふたかたとも警察官の誘導によって先に事務所を出たため、無事が確認されています。おふたかたとも怪我はないとのことです。人質になっているのは、男性秘書一名で、その安否はまだわかっていません。

――こちら首相官邸です。人質事件の発生を受けて、つい先ほど山本《やまもと》首相が急遽《きゅうきょ》、官邸に戻りました。午後三時から都内のホテルで経済諮問会議の宮岡《みやおか》委員長と佐伯《さえき》財務大臣との懇談が始まっていましたが、事件の一報が入ったために予定を変更して官邸に戻ったとのことです。井上議員は党内最大派閥である永見派の重鎮の一人であり、その秘書が人質に取られるという前代未聞の事件に、政府首脳も動揺を隠しきれない様子です。

先ほどまで、次々と関係閣僚が駆けつけており、まもなく斎藤《さいとう》国家公安委員長も到着する予定です。山本首相をはじめ、閣僚は報道陣の呼びかけに答えず、無言のまま足早に官邸へ入っていきました。

おそらく官邸内に対策室が設けられて、情報収集に当たるとともに、警察庁と事件解決に向けての話し合いがもたれるものと思われます。

以上、首相官邸前でした。

「井上議員が現場に到着して、すでに三十分近くが経過しています。このタイミングで山本首相が官邸に戻り、対策室が設けられるとのことですが、田辺さんはこの動きをどう思われますでしょうか」

「総理が今回の事件に強い関心を持ち、人質の身を案じられている証拠だと思われます。官邸内に対策室が設けられるのであれば、非常に珍しいケースと言えましょう。通常は、地震や大規模な水害など、多くの国民の命にかかわりかねない災害が発生した際、政府対策室が設けられます。今回はまだ状況がよくわかっていない部分もありますが、代議士の秘書とはいえ、人質一名がとらわれた立てこもり事件であり、こういった犯罪の発生によって官邸内に対策室が設置されたケースは過去にありません」

「立てこもり事件で思い出されるのは、連合赤軍によるあさま山荘事件ですよね」

「はい。一九七二年に軽井沢の保養所に連合赤軍五人が立てこもって、三名の犠牲者を出した悲惨な事件がありました。もう五十年も前のことになりますが、その際に人質救出のため、現場となった長野県警だけでなく、全国の警察を指揮する警察庁に、警視庁の機動隊、陣頭指揮を執る幕僚団などが現地へ派遣されました。ですが、政府閣僚による対策室までは設けられていません。今回の事件は、犯人が二人で人質は一名のみ、とわかっています。人命の尊重はあるにしても、通常は警察の捜査に任せるケースと言えましょう。そう考えていくと、あるいは犯人側の要求に、総理や政府首脳の判断を要する何らかの条項がふくまれているのかもしれません」

「待ってください。犯人は人質を取って、総理または政府に何かしらの要求を突きつけている、と言われるのですか」

「もちろん断定はできません。その可能性を鑑《かんが》みて、急の事態に即時の対応ができるようにと、官邸内に対策室を設置すると決めた可能性はあると思います」

「では、井上議員が現場に入ったのは、犯人の要求を聞いて、総理に伝えるためでもあると……」

「ただし、総理が安易に犯人側の要求に応えることはない、と思われます。しかし、聞く耳は持っている。だから、人質を傷つけることはしないでほしい。そういう姿勢を見せるためにも、総理は官邸に戻ったのかもしれません」

「なるほど。政治家の秘書が人質に取られた理由が、その辺りにあるのではないか、と考えられるのですね」

「あくまで想像です。しかし、警察首脳はそこまで事態を睨み、政府に相談または要請を出したために、総理と関係閣僚が官邸に入ることになったのではないかと思います」

「では……踏みこんだ質問をさせていただきます。総理や政府への要求とは、何が考えられますでしょうか」

「今はまだ、ちょっと想像がつきかねます。ですが、よほど政府に訴えたいことがあったのではないでしょうか。かつて、過激派組織が航空機をハイジャックした際、収監されている仲間を釈放せよと要求したケースがあります。もしかすると、それを真似た事件という可能性はあるかもしれません。代議士の秘書を人質に取るという大胆な犯行を企てたからには、よほど重大な動機を持っていると思われます」

「――え？　あ、はい。……今、現場で何か動きがあったようです」

――こちら、現場です。たった今、警察官がいっせいに動きだしました。機動隊員が立ち入り禁止の区画内に散らばると同時に、救急車のものらしきサイレン音が聞こえてきました。あ……ご覧ください。救急車です。救急車が今、封鎖された区画から出ていきます。パトカーも二台、後ろに続いています。あるいは、現場で怪我人が出たのかもしれません。

我々は事務所の入ったビルに近づくことを禁じられていますので、事態の急変を受けて、付近を埋める報道陣が騒然となっています。

つい今しがた、救急車がパトカーとともに現場を離れていきました。怪我人が出ているものと思われます。

――こちら神奈川県警記者クラブです。今、県警本部長から正式な発表がありました。二人の犯人は投降。人質は無傷で救出されたとのことです。

くり返します。犯人は投降しました。人質は救出されて、怪我は負っていないとのことです。事件発生から四時間弱で、犯人は投降しました。まだ詳しい状況はわかっていませんが、人質は無事です。犯人は逮捕されました。

第三部　現在

1

――大至急、事務所に戻れ。

たった今届いた短いメールに目を通すと、高山亮介《たかやまりょうすけ》は目の前の依頼人に気づかれないよう、そっと息をついた。義父から押しつけられた依頼人との打ち合わせがあることは、事務所のスケジュール表に書きこんでいたし、昨日のうちに念を入れて電話でも報告をすませていた。

自分が紹介した依頼人を少しでもおろそかにしようものなら、ねちねちとスタッフの面前で窘《たしな》められる。義父は何より、自分の評判が落ちかねない事態を嫌う。

五月で十九歳になった息子が特殊詐欺事件の〝受け子〟として逮捕されてしまい、人を介して泣きついてきた五十代の両親が暗い顔でうつむいている。ようやく聴取の見通しが立ったらしく、午前中に被疑者との接見を終えて、その報告と今後の弁護方針を決めるための重要な打ち合わせだった。急な用件が入ったとしても、今ここで席を立つわけにはいかなかった。

母親はショックのあまり眠れずにいるとなげき、山手《やまて》の高級住宅街に建つ家の白壁に負けないほど顔に血の気はなく、声も満足に出せない有様だった。父親は不徳を恥じて、ずっと涙目で唇を嚙《か》んでいる。

——終わり次第、帰ります。一時間は見てください。

高山は手早く返信メールを送り、目を合わせようとしない両親に話を続けた。スマホが短く震えたのは、義父が怒りのメールを送り返してきたと思えたが、聞き流すしかなかった。義父の評判につながりかねない依頼だからではなく、誰であろうと救いの手を求めてきた者を、弁護士として軽んじるわけにはいかなかった。

「今は名前を出しての報道はありませんが、起訴と同時に実名を書くメディアがあると覚悟しておいてください」

「桑島《くわしま》先生のお力で何とかならないんでしょうか。あの子の名前が出たら、もう会社にいられません……」

一部上場企業の役員を務める父親がぼろぼろと大粒の涙をこぼして訴えかける。

「残念ですが、報道を止めるすべはありません。息子さんが刑法に触れる罪を犯し、逮捕された事実は消えません。ただし、主犯格の男に利用されて手を貸してしまったことが証明できれば、息子さんの刑は軽くなり、執行猶予のつく可能性はあります」

「単に利用されたのなら、無罪じゃないですか。息子も被害者と言えるんじゃありませんかね」

「特殊詐欺事件は、メディア各社で報道が続いていますし、アルバイト感覚で手を出してはならないとのキャンペーンも行われています。その状況下で、怪しいアルバイトに手を出すのは軽はずみがすぎるという判断を下されてしまうケースがほとんどです。ただ、執行猶予がつけば、息子さんは刑務所に入ることはありませんので社会復帰の道は大いに残されています。その時、息子さんを支えていくためにも、何よりご両親の心構えが重要になってくるのです」

会社での地位をまず案じるようでは、ろくに息子との会話などなかったと想像はつく。子どもの教育を母親任せにしてきたツケを払わされているとの自覚を持てないのでは、この家族はまた同じあやまちをくり返しかねない。そう本音を厳しく語るわけにもいかず、弁護の方針と保釈へ向けての準備について詳しく説明していく。

「どう考えても、おかしいですよ。主犯の男に騙《だま》されていたんですから、息子は無罪になるべきとしか思えません」

冒頭から無罪を主張したのでは、反省の色なしと見なされかねず、執行猶予までが危うくなる。それでも戦うというのであれば、依頼人の主張どおりに裁判を進める手は残されている。しかし、罪を素直に認めて反省の態度を示せば、わずかな罰金ですむ可能性もあるのだ。息子の更生を第一に考えないでどうするつもりなのか。

「どうかご家族でじっくりと、悔いのないようご相談いただいて、今後の方針を決めていきましょう。気がかりな点があれば、いつでもいいので電話をください。それと、捜査が進展して肉親との面会が許可されるようになれば、すぐにご報告させていただきます」

息子を無罪にしようとしない弁護士に疑問を投げかけ続ける父親をどうにかなだめすかして、依頼人の自宅をあとにした。

タクシーの車内でスマホを手早くチェックすると、やはり短いメールが届いていた。

――大事件を扱いたくないのか。さっさと帰ってこい。小谷《こたに》君に仕事を振るぞ。

本物の大事件であれば、義父が自ら手がけると言うはずだし、すでに小谷敏博《としひろ》は多くの仕事を抱えていた。便利に酷使できる弁護士は、高山のほかにいない。

いつものように、いざ裁判となれば、義父が法廷に立つこととなる。それまでの面倒な手続きを、今回も一手に背負わされるのだ。メールに書いてあったような大事件を、悲しいかな高山一人が任されるわけがなかった。

読みどおりの一時間遅れで富士見町《ふじみちょう》の事務所に戻ると、被告の入廷を待っていたかのようにオフィスの空気が張りつめていた。高山の帰りが遅いことで、早くも理不尽な雷がスタッフに落ちたらしく、非難と同情の視線がいっせいにそそがれる。

仕方ないので、鞄《かばん》を持ったまま応接室へ歩き、ドアをノックした。

「遅いぞ」

入れとは言われなかったが、まともな返事がないのはいつものことなので、姿勢を正してドアを開けた。

依頼人らしき初老の男性が奥のソファに座り、心細げな視線とともに頭をわずかに下げてきた。

頭髪は白いものの、歳《とし》に似合わず体格がいいためもあって、濃紺のスーツが似合っていない。

目で座れと命じられたので、依頼人に一礼してから義父の隣に腰を下ろした。テーブルに置かれた名刺に目をやると、初老の男性が今度は深々と頭を下げた。

「塚本《つかもと》運送の黒坂《くろさか》といいます。このたびはお忙しい中、桑島先生に弁護のご相談をさせていただいております」

塚本運送株式会社、運行部長。黒坂実《みのる》。

歳のころは六十代の前半か。体格と日焼けした肌から見て、今なお自身も配送の仕事を受け持っているのかもしれない。名刺の住所は東京都大田《おおた》区。

「社長さんから電話をもらって、耳を疑いたくなった。先日、政治家秘書の監禁事件があっただろ」

義父がわずかに視線だけを振りつつ、言った。

驚きに、その横顔を見つめ返した。まさしく大事件と呼ぶに相応《ふさわ》しい。今なお新聞やテレビのニュース番組で連日トップ扱いの報道が続く。

代議士の地元事務所に二人の若い男が訪ねてきて、秘書の一人を人質に取って立てこもった事件だった。発生から四時間ほどで、二人の犯人は警察の説得を受け入れて投降したため、人質は無事に救出された。一部の報道では、現場に駆けつけた井上議員が犯人への呼びかけを行い、人質の解放へつながったという見方もあった。が、解決から二日がすぎた今も、警察から詳しい事件の経緯は発表されていなかった。

逮捕された二人の犯人が、自分の名前はおろか、取り調べに一切応じず、黙秘を続けているからだった。

説得したと言われる井上議員も、当局からの要請があるとの理由で、会見はおろか、正式なコメントすら出していない。人質になっていた秘書は解放後に搬送されてそのまま入院し、なぜか今もって名前すら明らかにされていなかった。怪我《けが》はしていなくとも、精神的なショックが大きく、まともな聴取ができていない状況だという。

ニュースでも報道されたが、井上議員が現場に入るとともに、山本総理が予定を急遽《きゅうきょ》キャンセルして官邸に戻り、対策室が設けられた。その直後に犯人が投降したことで、世間では様々な憶測が乱れ飛んでいる。あまりにも謎の多い事件だった。

テレビのワイドショーなどでは、元警察官のコメンテーターが独自の見解を次々と勝手気ままに語っていた。いくら犯人が黙秘を貫こうと、所持品から素性が判明していいはずなのに、いまだ警察が発表せずにいるのは不可解きわまりない。ひょっとすると、犯人側の要求を井上議員や総理が受け入れたことで、人質の解放につながった可能性があるのではないか。その要求の中身を世に出すわけにはいかず、政府が善後策を考えているため、正式な発表ができずにいるのだろう。

多くの識者や各種メディアも同じ見方をして、官房長官の定例会見で記者が質問をぶつける一幕もあった。が、政府は警察の捜査に一切タッチしていない、と官房長官は明言した。それでも、週刊誌の調査によって、入院中の秘書の名前がようやく判明したと、ネットのニュースに出たと思う。

目の前にいる運行部長が依頼人であれば、あの事件の犯人と何らかの関係があると思われる。不謹慎と思いながらも、高山はある種の期待を胸に義父の言葉を待った。

「……あの事件の犯人の一人が、塚本運送の社員だそうだ」

運行部長が両肩まで上下させるようにして大きくうなずいた。

「わたしたちもただ驚いています……。実はあの二日前の帰り際に、松尾《まつお》君から急に辞表を渡されていたんです。ただ辞めさせてほしいの一点張りで話にならなくて。本当は一人に休まれただけでも、代わりの者を手配するのが大変でして、どうにか非番の者に代わってもらったりして急場をしのいだんですが、翌日から松尾君は会社に出てこなくて……。携帯に電話を入れても、まったくつながりません。何かあったのかと心配になって、うちの若い者がアパートを訪ねてみたんですけど、部屋にもいなくて……」

依頼人の話が回りくどくなるのはよくあることだった。

話が終わったところで、高山は目で義父に許可を求めてから、最も重要な点を尋ねた。

「その松尾さんが、犯人の一人だったのですね」

「ええ、はい……。驚いたというより、本当に現実のこととは思えなくて。松尾君はうちの会社でもかなり真面目な子で通ってましてね。ずる休みは一度としてなかったし、遅刻もほとんどしない子なんです。なのに、連絡も取れなくなり、部屋にも戻っておらず、どこで何をしているのか、社長たちと心配して、警察に相談したほうがいいんじゃないかって話をしていたところに、電話がかかってきたんです」

「警察からですね」

「いえ……松尾君の友だちからです」

義父はすでに聞いた話と見えて、表情は一切変えようとしない。

依頼人の話にはまず耳を傾ける。相談料は対応する時間によって決められるケースが多いため、長い話につき合うことも弁護士の仕事のうちであるのは間違いなかった。

「ニュースを見て驚いたと言うんです、その友人は。監禁事件の犯人が、ちらりとテレビのニュースで映ったけど、松尾君のように見えた気がする。まさかと思って電話しても、まったく出ない。部屋を訪ねてもみたけど、やっぱり留守にしてる。会社には出ていますか。そう訊《き》かれたんです」

黒坂運行部長と社長は大いに慌てて、念のため警察に電話を入れた。すると、五分もせずにパトカーが会社に到着して、松尾の顔写真を見せられたという。

「どう見ても、松尾君に間違いなかったんで、そう言いました。すぐに松尾君のことを根掘り葉掘り訊かれて……」

「どういう人物かと問われたわけですね。過去に人との諍《いさか》いとかがなかったかどうか」

高山が確認すると、運行部長の視線が落ちた。

「えぇと……先ほども言ったと思うんですが、本当に根が真面目な子なんです。だから、思いつめると少し意地になったりして、先輩たちにも強く意見を言うことがあって。社長や我々が間に入ったんで、喧嘩《けんか》にまでなることはなかったんですけど、二度ほどいざこざがありまして……。でも、彼が真面目だからで、決してかっとなりやすいというわけではないんです。わたしも社長も、松尾君をずっと頼りにしていました」

どこか奥歯にものが挟まったような言い方だった。正義感が強く、社内で騒動を起こしていたとすれば、その延長線上に今回の事件があった、と見なす者が社内にいてもおかしくはない。警察も同じことを考えるだろう。

「社員の者も何人か話を聞かれました。でも、彼をそう悪く言う者はいなかったと思います。警察は会社にあった彼の履歴書を持って、すぐ帰っていきました。我々には何も説明してくれなくて、社長がいろいろ話を聞こうとしたんですけど、しばらくは内密に願います、いずれまた別の捜査員が話を聞きに来る、と言われまして。それが昨日のことでした」

「松尾さんのお写真は持ってきていただけましたでしょうか」

高山が確認すると、運行部長が言葉につまった。

「あ、いえ……。履歴書は警察が持っていってしまいましたもので」

「社内でのスナップ写真とかもありませんか。飲み会で記念に撮ったものとかでいいんです。あとで会社のかたに訊いてみてください」

「あ、はい。社へ戻ったら、みんなに確認してみます」

額に浮き出してもいない汗を拭うように手の甲を動かして、運行部長は早口に言った。義父が目でうながすと、息をついてから話の先を続けた。

「あ……えーと、今朝になって、また別の刑事さんが会社に来て、松尾君の私物を持っていきました。といっても、社員ロッカーの中には、制服ぐらいしか入ってなかったんです」

「松尾さんは、ロッカーの中を整理してから辞表を出されたわけなのですね」

「サンダルとかサングラスとか、あとは仲間と駐車場でよくキャッチボールをしてたんで、グローブもあったと思うんですけど、綺麗《きれい》さっぱりなくなってました……」

事件を起こせば、いずれ身元が割れると考えて、先に退職を決めたのだろう。そうであれば、覚悟のうえでの犯行となる。

「その時も、社長が本当に松尾君が犯人なのかと、また訊いたんですけど、刑事さんは何も言わなくて。すぐに帰っていきました。午後になって、また松尾君の友だちから電話がかかってきたんです」

「名前を教えてください」

「田中、だったと思います」

「連絡先は訊きましたよね」

「あ、いいえ、わたしは——」

重大なミスを犯したと思ったらしく、顔が見た目にも硬直していった。そのままスマホを取り出したので、会社に問いあわせるつもりらしい。

「あ、もしもし……。そうなんだよ、田中とか言ったでしょ。連絡先、誰か聞いてなかったかな。弁護士さんに質問されたんだけど。……うん、わかったら、すぐに電話をもらえるかな。じゃあ、頼むからね」

少しほっとしたような表情を見せたあと、運行部長は話を元に戻した。

「昨日のうちに、その友だちは松尾君の母親に電話で事情を伝えたそうなんです。けれど、お母さんは驚いて言葉もなかったらしくて。そのあとすぐ、地元の刑事がお母さんの仕事場まで訪ねてきたこともあって、ショックのあまり寝こんでしまったそうなんです。今はまだ横浜まで出てこられそうにないらしくて。その友人も仕事の都合でこっちに来られないので、うちの会社に電話してきたんです」

お願いだから、知り合いの弁護士に相談してもらえないか。そう母親が泣いて頼んできたという。桑島孝明《たかあき》の名前を出して——。

高山は義父の表情をうかがった。が、初めて聞く話だったと見えて、黒く染めた耳元の髪に手を当て、細く薄い眉を寄せている。松尾という青年やその家族に心当たりがないのだ。

「どうして桑島に相談してほしいと言われたのか、理由はお聞きになっていますでしょうか」

高山は運行部長に視線を戻して尋ねた。

「あ、はい……。有名な先生だから、と。何か松尾君には、借金のトラブルに巻きこまれた友人がいたらしくて。心配はないと思うけど、もしお母さんのところに借金取りが訪ねてきたら、弁護士に相談してくれ、と電話で言われたそうなんです」

義父と顔を見合わせた。

借金のトラブルというからには、松尾が連帯保証人になっていたのだろうか。返済に追われるあまり、どういう関係があるのかは不明だが、井上議員の秘書に金の工面を相談しにいった。やがて話がもつれて、あの監禁事件に発展した。そう考えると、筋は通る。

しかし、松尾は二日前に辞表を出しているのだ。借金のトラブルという単純な裏事情であれば、逮捕された二人ともに口をつぐみ続けている理由がわからなかった。正直に話せばいい気がする。その借金が、何か井上議員と関係でもしているとなれば、話は別だが……。

ほかにも謎は残されている。

「もう一度、確認させてください。松尾さんが母親に、何かあったら桑島に相談してほしい、と言い残していたわけなんですね」

「たぶん……。そのようなことを、松尾君の友人が言っていたと思います」

頼りない返事を受けて、高山は再び義父の表情をうかがった。

すぐに短く首を振られた。やはり思い当たるふしはないのだ。

「……松尾君の友人が言うには、勾留が決まるまでは弁護士じゃないと面会は認められないらしい。なので、松尾君のためには、弁護士に依頼するしかない。まずは社会的な信頼度のある人から電話で相談すべきじゃないか。そう言われて、うちの社長が電話させていただき、直接話を聞きたいと言われたので、わたしがここへ来たわけなんです」

ようやく話が終わり、事情が呑《の》みこめた。

高山は目で義父の許可を得てから、言った。

「では、まず留置先の警察署に出向いて、松尾さんに面会してほしい、ということなのですね」

「はい。できれば、弁護もしていただければと思っていますが、正式な依頼は松尾君のお母さんが来てからになると思います。弁護料のこともありますから」

費用の話が出たので義父に目をやったが、あごの先でうながされた。質問を続けろ。おまえに任せる。たとえ重要な事件であろうと、裁判までの下調べは、いつものように高山の仕事だった。

「わたしたちが留置先に足を運んで話をするのは問題ありません。捜査が進展していない場合は、証拠隠滅のおそれがあるという理由をつけられて、接見禁止といって肉親のかたでも面会が制限されてしまうことがありますが、我々弁護士であれば、いつでも面会ができます」

「ぜひお願いします。本当に彼が犯人なのか。友だちを助けるために、仕方なく手を貸したんじゃないのか。辞めると言いだした理由も、そのトラブルに関係してるのかもしれませんけど、口をつぐんでいる理由がわからないし……。いろいろと心配でなりません。松尾君のお母さんも、体調が回復したら、すぐこちらに来ると思いますので、どうかよろしくお願いします」

「わかりました。直ちに厚木署へ行ってみます」

松尾親子のフルネームと連絡先をメモに書き取った。正式な依頼人ではないためか、黒坂運行部長は厚木署まで同行したいとは言わなかった。心配はしていても、監禁事件を起こして逮捕された社員の先行きより、会社に与える影響のほうが気がかりだったとしても仕方はない。

運行部長を送り出すと、義父は早々に応接室を出て、高山に声をかけることもなくオフィスの奥へ歩いた。あとを追って所長室に入り、後ろ手でドアを閉めてから小声で訊いた。

「確認ですが、松尾健《けん》という若者に心当たりはないのですね」

「あったら、君にすぐ伝えている。話ができたら必ず、なぜわたしの名を出したのか、訊いておいてくれ」

「承知しました」

義父がわざわざ話ができたらと断りを入れたのは、黙秘を通している容疑者が弁護士の接見に応じようとしないケースもあると考えたからだ。

借金を返すための犯行という単純な動機であれば、犯人二人が口をつぐみ続ける理由はないと思われる。素直に動機と犯行にいたった経過を打ち明けたほうが、心証もよくなって、裁判での減刑も考えられる。しかも、松尾はあらかじめ弁護士の名前を母親に伝えていたというのだ。その弁護士が面会に現れず、代わりに娘婿が来たのでは心外だと思って、何も語ってくれないおそれは確かにあるだろう。

それでも、義父は自ら面会に足を運ぶ意思を見せなかった。まずは犯人がなぜ自分の名前を母親に告げたのか、その理由を見定めておきたいのだ。政治家がらみの事件を警戒した、とも感じられる。

義父には本当に心当たりがないのか。

そう疑問を投げかけたところで、正直な答えが返ってくるとは思えず、高山は手早く身支度を調えると一人で事務所を出た。

関内《かんない》駅から横浜へ出て私鉄に乗り換え、本厚木駅に到着した時はすでに午後六時をすぎていた。今日も遅くなると妻にメールを入れたが、いつもの言葉を出し惜しみするかのような短い返事しか戻ってこないだろう。

捜査本部が置かれているため、夕方のニュースで警察署前から記者がリポートをしていたらしく、テレビ中継車が賑々《にぎにぎ》しく路上に停《と》まり、警備のための制服警官も出張っていた。生憎《あいにく》と厚木署に知り合いの警察官がいなかったため、電話も入れずに裏口を訪ねて身分証明書を提示すると、幸いにも待たされることなく中へ通された。

留置係で面会の申請書を出していると、のそりと背後に人の気配が近づいた。振り返ると、私服の刑事とおぼしき中年の痩せた男が足音を消すような慎重さで歩いてきた。泊まりこみが続いているのか、寝不足とわかる充血した目で見据えられた。

「どうも、ご足労様です。捜査一課の成瀬《なるせ》といいます」

相手に確認させる意思などないとわかる素早さで手帳を見せるなり、すぐさま音を立てて閉じてスーツの胸ポケットにしまいこんだ。かろうじて名字のみ読み取れたが、弁護士相手に対決姿勢を隠そうとしない態度から、彼らの苛立《いらだ》ちが感じ取れる。名刺を出そうともしない。

「接見の依頼を受けてまいりました。桑島法律事務所の者です」

高山が名乗らずに所属事務所を知らせたのは、成瀬刑事が留置係に手を差し出してあごを振り、申請書を見せろと催促したからだった。高山の名はもちろん、依頼人となる松尾の母の名も記してある。横浜界隈《かいわい》に限らず、義父は法曹界でよく知られた存在なので、いつも事務所の名を先に告げろと口うるさく言われていた。高山の実績不足を補ってあまりある対応を受けられるのだ。

「若いのに感心ですよ。まだしつこく二人とも黙秘を続けてます。驚くほどに意志が強い。というか、よほど強固な動機があったんですかね。弁護士さんのお力で、何とか口を開かせていただけると嬉《うれ》しいですね」

期待はしていないというニュアンスが感じられた。刑事がここまで言ってくるからには、二人は生返事すらしていないのかもしれない。

「被害者からは話を聞けたんですよね。報道はされていませんが」

当然の質問をしたつもりだが、成瀬刑事は悪い冗談を聞き流すかのような苦笑とともに首をひねった。

「だから、困ってるんです。救出された時には、いくらか体の具合については話してくれました。危害は与えられていない。犯人の男たちの顔に見覚えはない。ずっと怖ろしくて、震えてた。井上先生と会いたいようなことを言っていたが、その目的までは話してくれない。ないないづくしですよ。しかも、井上先生が懇意にしているとかいう病院に入って、その後はろくに面会すらさせてもらってません。いつまで経《た》っても、なぜか医者から許可が出ないものでして」

「なるほど。あなたがたは、井上議員が医師と図って面会を制限している、そう考えているんですね」

「いいえ、滅相もありません。精神的な動揺が続いて、パニック障害を起こしていると言われました。捜査権を持つ我々でも責任感ある立派なお医者さんには逆らえません」

口では否定しながらも、医師の判断などまったく信じていないと言いたげな口調を隠さず、成瀬刑事はわざとらしく目配せまでしてみせた。そこそこ愛嬌《あいきょう》のある刑事だった。

テレビのコメンテーターが語っていたように、何らかの圧力が彼ら警察にもかけられており、満足な捜査ができていない可能性はありそうだった。自分らの窮状を弁護士に匂わせることで、捜査を進めるために協力してもらいたい。そう伝える目的で、わざわざ顔を見せに足を運んできたらしい。おそらくは、接見後にも彼らが様子うかがいのために待ち受けている。

「松尾さんの自宅は捜索したんですよね」

わかりきった質問はやめてくれというように、成瀬は面倒そうに首を振った。

「何も出ませんでしたよ。彼らは逮捕された時、運転免許証もクレジットカードもスマホすら持っていなかったんです。松尾の部屋にも、共犯者や井上議員との関連を連想させそうなものは何ひとつ残されていなかった」

そんなことがあるだろうか。

今の若者がスマホもクレジットカードも持っていないわけがなかった。つまり、自分たちと井上議員の関係を悟られそうなものをすべて処分してから犯行に及んだのだ。もう一人の容疑者の住まいも、たぶん似たようなものだろう。

「あきれるほど生活臭が感じられない部屋でしたね。年寄りの間で断捨離とか生前整理が流行《はや》ってるらしいけど、若いのに見事なものですよ。弁護士さんは何かご存じでしょうか」

「まだ依頼を受けたばかりで、松尾さんの自宅を訪ねていません」

「どう見積もっても、周到な準備をしたうえでの犯行ですね。身の回りを整理してから政治家の事務所に出かけるなんて、かなりの覚悟が感じられると思いませんか」

「ようやく名前がわかったんですから、通信各社に協力を依頼して、通話記録は調べましたよね」

「それが……なかなか結果が出なくてね。どうも事件の前日から通話はしてないし、携帯電話も見つかってません」

共犯者との打ち合わせと思われるような怪しい通話記録はなかったらしい。別人名義の携帯電話をもうひとつ持っていたのではないか、と警察は見ているのだ。もしそうであれば、生半可な計画性ではない。

「彼らは逮捕されるのを前提に、計画を練ってきた。しかも、すぐには素性を明かしたくない何かしらの理由があった。感心するしかありませんね」

ここまで捜査状況を打ち明けてくれるとは思ってもいなかった。それほど捜査本部の面々は手を焼いているのだ。

「弁護士さんなら、きっと答えを聞きだしていただけるでしょう」

期待していると冷やかしでもするように言ってから、ようやく成瀬刑事は地下の面会室へ案内してくれた。

素性の判明した松尾健は二十八歳。もう一人も同じ年代だとすれば、その若さで捜査一課強行犯係の刑事を手こずらせるほど頑迷に口を閉ざし続けてみせるのだから、よほどの動機と固い信念があると想像はつく。

あるいは、要求を聞き入れると明言されて投降したものの、まだ実行に移されていないから口を開かずにいる、とも考えられる。その結果を見届けてからでなければ、彼らは真実を語るつもりはないのだろう。

地下の狭い廊下で二十分近く待たされた。

ようやく成瀬刑事が戻ってきたが、初対面の弁護士をまるで哀れむように見ながら、大げさに肩をすくめてみせた。

「いやいや、最近の若い連中は、宇宙人みたいなものですよ。弁護士が会いにきたと教えたのに、返事もしやしない。君を助けるために母親が呼んでくれたんだぞ。そう諭しても、ずっとうつむいたままで、知らんぷりを決めこむんだから、肝が据わってますね」

「では、接見に応じないというんですか」

「せっかく足を運んでくれた弁護士さんを追い返したら、あとで何を言われるかわからないんで、何とか留置係がお願いして、面会室まで歩いてもらいました。もちろん、手荒なまねはしてません。けど、そういう状況だってことは伝えておいたほうがいいと思いまして。さあ、どうぞ」

口を割らせられるものなら、どうぞ。成瀬刑事があきらめを引きずるような疲れきった顔つきで手を差し向けた。

ドアを抜けて面会室へ入ると、分厚いアクリル板の向こうに背を丸めた青年が座り、弁護士の訪問を拒むかのようにうつむいていた。角刈りに近いほど髪は短くとも、いかつい印象がないのは、細身の体型だからだ。配送トラックの運転手と聞いたが、シャツからのぞく腕は太くないし、色も白い。力仕事をしてきた者とは見えず、何らかの過激な集団に属する若者とも思えなかった。

渋谷のスクランブル交差点を見渡せば、何十人も似た姿が探せそうだ。留置施設ですごしたせいか、目に覇気は感じられず、政治家の秘書を監禁して立てこもった事件と、彼の外見がまったく結びついてこない。面会室を出たら、五分で顔の印象さえ忘れてしまいそうなほど、影の薄さがあった。気配を消そうとして身を縮めているようにも見えてならない。

後ろに立っていた留置係の警官が、高山を見て一礼し、分厚いドアの後ろに姿を消した。弁護士が接見する際は、監視をしてはならない決まりだからだ。

「初めまして。桑島法律事務所の高山亮介です。お母様と会社の社長さんから依頼されましたので、わたしが桑島の指示でまず話をうかがいに来ました」

椅子に腰を下ろし、穏やかな口調で話しかけたが、松尾健はうつむいたままで、顔を上げもしなかった。刑事に対するのと同じ態度を取り続ける気だ。

「田中さんという友人がテレビのニュースであなたの姿を見かけて、塚本運送に連絡を取ったんです。お母さんはまだこちらへ到着していませんが、とてもショックを受けて、寝こんでしまいそうになったと聞いています。会社の人たちも、あなたがこんな大それた事件を起こす人とは思えず、かなり戸惑っていました」

母親の様子を聞いても無表情のままで、肩を揺らしもしなかった。関心がないのではなく、どんな呼びかけにも拒否を貫こうと胸に決めているのだ。

「弁護士はあなたの味方ですので、どうか安心して何でも話してください。あなたがここで語った内容は、警察に伝わることは絶対にありません。ただ、こうして黙秘を続けていたのでは、あなたの立場が悪くなる一方です。起訴されて裁判となれば、反省の色なしと受け取られて、予想外の厳罰が下されるおそれが出てきます。幸いにも、人質のかたは身体的な怪我をしていないと聞いていますし、おおよそ四時間という短い間の監禁でした。自ら投降して人質を解放したのですから、深い反省の態度を見せていけば、執行猶予といって、たとえ有罪判決を受けても刑務所に入らなくてすむ道も残されています。ですから、決して希望を捨てないでください」

刑務所に入らなくてもすむと聞けば、まずたいていの被疑者が望みを託す目を弁護士にそそぐ。が、松尾健は相も変わらず高山を見もせず、うつむいたままで、かすかに首を横に振った。

「今、首を振られましたよね。刑を軽くしてくれとは望んでいない、というわけでしょうか」

反応はなし。

「ひょっとすると、弁護は望んでいないというんでしょうか」

今度はかすかに首を傾けた。あくまで会話を拒んでいる。

何か最初から、大人になんかわかるはずもないと決めつけるような態度に思えてくる。そのくせ彼は、桑島の名を母親に告げていた。

「弁護士にも口をつぐもうというのなら、どうしてお母さんに桑島弁護士の名前を教えたのでしょうか。こういう事態になることを怖れていたから、評判のいい弁護士の名前をあらかじめお母さんに教えたのではないんですか」

やはり返事はなかった。目を向けてもこない。大人をからかおうというのではなく、明確な意志を持って高山の言葉をはねつけている。

「あなたの行動は矛盾していますよね。弁護士はあなたの味方なんです。あなたの立場を守り、警察や裁判官に主張したいことがあれば必ず伝えます。依頼されたからではなく、たとえ罪に手を染めてしまった人にでも、その動機を語り、自分の気持ちを正直に表す権利が保障されています。その手助けをするのが我々弁護士の仕事だからです。あなたも弁護士の手助けが必要になると考えたから、桑島の名をお母さんに教えておいたのですよね。違いますか」

かすかにうなずいたように見えたのは気のせいだったろうか。が、待っても返事はなく、うつむいたまま口をつぐみ続けている。

「あなたが逮捕された事実を知らされて、胸を痛めておられるお母さんのためにも、どうか頑《かたく》なにならず、なぜこんなことをしたのか、正直な気持ちを話してください。どうして井上議員と会いたかったのか。借金で困っている友人というのは、一緒に逮捕された若者なんでしょうか。井上議員に会わせてほしいと何度も言ったのに、秘書に断られたため、やむなく実力行使に出たとか、あなたにも何か言い分があると思うんです。どうか弁護士を信じて、話してみてください。あなたの気持ちは必ずお母さんに伝えます。井上議員の事務所にあなたたちの意向をあらためて伝えに行ってもいいと考えています」

手慣れすぎた口調にならないよう心を配りながら、訴えかけた。

逮捕された被疑者の中には、世を恨み、弁護士を勝ち組の代表と見なして反発し、感情をぶつけてくる者も時にいた。あくまで肉親の代理人であるという立場を保ち、手厚く接しなければ、心を開いてくれず、のちの弁護活動にも支障が出かねない。相手をよく理解してこそ、まっとうな弁護ができる。

「警察の取り調べに口を閉ざし続けるのは、あなたの立場をより不利にするだけと言えます。でも、もし常識に外れた厳しい取り調べを連日受けているのであれば、わたしたちのほうから正式な抗議ができます」

目と口を閉じたまま、身動きひとつしてくれない。何かしらの怒りを大人に抱いているのか。先輩社員と諍いを起こしたという事実が思い出される。

政治家にも、似た憤りを覚えて秘書に面会を求めたと考えるのは、素直すぎる見方だろうか。

「我々の間で意思疎通を図っておいたほうが、今後のためになります。そこで——このノートを活用してください」

高山は鞄から〝被疑者ノート〟を取り出した。

日弁連が作成した、被疑者の権利を守るためのノートだ。取り調べに際しての注意事項が一ページ目に書かれているので、最初の接見時に差し入れすることになっている。

「ここには、取り調べの日時や内容、検事の名前にその態度、あなたの健康状態を書く欄が設けられています。このノートに日々の心境を書いていっていただければ、我々弁護人はあなたの置かれた現在の状況や、違法な聴取が行われていないかを確認できます。あなた自身の権利を守るためにも、感じたことを書きとめてほしいんです」

松尾は横を向いたまま、ノートに目もくれなかった。

ここまで拒絶の態度を取る被疑者に接した経験はなかった。それでも相手を思って、偽りない言葉を投げかけるしかない。

「何か不満や抑圧を感じてきたのかもしれませんが、今はまず自分の正直な気持ちを語ることで、刑事たちにあなたの心情を少しでも理解してもらうことが必要ではないでしょうか。刑事たちが勝手な決めつけをしてくるので、彼らには何も答えたくないというのであれば、わたしたちから事情を説明することもできますので、ぜひともこのノートを使っていただきたいのです。どうか弁護士を信じてもらえないでしょうか。それとも、桑島弁護士でなければ話せないと考えているのでしょうか」

松尾の視線がさらに横へ向いたのは、質問の答えを考えているからではなく、あらためて拒絶の態度を示そうとするように見えた。ますますわけがわからなくなる。

桑島の名を母親に告げておきながら、無関心を決めこむのでは意味が通らなかった。ここまで態度を変えようとしないからには、そうすべき明確な理由を彼らが持つとしか思えない。

高山はノートを置いて、踏みこんだ質問に切り替えた。

「あなたたちは、監禁した秘書を通じて井上議員に何らかの要求をした。その要求が果たされるまでは、何ひとつ語る気はない。そう考えているのではないでしょうか。その時、桑島弁護士の手腕が必要になってくる。違いますか」

松尾の頭が小さく揺れた。憶測が的中したか、当たらずといえども遠からず、というわけだろう。初めての反応に高山は手応えを得つつ、なおも慎重に言葉を続けた。

「こうやって留置場に収容されていたのでは、井上議員への要求が本当に果たされたのか、どうやって知ることができるのでしょうか。もし要求が果たされるのを待っているのであれば、その手がかりをわたしに教えてくれませんか。警察に教えるようなことは絶対にしません。あなたのために力をつくすのが、弁護士の使命なんです」

言い終える前に、松尾が動いた。のそりと席を立つなり、アクリル板を通して高山に軽く一礼して背を向けた。

ドアへと歩きだした松尾に言った。

「また明日、来ます。それまでじっくりと考えてください。何度でもわたしは足を運びます。弁護士をどうか信じてください」

松尾が手錠を揺するようにして奥の壁のドアをたたくと、留置係が姿を見せた。面会は終わったのだ。

高山は立ち上がり、松尾の細く頼りない背に向けて呼びかけた。

「依頼されたからではありません。あなたには、あなたの立場を守る弁護人が必要なんです」

留置係の若い警官が型通りの辞儀を返して、ドアが閉まった。

2

何ひとつ収穫を得られずに面会室を出ると、やはり成瀬刑事が廊下の先で待っていた。留置係が聞き耳を立てていたわけでもないだろうが、話は聞けましたかねと、いかにも首尾を予見したような目をそそがれた。

高山は松尾健を真似《まね》て無言を貫き、被疑者ノートを差し入れる手続きを取った。その間、どこかに姿を消していた成瀬刑事が再び背後に現れたが、軽く一礼だけ返して階段を上がった。

途中まで足音が追いかけてきたが、振り向かずに裏口から厚木署を出た。すると、意外にも記者とテレビカメラの群れが高山を待ち受けていた。成瀬刑事がせめてもの意趣返しにと、弁護士が今裏から出ていくと報道陣に教えたのかと疑いたくなる。

「もう一人の容疑者は身元がわかったんでしょうか」

「犯人はどうして井上議員の秘書を監禁したんですか」

「彼らの要求は何だったんです」

接見に訪れた弁護士が被疑者の陳述を気軽に教えるわけがないのに、矢継ぎ早に質問を浴びせかけた。世間の関心を集める大きな事件であり、その謎を解くため多くの記者が取材に走り回っているとアピールするための質問でしかなかった。

「申し訳ありませんが、ノーコメントにさせてください。捜査がまだ進んでいませんので」

「でも、警察からいまだ発表がないのは、犯人二人が黙秘を通しているからだと言われています。弁護士さんから真実を語ってほしいと説得はしなかったのですか」

弁護士は被疑者の権利を守ることしか考えず、真実を突き止める邪魔立てをいつもしている、と言いたげな勢いだった。義父と違ってメディア対応に慣れていないため、相手にしたのではいつまでもつきまとわれる。またも被疑者を真似て無言を貫いて歩くしかなかった。それでも、駅へ急ぐ高山を追い回す記者が何人もいて、振り切るのが大変だった。

事務所に戻ると、すでに午後十時をすぎており、灯《あか》りもすべて消えていた。義父から短いメールが届いていたので、薄暗い中でゆっくりコーヒーを一杯飲んでから、電話で報告を入れた。

「……意味がわからないな。弁護士にまで口を開こうとしないからには、やはり何か裏取引があるのかもな」

「先生もそう思われますか」

仕事の話であり、聞き耳を立てている者がいないとわかっていながらも、「お義父《とう》さん」と呼ぶわけにはいかなかった。プライベートで顔を合わすことも滅多になく、もう何年も気安く呼びかけたことはない。

「ほかに何が考えられる」

「いくら井上議員の側と裏取引があったにしても、共犯者の名前まで隠そうとする理由がわかりません」

「いいか。全体を俯瞰《ふかん》して見るんだ。一人では犯行に踏み切れなかったから、仲間に手伝ってもらった。だから、もう一人は従犯にすぎず、まともな動機を持ってもいない。あるいは、二人の名前が知られたら、警察による徹底捜査が行われてしまい、要求が果たされる前に、その中身が暴かれかねず、黙秘するのが最善と考えているのかもしれない」

刑事事件も多く手がけてきた経験は伊達《だて》ではなく、瞬時に可能性を列挙してみせる。高山も先読みを心がけて、言った。

「つまり、彼らの要求が果たされれば、弁護士を通じて情報を仕入れる必要はなく、警察から伝えられるはず——そう彼らは信じている、とお考えなのですね」

「もし今の予測が当たっていれば、弁護士は用なしになる」

「待ってください。我々が弁護活動することなく、いずれ彼らは釈放されるとでも……」

「あくまで推測だ。何せ監禁された秘書は身体的な怪我をしていない。しかも、犯人は四時間で投降している。示談が成立し、井上議員が何かしら偽の説明をすれば、検察も略式起訴という判断を下さざるをえないかもしれない。わたしの名前を出したのは、それまでの時間稼ぎをさせたいから、とも考えられるじゃないか」

集団住民訴訟や冤罪《えんざい》事件を手がけて名を馳《は》せた桑島孝明の名を出せば、警察も迂闊《うかつ》に被疑者を扱えなくなる。しかも、政治家が何かしらの要求を聞き入れようとしているかもしれないのだ。警察はより慎重に捜査をしていくしかない。

それほどの要求とは何か。

井上議員が現場に入ったとはいえ、警察の前で犯人の要求に回答を明言するとは考えにくい。おそらくは、監禁した秘書に要求を告げるかしていたのだろう。議員が現場に来たのは、警察からの要請に応えたにすぎず、今ごろは秘書の入院先で善後策の協議に入っていると思われる。

もし要求が聞き入れられなかった場合は、その時に犯人が初めて口を開く。決して表ざたになってはならない事実が世に公表されるのだ。そうさせないためには、犯人たちの要求を呑むほかはない。

どういう形かわからないが、正式な回答を得られるまで、松尾たち犯人は断固として口を閉ざし続ける。事件の全容を、そう義父は読んでいるのだった。

他者から見れば要求の内容は興味深くとも、井上議員には公表されたくないものであり、必ずや示談に動く、と想像はできる。

要求が聞き入れられて被疑者二人が釈放されたとしても、おそらく新聞やテレビなどのメディアは政治家の意向を受け入れて、憶測めいた報道は控えるだろう。一部の週刊誌やネットメディアが真相を突き止めようと動きそうだが、怪しげな都市伝説の類いと見なされて、世間からは忘れられていくことになる。そのために政治家は情報操作の根回しに動くはずだ。

義父が声を角張らせて言う。

「いいか。見極めが肝心だぞ」

もし政治家が深く関与する事件が隠されているとなれば、興味本位に近づいては、あとが怖い。が、ここで何かしらの恩を売っておけば、いつか見返りがあるかもしれない。その見極めが肝心だと言いたいのだろう。

「松尾の母親から正式に弁護の依頼を受けることになるでしょう。当面は事態の推移を見つつ、形だけの弁護活動をせよ、というわけですか」

「危なくなったら、少し引いて様子を見守る。それまでは、弱き者の味方として、被疑者を支える。何か動きがあれば、逐一報告してくれ。いいね」

あくまで距離を保って、事件の成り行きを見ろというのだ。

高山は気になる点を確認した。

「参考のためにうかがいたいのですが……」

「何だ」

「先生はこれまで、危ない案件とわかり、途中で手を引いた経験があるのでしょうか」

返事は遅れなかった。まるで質問を予期していたかのような早さで、義父は答えた。

「自分から手を引いたことはない、と言っておこう。ただ、こちらが手を引くしかない状況に追いつめられるケースは、わたしぐらいの経験を持つ者なら、あっても当然だと思う。裁判は何も必ず白黒をつけるためのものではない、という考え方もできる。そう自分に言い聞かせて耐えるしかない時は、残念ながら誰にでも起こりえるだろう」

娘婿にも語れない話はあって当然だった。高山が信頼に欠けている、とも考えられる。

「いつか詳しい話を聞かせてください」

「経験を積め。嫌でも煮え湯を飲まされることはある。その苦境をくぐり抜けて、弁護士は法律という紛争地帯の歩き方を覚えていくものだ」

もう四十歳をすぎた娘婿に、新人を諭すような物言いをして、電話は切れた。

自宅マンションの鍵をそっと開けて玄関を上がると、珍しくも千鶴《ちづる》がまだ起きており、リビングの大型テレビがニュース番組を映していた。振り向くなり、お帰りの呼びかけもなく、切り口上に近い言い方で出迎えられた。

「今ニュースでやっていたんだけど、本当に大丈夫？　国会議員の秘書を人質に取るなんて、いかがわしい集団なんでしょ。どうしてお父さんは、あんな連中の弁護を引き受けるわけ」

厚木署の前で記者から質問を浴びせられた時の映像が流れたようだ。大事件の弁護を、父親の許可なく夫が受けるわけがないことも、当然ながら妻は承知ずみだ。

「お義父さんはずっと、弱き者の味方として活躍してきたろ。自然保護団体にも無償で力を貸して、名前も高めてきた。今回も大きな事件だから世間の注目を浴びている。断る手はないと踏んだんだろう」

「でも、大手企業の顧問も務めてるんでしょ。政治家を襲った一味の弁護なんかしたら、与党に睨《にら》まれたりして、今後の仕事にも支障が出てきそうじゃない」

千鶴は結婚まで父親の事務所で働いていた経験があるため、筋の通った意見をぶつけてきた。金にならない苦労を重ねて地道に名を上げてきた父親の姿を、家でも事務所でも見てきているのだ。

「そうならないように、おれが当分、下働きを務めるんだよ」

「また手間のかかる仕事を押しつけられたわけ？」

「いや、お義父さんは、おれの将来を考えてくれてるから、難題を与えてくるんだ。今は多くの経験が必要な時だろ」

「だって、給料は安いままじゃない」

千鶴と結婚を決めた際、義父は身内であろうと特別扱いしないと言い、出来高の上乗せは一切してくれていなかった。千鶴はそれが不満で、以前は父親に電話でよく訴えていた。が、期待に応えられていない夫の未熟さを懇々《こんこん》と説かれたらしく、不満の風向きは変わりつつある。

「あの人は頭が固いから、娘婿でも事務所を任せられないなんて、言いだしかねない気がする。ただでさえ小谷君に先を越されてるんでしょ」

小谷は司法試験で優秀な成績を収め、検察官の道へ進んだ大学の先輩から強く誘われながらも、仕事ぶりを間近で学びたいと言って義父の下で働くことを決めた。ゆくゆくは独立を考えていると高山は見ているが、義父はこのところ明らかに小谷を取り立てるように変わってきた。

年下の部下をあえて頼ってみせることで、娘婿の尻をたたく意味も感じられたものの、小谷ができる男なのは間違いなく、恵まれた環境を生かせずにいる自分が腹立たしくもあった。が、生け簀《いす》の中でいくら背伸びしようと技術は身につかず、外海へ出て多くの知見を得てこそまっとうな弁護士になれると信じるほかはなかった。

「今回の弁護は考え直したほうがいいんじゃないかな。わたしから電話しようか」

「お願いだから、何もしないでくれ」

抑えようにも声が大きくなった。部屋で寝ている千羽耶《ちはや》に聞こえないかと、とがめ立ての目を向けられた。

着替えをすませようと寝室へ歩くと、千鶴があとをついてくる。

「ねえ、どうして電話したら、ダメなのよ」

「久しぶりの大きな仕事なんだ。断るわけにはいかない」

本当に大丈夫なのか。夫の手腕のほどを探ろうとする目で見つめてくる。正直すぎて、受け答えにいつも困る。

「……ニュースを見たなら、わかるだろ。ちょっと謎の多い事件なんだ。お義父さんも強い関心を持っている。たぶん、真相が見えてきたら、自分で手がけるつもりでいると思う。その手助けができれば、いい経験になる。少しは注目もされる。おれだって腕を磨きたいと焦ってるんだ。わかってくれよ」

着替えを持ってバスルームへ急ぐと、もう背中に千鶴の声はかからなかった。

翌朝は、六時すぎにスマホの着信音で起こされた。

松尾の母親が昨夜のうちに知人の車で横浜まで送ってもらい、泊まったホテルから連絡してきたのだった。不安でろくに眠れず、一刻も早く弁護士と話をしたかったのだろう。

どうして息子がこんなことをしたのか。警察に共犯者の顔写真を見せられたが、見覚えはない。あの子は刑務所に入れられるんでしょうか。母親はしどろもどろながら、留置場へ会いに行きたい、と涙声で言った。

「逮捕された被疑者と面会できるのは、通常、裁判所が正式に勾留を決定したあとになります。あと一日か二日あとになると思いますので、まずは息子さんについて詳しく話を聞かせてください」

義父にも連絡して、二時間後に事務所で会う約束を取りつけると、サラダのみの朝食を一人で先にとり、妻と娘に見送られて自宅を出た。

松尾緑《みどり》は六十歳。横浜まで車を運転してくれた知人というのは、勤め先の旅館の若い同僚で、支配人の息子だという。彼は朝早くに鬼怒川《きぬがわ》温泉へ戻っている。従業員のプライベートにかかわりすぎるなと、父親に言われたのかもしれない。それでも、わざわざ横浜まで運転してくれたのだから、従業員を大切にする職場であるのは疑いないだろう。あるいは、彼女の仕事ぶりから手を貸さずにはいられなかったとも考えられる。

「もう何がなんだか……」

松尾緑は涙目になって、電話で語った話をまたくり返した。年齢より老けて見えるが、身内を逮捕された者のほとんどが、一夜にして憔悴《しょうすい》していく様を高山は何度も見てきた。

「あの子から久しぶりに電話がきたと思ったら……」

もし何かあった時には桑島弁護士に相談してくれ、と言われた。先週の木曜日の午後十時ごろだったという。

「心配はいらないけど、念のためだって言ってたのに……」

「人から桑島を紹介されたとか、何か理由を言ってなかったでしょうか」

桑島はいつものように質問を任せて、メモを取る様子も見せない。ただし、高山の質問を胸の内で厳しくチェックはしている。不足があれば、最後に自ら確認するのが、法廷ではもちろん、いつものことなのだった。

松尾緑は向かいのビルしか見えない窓のほうへ頼りなさそうに目をやってから、言葉を継いだ。

「どうでしたか……。有名な弁護士の先生だとしか言ってなかったかと……」

「健君のご友人を何人か知っていらっしゃいますでしょうか」

「ええと……わたしは鬼怒川のほうで長く勤めてましたので、健とはもう何年も会ってなくて」

「ご主人は――」

亡くなられたのですかと言外に訊くと、小さく首が振られた。

「いいえ。もうずいぶん前に離婚しまして。今はどこで何をしているのか、わたしは何も……」

そこまで言ったところで、うつむいていた松尾緑がふいに顔を上げた。何か思いついたらしいが、また自信なさそうに首を振った。

「……そんなことはないと思いますけど、あの子の父親は飲み屋をつぶして借金を抱えて、どうにも首が回らなくなって、夜逃げ同然で家を出たんです」

「それで離婚されたのですね」

「はい……。あの子がそれは怒って、連絡してきた父親を問いつめて、離婚届を送らせたんです。でも、父親の借金を代わりに返そうなんて、あの子が考えるはずはないと……」

電話では、借金の返済に困っている友人の手助けをすると、松尾健は言っていたのだ。友人ではなく、父親だった可能性はあるかもしれない。

しかし、そうなると、同年代の共犯者とは何者なのか。

親戚であれば、松尾緑にも心当たりがありそうなものだ。あるいは、父親が再婚でもして、その相手の連れ子という可能性はどうだろうか。

「離婚される前までは、どちらにお住まいでしたか」

「千葉県の柏《かしわ》市です」

「そちらで飲み屋を続けられていたのですね」

「あ、はい……」

元夫は料理人をしており、自宅が再開発地区になって立ち退《の》き料が入ったのを機に独立したのだった。

名前が高橋真《たかはしまこと》で、八がラッキーナンバーだと信じていたので、店の名は「真八《しんぱち》」。が、三年も経たずに客足が遠のき、借金が増えていった。競馬やパチンコなどのギャンブルが趣味だったことも影響したらしい。

健たち母子の本籍地は、緑の実家があり、今も兄夫婦が暮らす埼玉県の本庄市《ほんじょう》だった。戸籍からたぐれば、元夫の現住所はすぐにつかめる。

「ご家族、ご親戚の中で、井上議員と何か関係を持つかたはおられますでしょうか」

「さあ……。わたしは夫と別れたあとは、友だちのつてを頼って鬼怒川へ行き、そこで暮らしてましたし。そういった議員先生がいるなんて、名前も知りませんでした」

井上議員の出身地は、選挙区の厚木だとわかっている。千葉県柏市との関係があるとは聞いていない。高橋真の消息から何かつかめるか……。

もちろん、すでに警察は高橋真を探し当てているだろう。

もし父親の借金を返すための犯行であったとすれば、情状酌量の材料となる。

あるいは、井上議員やその親族などの関係者が、高橋真の借金に関係でもしていれば、事件は案外シンプルでわかりやすいものだったかもしれない。その内実を話したくないために黙秘を通しているとも考えられる。

事務所のスタッフが厚木署に確認を入れると、やはり家族の面会はまだ許されていなかった。共犯者の身元が判明していないためだ。そうなると、高橋真も息子の共犯者に心当たりがなかったことになる……。井上議員との関連も出てきてはいないのだろう。あるいは、すでに元夫は死亡していて、手がかりは得られなかった可能性もある。

いずれにしても、この先の弁護をどうするつもりか。目で尋ねると、義父は高山にはかけたこともない優しげな声で松尾緑に問いかけた。

「いつまでこちらに滞在されるおつもりでしょうか」

「健にひと目だけでも会っておきたいと思ってます」

「ご家族が面会するには、何より共犯者の身元が判明しないと難しいかもしれません。わたしどもでも、健君の友人を当たり、話を聞いてみたいと考えています。そのために、まず今日はこれから健君の部屋を確認していただけると助かります。警察が家宅捜索をしていったと聞いてますが、もしかするとご家族の目から見て、何か気づくことがあるかもしれませんので」

言い終えたあと、任せたぞ、と例によって義父の鋭い目が向けられた。

「別れた旦那さんの追跡もありますが」

「そっちは小谷君と事務のほうで動いてもらう。わたしは知り合いの検察官に接触してみる」

捜査がどこまで進んでいるか。ある程度の進展具合を聞き出せそうな役職者の当てが、義父にはあるのだ。

すでに娘婿の高山が被疑者の接見に訪れているが、状況によっては桑島自身が手がけるつもりだと、今のうちから知らせておこうという意図もある。黙秘は被疑者の当然たる権利だから、強引な取り調べをした場合は、うるさい弁護士が乗り出してくる、と誰もが思ってくれる。

高山は事務所の車を使って、松尾緑と大田区にある健のアパートへ急いだ。住所は多摩川《たまがわ》沿いの六郷土手《ろくごうどて》駅に近い場所だった。

車中で松尾緑はひたすら恐縮しながら弁護士費用について問い合わせてきた。

「あの子が相談しろと言ったんで、ほかの弁護士さんを頼むわけにもいかないとわかっています。でも、支配人が言うには、有名な弁護士さんは費用がかかると……」

事件の全容がつかめていないため、今はまだ明確な額を提示できず、着手金と必要経費について簡単に説明した。たとえ息子の要望であっても、金額や弁護の方向性に納得ができなかった場合は、ほかの弁護士に依頼してもらってもまったく問題はなく、その時は着手金も日割りで精算できる旨を伝えた。

「あ、いえ……。支配人が確認だけはしておけと言ってたので。わたしはあの子の希望を叶《かな》えてやりたいと思っています。たとえ社長にお金を借りてでも、桑島先生にお願いしたいと……」

もし事件が借金の返済にまつわる単なるいざこざから監禁という事態になっていた場合、和解という方向性も考えられるため、弁護費用は抑えられるだろう。

もし松尾健たちが、井上議員に何らかの要求を突きつけるために計画した犯行であったなら、裁判が長引くことも考えられる。その場合は、温泉旅館で仲居を務める初老の女性に払える額ではなくなりそうだ。

ただ、松尾健は犯行前に桑島の名をあえて母親に告げている。その理由を探り当ててからでなければ、弁護費用の算出も難しい。桑島には自分たちを弁護すべき理由がある、と彼らが考えているかもしれないからだ。

裁判に勝利した弁護士は時に、相手がたから思いもかけない恨みを買うケースがある。なぜ松尾健が桑島の名を出したのか。恨みに近い動機を持ち、あえて桑島の名を出してきた可能性は残る。それに近い狙いが見えてきた際、この先も弁護を続けるかどうかは、桑島の決断にかかってくる。いずれにしても、謎の多い事件には違いなく、高山としては決着まで見届けたい気持ちが強い。難事件は弁護士の腕を試す砥石《といし》となり、たとえ身を削られる苦しさがともなおうとも、必ずや器を磨いてくれる。

アプリの地図で周囲を確認しながら、車を土手沿いに停車させた。木造二階屋の古びたアパートだった。ポストが並ぶ横に管理会社のプレートが貼りつけてある。

母親は鍵を持っていなかったため、再び車に乗って、六郷土手駅前の不動産屋を訪ねて、身分証を提示しながら事情を伝えた。すでに家宅捜索が行われていたので、若い女性事務員は高山の弁護士資格を確認すると、名前と連絡先をメモに取ったうえでスペアキーを渡してくれた。

一階の三号室。ポストの中にはチラシしか入っていなかった。めぼしい郵便物があったにしても、警察が持っていったはずだ。

息子の部屋を訪れるのは初めてだと言い、松尾緑は盗賊のアジトへ足を踏み入れるかのような緊張した顔つきになり、鍵を回した。

ドアを開けると、心配していたほど部屋は乱されていなかった。家族が訪ねてくることを見こんで、警察も少しは手加減しながら捜したのだろう。

部屋は六畳と四畳に満たない狭いキッチン。風呂の代わりに、昔の電話ボックスみたいな細いシャワー・コーナーがトイレ横に設置されていた。

六畳間の窓際に小さなテーブルが置いてあった。雑誌が数冊積まれたまま残されている。テレビは小さく、録画デッキも古い。たとえパソコンを持っていても、警察が押収したに違いない。抽斗《ひきだし》の中も空に近く、筆記用具はあっても、メモの類いは残されていなかった。

押し入れの襖《ふすま》が半開きになっていて、綺麗に畳まれた布団が見えた。その下にはカラーボックスと衣装ケースが積まれ、いかにも古めかしい掃除機もあった。

「健さんは、何年前からここに住んでいたのでしょうか」

「たぶん四年くらいかと……」

四年も住んでいたにしては、成瀬刑事が言ったように生活感があまりに薄かった。

壁にカレンダーもなければ、書籍の類いも置いていない。今はスマホひとつで音楽を聞けるし、ゲームも楽しめる。マンガも読める。案外、今の若者の部屋は殺風景なものなのかもしれない。それにしても、趣味を感じさせる品が何ひとつ見当たらないのは不可解だった。上京したての若者の部屋であろうと、まだどこかに個性が漂っていそうだ。ここは、住んでいた人の気配が消されているのだ。

抽斗から押し入れの奥まで、徹底して見ていった。捜索のあとなので、はがきや手紙は残されていない。電気やガスの領収書が紙袋にまとめられていたところに、わずかな生活の証《あかし》が見えた気がする。

収穫なし。

警察が調べつくしたあとでは、いくら家族が見ても、友人につながりそうなものは何ひとつ残されていなかった。

知人の部屋をためらいがちにのぞき見るようにしている母親に背を向けて、高山は玄関先から義父に報告を上げた。

「何も見つかりません。明らかに部屋を整理してから犯行に及んだとしか思えない状況です」

「こっちも先が思いやられる。知り合いの検察官まで黙秘権を行使してきた。検察内部もかなり緊張感を持っているようだ」

「では、政治家が口を挟んできていると?」

「断言はできない。まあ、政治家の周辺には、いろいろ出しゃばりたがる者はいるからな。法務官僚から情報を仕入れて、派閥の綱引きに利用したいと考える者がいてもおかしくはない。井上議員もそこそこ党内では要職に就いてきた人だ。党の内外問わず、敵も味方も多いだろう」

「元夫の消息はつかめたでしょうか」

「まだ連絡がこない。何かわかり次第、君にも報告が行くことになっている。ひとまず母親をホテルに送り届けたら、また厚木署へ行ってくれ」

「承知しました」

新たな情報がもたらされたり、面会が許されたら連絡すると告げて、横浜のビジネスホテルまで松尾緑を送り届けた。

エントランスの前で頼りなげに頭を下げられた。何か依頼人を捨て置くようで心が痛んだものの、今は彼女のためにできることが何もなかった。

車を事務所に戻すと、債権放棄の手続きについて別の依頼人と慌ただしく電話で打ち合わせをすませてから、再び厚木署へ向かった。駅前のバーガーショップで手早く腹を満たして相鉄《そうてつ》線に乗り、車中でタブレットを開いて別の事件の調査を知り合いの興信所に依頼する書面を作って送信した。

本厚木駅の階段を下りていると、スマホが震えた。小谷からだろうと思って見ると、覚えのない番号で、横浜市内の市外局番が表示されていた。

階段脇に移動して電話に出ると、先ほど別れたばかりの松尾緑からだった。

「あの……弁護士さん。鬼怒川から電話がありまして。わたしはもう名前もすっかり忘れていたんですけど、シガさんがわたしの勤め先に電話してきたっていうんです。どこのシガさんか、最初はわからなかったんですけど、トモユキ君の名前を出されて、ああそうだったか、と――」

最初に受けた電話の時より、さらに要領を得ない話しぶりだった。落ち着いて順を追って話してくれと言ったが、松尾緑は息つく間もなく先を続けた。

「ですから、シガさんっていう昔の知り合いが、わたしの勤め先をわざわざ調べて、電話してきたんです。トモユキ君が東京へ行くと言って町を出て、もう五日になるのに戻ってこない。連絡も取れない。まさかとは思うけど、健が逮捕されたと聞いたんで驚いて、親戚みんなでわたしの勤め先を……」

「健君の友人までが消息を絶っているんですか」

共犯者だ。

周囲の耳を気にもせず、大きな声を出していた。

「どうも、そうみたいで……。健から何も言われてないか。本当に逮捕されたのか。警察に相談したほうがいいんだろうか。いろいろ訊かれて、どう答えたらいいかわからなくて……」

「シガさんの連絡先を教えてください」

松尾緑はかなり混乱していたらしく、連絡先を聞いて書き留めたメモが見つからないと言って、一度、電話が切れてしまった。高山はひと呼吸おいてから、折り返してホテルの部屋に電話を入れた。

「すみません……ありました。よろしいですか」

その場にしゃがみこんで素早く手帳を取り出し、携帯電話のものと思われる番号を書き取った。駅の構内で人目はあったが、落ち着いて話せる場所を探すのももどかしく、高山は壁際にへばりついて電話を入れた。

待っていたかのような早さで相手が出た。

「はい、もしもし……」

「松尾緑さんから連絡を受けた弁護士の高山です。シガさんですね」

「あ、はい……。初めまして、トモユキの父親です。健君とうちの息子は高校の一年まで一緒だったんです。まさかとは思うんですが、東京へ行ったきり、もう四日も連絡が取れなくて……」

「健君とは最近まで連絡を取り合っていたんですか」

「あ、いえ……。たびたび東京へ行くことはあったんですが、健君の名前が出たことはなくて。別の友だちと会っているものとばかり思ってました」

「その会っていたと思われる友人の名前を教えてください」

「ニイザトユウタ君です。彼とも中学まで一緒でした」

「連絡先はわかりますね」

「それが……。彼は東京へ越してしまいまして。誰か知ってる人が町にいるかどうか……まだわからなくて」

「至急、探してみていただけますか。その前に、トモユキ君の現住所と仕事を教えてください」

「群馬県鈴ノ宮町です。一家で農業を営んでいます」

メモを取る手が止まった。ボールペンの先が動揺を映して小刻みに震えだす。辺りの景色が色をなくした。

スマホを口元に引き寄せる。

「――鈴ノ宮というと、あの話題になったダムのある町ですよね」

「はい。ダムの工事が始まった時に、別の土地を用意してもらったので、そこで農業を続けています」

「では、健君も鈴ノ宮の出身ですね。高校一年まで一緒だったというんですから」

「ええ……健君の一家は高二の夏だったか、千葉のほうへ越して行かれて」

もう間違いはない。松尾健の共犯者はシガトモユキだ。ほかには考えられない。

「あの……。健君と一緒に逮捕されたのは、やっぱりうちのトモユキなんでしょうか」

確認が取れていない以上は断言しにくく、父親を不安にさせるのも忍びなかった。こちらで確認します。そう言って、志賀《しが》友行の漢字と生年月日を聞いてメモに取り、手持ちの写真を大至急メールで送ってほしいと言ってから電話を切った。

今すぐ事務所へ戻りたかったが、義父の今日のスケジュールを聞いていなかった。乱れる呼吸を整え直してから、携帯のほうへ電話を入れる。

間の悪いことに、出てくれない。伝言を残した。聞けば、必ず電話をくれる。

「高山です。松尾健の共犯者がわかりました。志賀友行。二人とも鈴ノ宮の出身です」

考えた末に、厚木署へ急いだ。

少しは関係性が見えてきたとはいえ、動機は不明のままだ。捜査がどこまで進んでいるかもわからず、とにかく松尾健に会って質問をぶつけるのが先決と思えた。

午後二時。申請書を出すと、長く面会室の前で待たされた。たぶん別室で事情聴取が続けられていたのだろう。

その間に、義父から折り返しの電話は入らず、志賀友行の写真がメールでスマホに送られてきた。

高原レタスと印刷された段ボール箱を抱える若者が照れたように笑っている写真だった。農協か販売所の前らしく、背後にも山と積まれた段ボール箱が見える。鍛えられた腕の太さをアピールするかのようにグレーのTシャツの袖を肩までまくっている。分厚い胸板なのに首は細めで、顔の日焼けもさほどではない。いかにも今の若者らしく、こざっぱりした短めの髪形にも特徴はない。

松尾健と同様に、とても政治家の秘書を監禁するという大胆な犯行に手を染めた者には見えなかった。そのくせ二人は、連日の取り調べにも、狂信的な組織のメンバーを思わせるほどに頑として口を開いていない。

近ごろの若者が周りに流されやすく、大人に敵愾心《てきがいしん》を放つケースはほとんどないと決めつけるわけではなかったが、写真の印象と事件がやはり結びつかず、平衡感覚を狂わすにも似た違和感だけが残る。だが、動機の手がかりは、ようやく見えてきている。

鈴ノ宮だ。

だから、松尾健は桑島の名を母親に告げたのだった。

三十分近くも待たされてから、成瀬ではない別の刑事が現れた。五十代の後半で頭髪が薄い。男は名乗りもせずに、わざとらしく高山を睨《ね》めつけるような目を見せて、言った。

「熱心ですね。何か別の材料でも持ってこられましたか」

冷やかしめいた口調から、相変わらず捜査にめぼしい進展がないとうかがえる。

高山もあえて名乗ることはせず、軽い皮肉で返した。

「そちらこそ、共犯者の身元をそろそろ突き止められたのではありませんか。ずいぶんと時間が経っているので、記者たちも焦《じ》れてるみたいですね」

「まあ、時間の問題でしょう。松尾にもそう伝えてください。あなたもどうか快く捜査に協力を願います。被疑者の心証がこれ以上悪くなれば、より重い刑が科せられるのは確実でしょうから」

「ここで確認するまでもなく、容疑をかけられた者には黙秘権が認められています。そのことを承知しながら、重い刑になるぞと不当な断定を口になさるのでは、脅迫も同じと被疑者は受け取ります。ご注意ください」

弁護士として当然の忠告だったが、刑事は口を真一文字に引き結んだあと、これ見よがしに鼻を鳴らしてみせた。

「……いくら黙秘したって、監禁と脅迫の事実は動かしがたい。自ら投降したのも、ビルの周囲をすべて固められて逃げ道はないとわかったからなんで、自首扱いにはなりませんね。弁護士さんならおわかりでしょうが。さあ、どうぞ」

冷ややかな視線と台詞《せりふ》を浴びせられながら、面会室へ通された。

黙秘を貫こうと決めているならば、弁護士から接見を求められても拒否すればいいものを、今日も松尾健はアクリル板の向こうで素知らぬ顔を保ち、おとなしく座っていた。刑事の取り調べから解放されて気分転換になると考えたからではなく、弁護士が何を言ってくるのか、少しは気になっているのだろう。自分の身元が報道されれば、中学の同級生が東京へ出かけて家族と連絡を絶っていることもわかってしまう。その予測があるから、弁護士の独り言にも耳を傾けておこうとしているのだ。

留置係の制服警官がドアを閉めたのを見てから、高山は無駄を承知で訊いた。

「ノートは書いていただけましたか」

松尾はまたも首さえ振らず、無言のままだ。生活指導の教師を無視する中学生のほうが、まだしも敵意という感情の発露を感じさせてくれる。

予想はしていたので、高山は少し間を置いてから切り出した。

「――今日ここに来たのは、お知らせしたいことがあったからです。共犯者の身元がわかりました」

うつむく松尾の頭が、微妙に動いた。予測の的中に、手応えを初めて感じられた。

「君の中学の同級生で、志賀友行君。間違いありませんね」

やや横を向いて、相変わらずの無関心を装ってみせる。

高山はアクリル板に顔を近づけた。

「君たちは鈴ノ宮で育ち、同じ学校で学んできた。ダムの建設が決まったことで、友行君は代替地で家族と農業を続け、君たち一家は千葉県柏市に移った。ところが、お父さんが開いた飲み屋はつぶれてしまい、多くの借金を抱える事態となって、両親は離婚した。その時の借金と、今回の事件が関係しているんでしょうか」

この質問にも無反応を通すと思っていたが、わずかな変化を高山は見逃さなかった。松尾のまばたきが多くなり、右の口元が苦笑を隠しでもするように震えて見えたのだ。

強がって笑おうとしたのか。今のところの材料から、ほかの動機は考えにくい。

まだ隠された事実があるとなれば、憶測を交えての意見をぶつけるしかない。

「井上議員は、新民党最大派閥の永見派に属している。永見宗太郎は君たちの地元、群馬選出の議員で、君たちが生まれる前から鈴ノ宮ダムの建設を推進してきた。君と志賀君は、井上議員を通じて、永見宗太郎に何らかの要求を突きつけた」

ただ、どうして井上議員を間に挟む必要があったのかはわからない。地元の群馬で、永見の秘書と会って話をすればよかったのではないか、と思える。

だが、彼らにはそうすべき理由があって、井上議員を通したほうがいいと考え、犯行に及んだのだ。

「君が逮捕されたと知って、友行君のお父さんが君のお母さんに電話してきた。警察にはまだ伝えていない。君が黙っていても、いずれ友行君の身元は突き止められる。我々は弁護士として、何としても君たちの力になりたい」

松尾は目と口を閉じ、無関心を決めこむ態度を崩さなかった。共犯者の名前が判明するのは時間の問題と考えていたにしても、ここまで口をつぐみ続ける理由がどこにあるのか……。

「君がどうして桑島の名前をお母さんに告げたのか、ようやく理解ができた。桑島はかつて、鈴ノ宮ダムの建設に反対する自然保護団体に手を貸していた。新聞やテレビにも代表者と一緒に顔を出して、住民訴訟のリーダー役ともなった。言わば、鈴ノ宮を踏み台にして名を売ったようなものだ。だから、桑島という弁護士は自分たちに手を貸すべき理由がある。そう考えたわけだよね。違うだろうか」

十年ほど前のことだったと記憶する。ちょうど松尾たちが中学を卒業する時期と重なっていそうだ。政権交代によって改革党の総理大臣が誕生する少し前のことだったと思う。

「実はわたしも桑島の手助けをして、訴状の作成を手伝ったので、よく覚えてるんだ」

無駄な公共事業を止めるために、桑島をはじめとする弁護士の有志が自然保護団体に呼びかけて、下流域の地方裁判所に公金支出を差し止める旨の住民訴訟を次々と起こした。

ただし、その原告団には、ダムの建設地に住む地元民は数えるほどしか参加していなかった。高山も桑島の仕事を手伝ううちにその事実を知り、誰のための裁判なのかと根深い疑問を抱いた。

結局、ダム建設には治水と利水の双方で大きな利点があると見なされて、原告団の請求はすべて退けられた。が、本当にダムが必要なのかを国民に問う効果はあったと見えて、改革党がマニフェストに鈴ノ宮ダムの事業中止を盛りこみ、政権交代の熱を高めていく契機になったのだった。

その後も桑島は町民と自然保護団体に手を貸し続けたが、改革党が本腰を入れて町長選に乗り出してきたため、政党の色がつくのを嫌った弁護士が支援から次々と手を引いていった。やむなく桑島も、住民訴訟の上告を断念した。政権交代が実現すれば、ダム建設は中止になると思われたからだ。

ところが、すったもんだの末に最終的なゴーサインが改革党によって出されて建設が再スタートした。その後の総選挙を経て新民党が再び政権の座に返り咲いて、三年前に鈴ノ宮ダムは完成している。

桑島は今も当時のことを語りたがらない。義父たちは住民訴訟を起こして勝てると考えてはいなかったはずで、世間の注目を集める大規模公共事業に反対することで、弱き者の味方という価値ある肩書きを手に入れたのだ。

法曹界には、その手法を誹《そし》る者もいたが、国民の目を集める訴訟を手がけて名を上げたいと考える弁護士は多い。だが、生半可な覚悟で無報酬に近い住民訴訟を手がけられるものではなかった。少なくとも当時の桑島の仕事ぶりからは、無駄な公共事業を推し進めようとする政治家と役人たちへの怒りの熱は強く伝わってきたのだった。

「わたしも微力ながらあの裁判に関係した者として、君と友行君の力になりたい。君のお父さんが借金に苦しむことになったのは、ダムのせいだ。そう考えて、井上議員を通じて地元の永見議員に何らかの要求を突きつけた。もし違っているなら、そう正直に言ってほしい。いずれ弁護士が必要になると考えたから、君は桑島の名前を出しておいた。次は桑島と接見に来よう。その時には、口を開いてもらえるだろうか」

また松尾の口元が少しだけ動いた。が、言葉は発せられず、とらえどころのないマネキンめいた無表情を保っている。動機を自ら語るのは早すぎる。要求が聞き入れられるまでは口を開くものか、と決めている。

だが、松尾健は人形ではない。明確な動機を持つから、高山の指摘にわずかながらも心を動かされた。その微《かす》かな変化を手がかりとして、彼に寄り添っていくほかはない。

「約束するよ。必ず桑島と接見に来る。我々弁護士に何を期待しているのか教えてほしい。それまでは、警察にも友行君のことは絶対に話さない。弁護士は依頼人の秘密を守る義務があるからだ。ただし、友行君のご両親が心配するあまり、警察に相談することは止められない。それだけはわかってほしい」

話が終わったと受け取ったらしく、松尾がおもむろに腰を上げた。軽く会釈をしてから背を向けたように見えたのは、高山の願望がそう思わせたからだったろうか。

3

高山がメールで義父に報告を上げると、午後六時には戻れるとの返信があった。

事務所へ帰る途中に、小谷から調査の結果を知らせるメールが届いた。高橋真の現住所は千葉市若葉《わかば》区だった。今日にでも足を伸ばして話を聞いたほうがいい。

義父は予定より四十分も前に事務所へ戻ってきた。目が合うなり無言で部屋へ来いと視線を振ってきた。あとを追って所長室へ入り、そっとドアを閉めると、義父は手を腰の後ろで組んで窓の前に立ち、もう見飽きたはずの街の夕景を眺めていた。

「まだ警察に話してはいないわけだな」

「はい。明日は何があっても、接見に出向く時間を作ってください」

「連絡待ちだ」

誰からの連絡なのかは告げなかった。短い言葉の端々に悔しさを押し殺すようなニュアンスが感じ取れた。

「わたしは今夜中に、高橋真を訪ねて話を聞いてきます。各方面に無理を聞いてもらってでも、明日は何としても接見に同席してください」

「検察に顔を出したのがいけなかったのかもしれない。今日になって予想もしなかった呼び出しが来て、昔世話になった先輩弁護士に会ってきたところだ」

義父の声が張りつめていた。こちらを向こうともしないのは、何かに耐える顔を半人前の男に見せたくなかったからだろう。

「どなたと会われたのでしょう」

「その人も誰かに頼まれたようだった。新民党の大物政治家の名前を出されて、示談の話を進めてほしい、と持ちかけられた」

「松尾たちと、ですか」

驚きのために、わかりきった質問が口をついて出た。

義父は背を向けたまま動かなかった。断れない筋からの依頼だったのだ。

「確認させてください。被害者が井上議員を通じて示談したいと言ってきたんでしょうか」

「井上議員の名前は出されなかった。が、もっと大物が非常に心配している。井上議員の評判にかかわりかねない。世間というのは好き勝手なことを言いたがる。裏で悪事を進めていたから、秘書が監禁されたに決まっている。そう地元で噂《うわさ》が立つようなことは何としてもさけたい。被害者の秘書自身がそう言っているという」

「秘書はまだ満足に警察の聴取にも応じていなかったはずです」

おそらく警察から法務官僚を通じて、その大物政治家に高山たちの名前が伝わったのだ。ニュースで弁護士が接見に来たという映像は流れていたが、高山の顔と素性を政治家とその周辺が知っているわけはなかった。必ず裏で政治家と役人が動いている。

「被害者は井上議員を心配するあまり、パニック症候群になっているという話だった。本人のためにも、議員の評判を落とすような事態にしてはならない。話の行き違いから監禁事件のようになってしまったが、逮捕された二人の厳罰を被害者は望んではいない。二人が反省しているのであれば、セカンドチャンスをぜひとも与えるべきではないか。だから、親族から依頼を受けた正式な弁護士なら、被疑者二人の将来を鑑みて、示談の方向で動いてもらいたい。そう確約を迫られた」

口封じのためだ。

二人の将来を守ってやることで、この先も隠し通しておきたい件がある。示談をまとめて、すべてなかったことにしよう、と狙っているのだ。

高山は責める口調にならないよう気をつけながら、訊いた。

「引き受けられたのですか」

「いいや。素直に引き受けるなら、次の連絡を待ちはしない。ひとまず考える時間がほしい、と言っておいた。そしたら、脅しに近いことを言われたよ。十河《そごう》産業の顧問の話が飛ぶかもしれないぞ、とな」

大手工作機器メーカーの十河産業には、義父の大学時代の友人が役員として名を連ねており、その縁で四年前から顧問弁護士を務めていた。いずれ社外取締役になってほしいとの話もあった。

さすが財界に強い影響力を持つ政党らしく、桑島に関する調査は行き届いている。

もし示談に応じなければ、社外取締役どころか顧問の話もなくなると思え。安定収入のひとつが、手始めに消えるぞ。それでもいいのか。

どこから見ても、明らかな脅しだった。

「ようやく事情が呑みこめました。松尾たちは、いずれ井上議員が示談を誘いかけてくるに違いないと読んでいた。だから、かつて鈴ノ宮ダムの反対運動に共鳴してくれた弁護士の名前を母親に伝えておいたんでしょう」

ダム反対の住民訴訟で名前を売ったのだから、恩義に感じて鈴ノ宮の元住民に力を貸して当然ではないか。そう彼らは黙秘を貫きながらも言外で訴え、桑島孝明という弁護士の信念を試そうとしているのだ。そしておそらく、彼らの要求は、どこかでダムとも関係している。

「住民訴訟は十五年近くも前の話だぞ。わたしは弁護士として、自然保護団体の依頼に応えたまでだ。どうして今さら、彼らの尻拭いのような仕事をやらねばならない」

くすぶる思いが口調ににじみ出ていた。

「二人の犯人は、例の自然保護団体と関係ある人物なのですか」

「そうに決まってるだろ。犯人の二人はまだ若いから、直接の関係はないのかもしれない。けれど、両親や親戚はずっと反対運動に身を投じていて、彼らはその姿を見て育ってきたんだろう。だから、弁護士グループの代表面《づら》してテレビや新聞のインタビューを得意げに引き受けていたくせに、旗色が変わると逃げていった弁護士に目をつけて、仕事を押しつけようというのが真相だろう」

「どうされるおつもりですか」

彼らの弁護を断るのか。政治家の脅しに屈して、示談を進めるつもりか。

弁護を断れば、示談の仲介に動くことはなくなり、十河産業の社外取締役という美味《おい》しい話も立ち消えにならない目が出てくるのかもしれない。けれど、弱き者の味方という誇らしい評判は一気に消える。必ず消えるようにと、松尾たちは桑島が断った事実をメディアに広めるだろう。弱き者の味方どころか、実は政治家の手先にすぎなかった、と。

たとえ政治家の意に沿った証拠はなくとも、週刊誌などのイエロー・ジャーナリズムが面白おかしく書き立てるはずだ。法曹界にも噂は広がる。

「ここで言うまでもありませんが、彼らは絶対、示談には応じませんね」

彼らが口を開くのは、要求が通った時だけなのだ。もとより刑が軽くなるのを望んではいないため、刑事からいくら詰問されようとも黙秘を貫いていける。

「言われなくてもわかってる」

肩越しに高山を睨みつけてきた。二人の若い犯人に要求を突きつけられて困惑するのを恥じるかのように、視線はすぐにそれた。肩が震える。

「政治家に要求を突きつけて、そのついでにかつて町を利用して旨味を手に入れた弁護士にも思い知らせてやろう。そう彼らは思ってるんだろうな」

「先生を脅してきた相手も、彼らの狙いはわかっていそうなものですよね。となれば、示談のために、驚くほどの額を支払う用意がある、というわけなんでしょうか」

「おそらくは、な。彼らの要求は絶対に呑めないものなんだろう。けれど、現金なら用意できる。その交渉役を務めて、何があろうと一切口外するな、と命じてきたわけだ」

ますます犯人たちの要求が何であったのか、知りたくなる。

よほど表に出せない秘密を知って、政治家への復讐《ふくしゅう》を思いついたわけか。要求を突きつけられた側は、犯人の父親が借金を抱えていたと知って、現金を用意すれば話はつく、と卑しくも考えたのだ。

しかし、二十八歳の若者二人が、表に出せない政治家の弱みを握るチャンスがどこにあったのか。メディアと一緒に追及する手法を考えなかったとなれば、犯人二人には何か明確な目的があったとしか思えない。おそらく現金の要求ではない何かだ。

さらに、どこから見ても今の若者としか見えない二人に、秘書を監禁して要求を突きつけるという大それた計画を企て、果敢に実行できるものなのか。彼らの裏に、実は糸を引く黒幕がいる、という可能性はないのだろうか。

依頼を受けて、昨日の午前中に打ち合わせをすませた夫婦のことが思い出された。可愛《かわい》い息子が闇バイトに手を出したために逮捕されて、主犯格に騙されたのだから被害者でもある——そう涙ながらに訴えてきた。

今回も似たケースだった、とも考えられる。が、刑事たちの前で黙秘を貫き続ける意志の強さからは、たとえ主犯が別にいようと、その動機に理解を超えた深い共感を覚えているのは疑いなかった。だから、信念を持って刑事の聴取に耐えていけるのだ。

そう考えていくと、松尾健の父親から話を聞く意味はもうなさそうに思えてくる。どう見積もっても、単純な借金の返済話などではありえないからだ。

「どうでしょうか、今から接見に行きませんか。井上議員の側から示談の話が来たことを伝えれば、彼らは口を開いてくれるかもしれません」

義父はまた何の変哲もない窓の外の眺めに目をやってから、悩ましげに振り返った。

「わたしも考えていたところだ。ほかに手はありそうもないしな」


本日二度目の接見をわざわざ迎え出てくれたのは、昨日の成瀬刑事だった。名の知れた弁護士の登場にも皮肉めいた口調を変えず、また協力を願いたいと言ってきたが、義父は一切答えなかった。強面《こわもて》弁護士の本領発揮で、娘婿を相手にするより冷ややかな眼差《まなざ》しで刑事を見据えつつ素通りした。


面会室に入ると、やはり松尾健はこれまでと同じく無表情に待っていた。桑島を見ても視線をすぐにそらし、相も変わらず口を開こうとはしなかった。

「初めまして。桑島です。もしかすると、君が幼いころに、鈴ノ宮の会合で会っていたのかもしれないね」

桑島が知人の息子を案じるかのように語りかけても、下手な冗談は聞く気もないとばかりに松尾はそっぽを向いた。

「実は、ある国会議員の名前を出されて、君たちが監禁した秘書の意向というのを聞かされてね。相手がたは示談もありうると考えているそうなんだ。その内容を確かめる前に、まず君たちの意見を聞いておこうと思って、足を運ばせてもらいました」

あらかじめ予期はしていたが、露《つゆ》ほども表情を変えずにいたのには、つくづく感心させられる。やはり示談という形を取って、動機や要求を隠す一手に出てきたか。それに近い感情を抱いたはずなのに、ここで弱みを見せては負けも同じと思ったのだろう。若いながら驚くほどにタフな精神力を有している。

「君たちの要求を受け入れる代わりに、何かしらの金銭を用意するつもりでいるらしい。もし少しでも関心があると思うなら、そう相手方に伝えて、より詳しい話を聞いてこようと思う」

どの政治家の名前を出されたのだ、と訊き返しもしてこない。おそらく、その答えも彼にはわかっている。

桑島が確信した口調で言った。

「どうやら君たちの要求が通るまでは、黙《だんま》りを通すつもりなんだね」

またも松尾はうなずきも首を振りもしなかった。母親に伝えていた当の弁護士が現れても、絶対に口を開くまいと心を閉ざし続ける理由は何か、予想がつかない。

「高山弁護士がすでに説明したと思うが、我々は正式に君のお母さんから弁護の依頼を受けている。君を守っていくためには、まず警察に志賀友行君の名前を教えようと考えている」

初耳だったので高山は義父に本心かと問いたくなったが、何とか耐えた。松尾も見上げたもので、視線すら上げる素振りはない。

「君たちは自発的に投降して、人質を解放した。ところが、共犯者の名前を語りもせず、黙秘しているのでは、警察や検察はもちろん、いずれ裁判になった時、反省の色が見えないと判断される。覚悟のうえだと君たちは考えているのかもしれないけれど、家族は不安を拭《ぬぐ》えず、この先も苦しい時間が続く。我々弁護士は君を守るとともに、依頼人であるご家族の心情にも配慮しないといけない。なので、今後の展望として、我々弁護士の意向ではなく、君の判断で友行君の名前を告げることになった——そう伝えれば、警察官も一定の理解を示してくれる。さらに、示談が成立したとなれば、起訴猶予も考えられる。そう詳しくお母さんたちに伝えていかねばならないと思う」

計算高い大人がよく使う、狡《ずる》い言い方だった。

母親が示談の話を聞かされれば、ぜひとも早急にまとめてくれと言うに決まっていた。君のためだと言いながら、母親に責任をなすりつけて、政治家の意向を受け入れる道を提示しているのだった。

「友行君のご家族も、息子さんをとても心配なさっていた。おそらく、示談を受け入れるべきと言うだろうね」

それでもいいのか。君たちが黙秘しようと、親の意向で示談の話は進んでいき、釈放の道が拓《ひら》けてくる。要求を突きつけた政治家も、同じことを望んでいるのだ。もはや彼らの願いが叶う可能性は非常に低くなっている。そう信じこませたいがための言葉だった。

が、要求が果たされないとなれば、釈放後に彼らはメディアの前で何を要求したのか、真相を語ろうとするのではないか。しかも、被害者の側から示談金が出たとなれば、裏に何かあると自ら打ち明けるようなものでもあった。

もちろん、秘書にすべての責任を押しつけて、自分は安全な場に身を置こうとするのは、いつだって政治家の常套《じょうとう》手段だ。つまり、人質となった秘書がすべての罪を被《かぶ》ると決まったから、示談の話が出てきたのだ。

「そうか……」

義父の横で高山は身を乗り出した。

「君たちは黙秘を貫き、示談を拒み、あくまで監禁罪で起訴されるつもりなんだね。その裁判の場で、政治家の悪事を糾弾したい。弁護士が君たちの動機を明らかにするためだと言えば、政治家の悪事を知る証人を法廷に呼び出すことが認められる公算が高い。つまり、桑島弁護士の力を借りれば、政治家に鉄槌《てっつい》を下せるのではないか。そう考えて今回の犯行に及んだんだね」

松尾はまだ表情を変えず、桑島が事実を見据えようとする厳しい視線を向けた。

自ら罪を犯し、裁判の場で告発する。

メディアが色めき、飛びつくはずだ。

彼らはダム建設を推進した政治家を裁判の場で追及しようというのだろう。反対派の自然保護団体に手を貸して名前を売った弁護士には、自分たちに協力すべき理由がある。ようやく桑島の名を母親に告げた理由に納得できた。

「井上議員はこの厚木が地元で、鈴ノ宮ダムに関係していたとは思えない。つまり、君たちの地元を地盤としている永見宗太郎を告発するつもりなんだね」

何という発想なのか。

ダムはすでに完成し、世間の注目はもうなくなっている。世間というより、メディアの注目、と言い換えたほうが正確だろう。

一市民が政治家を告発しても、秘書の責任にすり替えられてしまい、政治家は安泰のままでいられる。メディアの注目を集めることができれば、新たに貴重な証言者が見つかるかもしれず、政治家をさらに追いつめられるのではないか。

だから、彼らは頑として黙秘を貫いているのだ。

このまま何も語らずにいれば、必ず起訴されて、裁判が開かれる。そして、真の動機を法廷の場で語るため、証言台で初めて口を開くつもりなのだ。

「素晴らしいアイディアだと、君たちは自画自賛しているだろうね。だから、計画を果敢に実行し、秘書を監禁した。でも、そううまくはいかないだろうね」

桑島が最初の驚きからすぐにも立ち直ったらしく、アクリル板越しに松尾を見つめて語気を強めて言った。

「どういうことです」

高山が訊き返すと、そんなこともわからないのかと言いたげに首を振られた。

「いいか。たとえ示談が成立せずとも、起訴はされない可能性があるとは思わないのか」

正解を出してみろ、と目で問いつめられた。が、瞬時に答えは見つからなかった。

桑島が松尾に向かう。

「君たちは、まるで言語を記憶からなくしてしまったかのように、黙秘している。このままの態度を保っていたら、精神鑑定をすべきと検察が判断するだろうね」

言われて初めて、怖ろしい可能性に気がついた。高山は肌の粟立《あわだ》ちを覚えながら、声にした。

「そうか……政治家が検察官僚を操ってくると言うんですね」

「そのとおりだ。君たちは政治家に操られた医師によって精神鑑定を受け、都合のいい病名をつけられて措置入院となる。君たちが何を言おうと、頭のおかしな男たちの妄想だと一蹴されて、メディアも関心を抱かなくなる。最悪の場合は、監禁罪で有罪判決を受けるよりも長く病院ですごすことになりかねない」

「そんな暴挙が許されるわけがありません。日本は法治国家なんですよ」

まだ何も言わずにいる松尾の代わりではなかったが、高山は義父に声を上げた。

またも、あっさりと首を振られた。

「わかってないな。力を持つ政治家に、官僚は逆らえないものだ。現に、総理大臣を必死に守ろうと手をつくし、たとえ現場で自殺者が出ようと、知らぬ振りを決めこむ役人が何人もいただろうが。もう忘れたのか。しかも、外務官僚でもないのに、研修とかの名目で海外へ行ったきりの役人までいる。さらには、海外へ追いかけて疑問をぶつければいいのに、メディアはそろって何もせず、ただ黙りを決めこんでいる。一緒に政治家を守ろうとするも同じじゃないか」

反論の言葉が出てこない。凍えた手で撫《な》で上げられたかのような悪寒が背に走る。

人の心を捨ててでも、自分の地位と将来の確約された天下り先を守ろうとして、官僚は口をつぐみ続ける。黙秘権を行使する犯罪者のように、だ。

さらに、記者クラブという互助会に所属していれば、労なく政府や各役所から情報を得られる報道機関は、政治家に牙をむく原稿を書こうとはしない。たとえ現場が書いても、上層部が握りつぶす。それが報道の自由度ランキングで先進国の最下位——世界七十位に甘んじている日本の現実なのだ。

が、役人と医師を使って、都合の悪い者を病院送りにするのでは、どこかの独裁国家と変わらなかった。たぶん義父は、松尾たちの口を開かせるため、あえて怖ろしい推測を語っているのだ。そう信じたい。

「松尾君、君たちの計画は甘すぎる。政治家と官僚の力を侮ってはいけない。だからこそ、わたしたち弁護士を頼ってほしいんだよ。何かほかに打てる手立てがあるかもしれない。一緒に考えていこうじゃないか。そのためにも、どうか我々にだけは真実を語ってくれないか」

桑島が切々と訴えかける。が、あきれるほどに松尾は表情を変えず、ついには席を立った。軽く一礼したのち、悲観的な展望しか抱けない弁護士に背を向けた。話は終わったと言う代わりに、背後のドアを大きくノックした。

「警察に友行君のことを伝える。それでもいいんだね」

桑島がささやかな抵抗を試みたが、松尾は振り返らずに面会室から出ていった。

4

松尾に宣告してみせたが、義父は厚木署を出る際、警察に共犯者の名を伝えなかった。志賀友行の弁護を依頼されていなかったからではなく、警察への相談はあくまで家族が決めることなのだ。

近くのコインパーキングに停めた車に戻ると、高山は義父の指示で志賀の父親に電話を入れた。

「松尾君と面会してきました。これまでと同じく、何も話してくれませんでしたが、ともに逮捕された若者はやはり息子さんなのかもしれません」

本当ですか。何であんな大それたことを……。どうして松尾君と……。

一縷《いちる》の望みが絶たれそうだとわかり、父親は埒《らち》もなく譫言《うわごと》めいた言葉をくり返した。

「あとはご家族の判断になります。地元の警察へ行くか、神奈川県警に電話を入れれば、すぐに話を聞いてくれると思います。その前に、松尾君のお母さんに相談なさってみるのもいいかもしれません」

うろたえ惑う家族に、弁護士として自分たちを売りこむようなことは口にできない。身内を助けたいと願うあまり、費用のことをろくに聞かずに弁護を依頼してしまい、あとで揉《も》めるケースは多かった。ただでさえ松尾緑は息子から桑島の名を教えられていたため、のちのち費用の工面に困る事態になるかもしれないのだ。

被害者側から示談の話が桑島に持ちかけられていたが、あとを国選弁護人に託すという方法もなくはなかった。義父にとっても、道を違《たが》えば足元を揺るがしかねない選択となる。

「あの……桑島先生にお願いすることはできないのでしょうか」

「もちろん、正式に依頼されれば、我々は全力をつくします。しかし、今はまだ共犯者が本当に息子さんなのかを確認なさるほうが先ではないでしょうか。二人は警察の取り調べに頑として黙秘を続けています。逮捕から三週間以内に証拠を集めて起訴する必要があるのですが、身元も確定していないのですから、起訴まではかなりの時間がかかると思われます。その間に息子さんと面会するなりして、あらためて弁護人を決めてもよろしいのではないでしょうか。もちろん、それまでのお手伝いはさせていただきます」

「はい……では、まず警察へ行ってみます。松尾さんとも連絡を取って、いろいろ考えることにいたします。わざわざありがとうございました。またお願いすることがあるかもしれません」

共犯者の身元が判明すれば、捜査は大きく進展していく。が、被疑者二人は裁判にかけられるのを望んでいると思われるため、動機については今後も一切語ることはないだろう。しかも、政治家の心ない意向が検察にもたらされる可能性まであるため、弁護の方針を今のうちから決めて動くのは難しい。この先、状況は大きく動いていくと見られる。

「今のでよかったでしょうか」

高山は助手席でフロントガラスを見つめる義父に尋ねた。その言葉の奥には、今後の弁護をどうするつもりか、という問いかけもふくまれていた。夜の暗さも手伝って、表情は読めない。

松尾緑からは正式な弁護を依頼されていた。息子の健は、桑島をこの事件に巻きこもうという意図を持つ。かつて鈴ノ宮の住民訴訟をまとめた弁護士としては、手を引くわけにいかない気がする。が、依頼人の願いを聞き入れて動いた場合、まず間違いなく大物政治家を敵に回す。

「今抱えてる仕事を、すべて小谷君に預けてくれるか」

松尾たちの弁護に集中せよ、というのだった。

本当にいいのかと目で問いながらも、高山はうなずいた。

「承知しました」

「今から鈴ノ宮へ向かってくれ。今夜中に到着できるだろう。明日の朝一から動ける」

「動機を探るためですね」

鈴ノ宮ダムの周辺に必ず彼らの動機が隠されている。

高山も義父と同じ読みだった。彼らの狙いは、ダム計画を推し進めてきた永見宗太郎という大物議員にあると想像はつく。

「父親の借金が動機のわけはない。松尾の会社に電話してきた田中という友人も、彼らの共犯者と見たほうがいいだろうな。それらしき人物が松尾たちの周りにいなかったかも、探ってくれ」

言われて納得できた。確かに田中という友人から塚本運送に電話が入り、松尾健の身元が判明したのだ。偽名で電話をかけて、松尾の母親が桑島に相談するよう仕向けた可能性は高い。田中という、いかにも偽名と思えそうな名からも、共犯の匂いが漂ってくる。その証拠に、田中という男が塚本運送の社員に告げた番号は「現在使われていない」ものだった。おそらく警察が通話記録を探ることを考えて、公衆電話からかけたうえで、でたらめな番号を告げたとしか考えられない。

「この車を使え」

義父は短く言うなり、ドアを開けて外へ降り立った。

ちらりと千鶴の不機嫌そうな顔が浮かびはしたが、父親の指示となれば、渋々ながらも承諾してくれる。

「わたしは念のために松尾の父親を探す。それと、自然保護団体の関係者と連絡を取ってみる。何かわかり次第、すぐ連絡をくれ。我々であらゆる情報を集めたうえで、今後の方針を検討しよう。いいね」

高山は車のキーを握りしめて、義父を見つめ返した。

まだ今後の方針は心に決めていない。大物政治家を相手に戦えそうにないとなれば、手を引くことを考えたくなる。当時の住民訴訟に加わった弁護士仲間にも声をかけて、チームで戦う道も考えられる。そうなれば、少しは話題となって、週刊誌などのメディアを味方に引き入れられる目算も立ってこよう。

いずれにせよ、松尾たちの動機を探り当てることが今は重要だった。

本厚木駅へ一人で歩きだした義父の後ろ姿を見送った。それから、千鶴に今日は調査で帰れないと短いメールを送ると、鈴ノ宮へ向けて出発した。


高速道路のパーキングエリアで軽く夕食をとりながら、鈴ノ宮温泉で最も大きな旅館を予約した。従業員が多くなれば、昔の事情を知る人物と知り合える機会もいくらか増える。

関越道《かんえつどう》を渋川《しぶかわ》伊香保《いかほ》インターで降りたあとは、整備された国道を進む。やがて街灯が少なくなり、両脇を山並の黒い影に挟まれながら道がうねり出す。

右手は暗い闇が広がるばかりで、ダム湖の全景は見えなかった。黒々とした湖面の横に淡く温泉宿の窓明かりが点々と見える。向こう岸までの距離は一キロでは足りないだろう。遠くダム湖を横切る橋のものらしき照明の小さな光の点が、列をなして飛ぶ夜光虫のように見えてくる。

午後十時前に、予約した鈴風荘《すずかぜそう》旅館にチェックインできた。

さほど期待はせずに身分証を見せてダムのことを聞かせてもらえないかと尋ねたところ、フロントの若い男性は身を乗り出すほどの姿勢になった。

「あ――もしかすると、志賀さんたちが逮捕された件で、わざわざこちらに来られたのでしょうか」

小さな町なので、彼も松尾や志賀と同じ中学を出ていたのだった。学年が四つ離れているので、彼らとの面識は残念ながらないという。

すでに志賀の父親が地元署を訪ねて、息子が帰っていないことを相談したと聞き、監禁事件のもう一人の犯人が志賀友行だったらしいという噂が早くも町に流れていたのだった。

松尾の出身地と、志賀の素性が判明した事実はまだ警察から発表されていないようで、報道陣は鈴ノ宮に集まっていなかった。いずれ地元の噂を嗅ぎつけたメディアが動き、東京から大挙して取材クルーが訪れる。町がパニックのような騒ぎになるのはさけられず、今のうちにできる限り情報を集めておきたかった。

高山は松尾の母親の依頼を受けて健の弁護を担当していると伝えて、彼らのことをよく知る人物に心当たりがあれば紹介してもらいたい、と申しでた。

すると、フロント係の若者は、さして考えるまでもなく、町内でコンビニ店を経営する男性の名を上げた。

樋口達夫《たつお》。

その男性の亡くなった弟の娘が、松尾たちと同学年で、仲がよかったと聞いている。

「志賀君のクラスメートは、もう町にはあまり残っていないのでしょうか」

疑問を感じながら問いかけると、若者はわずかに視線を落とした。

「いるとは思いますけど、樋口さんは身をもってあの騒動を体験されたかたなんです。弁護士さんになら、話しにくいことも打ち明けてくれるんじゃないでしょうか」

騒動とは何かをさらに尋ねると、彼は首をかしげつつ、わずかに吐息をついた。

「ここらじゃ有名な話なんです。昔の選挙で、せっかくダム反対派の町長が誕生したのに、秘書の人が政治資金の報告書か何かで大きなミスをして……。やたらと批判を浴びた末に、町長は辞任に追いこまれてしまったんです。その時に、ミスを犯したのが、樋口さんの弟でした……」

責任を重く受け止めていたようで、自宅の裏の山で首を吊《つ》って自殺したのだという。

胃の奥に冷えた鉄の塊が落ちてきたような衝撃だった。ダム建設の帰趨《きすう》を占う町長選の陰で、実は自殺者が出ていた……。

町では誰もが知る話だというが、高山には記憶がなかった。言われて初めて、町長をめぐる騒動があったことを思い出した。関係者の死につながってしまったために、新聞やテレビが大々的には取り上げなかったのではないか。桑島も支援から手を引いたあとで、鈴ノ宮の話題から耳を遠ざけていたことも手伝っていたと言ったのでは、自己弁護になるかもしれない。

義父なら記憶に残っているだろうか。そう疑問は浮かんだが、正義を糺《ただ》す検察官でもない自分には、とても正面から尋ねることはできそうにない。

さらにフロント係の若者から詳しく話を聞くうち、もっと暗い予感が胸に墨を流すように広がった。

本当に樋口という秘書のミスだったのか。

多くの裁判を経験してきたせいで、表面上の出来事を鵜呑《うの》みにせず、まず疑ってかかる癖がついていた。安易に被疑者の話を信じて弁護を進めていくうち、実は心にもない嘘《うそ》をついていたとわかるケースは意外と多い。被疑者の話を頭から信じこんだのでは危険な時もあるのだ。

被疑者二人の同級生の父親がかつてミスの責任を負わされて死を選んでいたとなれば、有力な動機のひとつになりそうだった。もし自殺の引き金となった記載ミスの裏に、何らかの表に出せない事情があったとすれば……。

松尾たちは井上議員の秘書を監禁することで、昔の事件の真相をあぶり出そうとしたのではなかったか。そう考えると、弁護士にも黙秘を貫く若者らの頑ななまでの決意に納得ができてくる。

現場百回と言われるが、これほど有力な手がかりを得られるとは思ってもいなかった。

もし松尾たち犯人の身元が判明すれば、警察は直ちにこの情報をつかんで、いずれはメディアによる報道合戦の幕が切って落とされる。そうなる前に、彼らは要求を突きつけた相手にじっくりと考える時間を与えてやる必要があった。だから、ずっと黙秘を続けていたのだ。

もとより彼らはメディアに期待などしていなかった。なぜなら、ダムに翻弄されてきた町の事情を、新聞もテレビも都会の視点からしか報道してきていない。時には政府側の意向を受けたとしか思えない取り上げ方もあったのだろう。あれほど住民訴訟に力を入れてくれた弁護士も離れていった。

だから、政治家の秘書を監禁するという大それた行動に出て、地元の大物代議士に要求を突きつけたのだ。

ここまで派手な事件を起こせば、メディアの関心はいやがうえにもヒートアップする。たとえ与党の中枢にいる大物政治家であろうと、権威を笠《かさ》に圧力をかけて、すべての記事を抑えにかかることは難しくなる。

だが、桑島が指摘したように、彼らの計画には、社会の厳しさを知らない若者らしき甘さが、残念ながらあった。もし法務省の官僚を使って、鑑定留置という荒技に出てこられたら、若者二人は精神に異常をきたして事件に走った、とのレッテルを貼られてしまう。

彼らの口を開かせるには、真相を探り当てたうえで、二人の気持ちに寄り添ってやる必要があるのだ。

高山は部屋に入ると、当時の記事をネットで検索して、片っ端から読んでいった。

新聞各社も、樋口素夫の自殺は報道していた。が、記事は小さく、樋口の名前を出していない新聞もあった。記載ミスの責任を取って、資金管理団体の責任者が自殺。事実のみを控えめに伝える記事が多かった。

死者を鞭打《むちう》つ記事を書いて、自殺した樋口の家族に二次被害を与えてはならないとの配慮があったのだろう。が、ミスの発覚とともに町長を追いつめる記事を書いてきた後ろ暗さから、事実のみを簡略に伝えるしかなかったとも考えられる。メディアの責任逃れがニュースの価値を低めたのだ。

政権与党の国会議員の収支報告書にミスが見つかったなら、もっと大きく報道されていただろう。中には、自殺ですべて水に流されたわけではない、と厳しい論調も出そうだ。もちろん、新聞が与党をたたくのは、予定調和の行動にすぎず、いつだって問題は残されたまま、真の解決はされずに終わる。

しつこく与党の大物議員を追及していけば、政権の怒りを買いかねず、今後の取材に支障が出る。マスメディアは国民よりも取材相手の政治家の目を意識しており、アリバイ作りのような見せかけの勇ましい言葉が並ぶ記事を載せていつも満足する。

そういうむなしき現実を、二人の若者は鈴ノ宮ダムを通じてずっと目にしてきたのだ。ゆえに、今回の計画に打って出たと思われる。

わかりやすい記事を選んで、義父にメールで送った。手書きの人物相関図も添えておいた。

翌朝に返信メールが届いた。

――記事を読んで、自殺した人がいたのを思い出した。鈴ノ宮に関わった者として恥ずかしい限りだ。でも、おかげで構図が見えてきた。正義感に燃える若者らしい動機じゃないか。調査のつめを頼む。

手短ではあったが、義父は反省の言葉を書いていた。すでに鈴ノ宮の裁判からは離れており、噂は聞きながらも日々の仕事に追われて記憶が薄れていったのだろう。もちろん単なる言い訳にすぎず、まさしく住民訴訟を売名に利用したと、松尾たちから見なされても反論できない気がする。義父は若い被疑者に両足をつかまれたようなもので、ますます弁護を断りにくくなるだろう。

午前八時。あらかじめ電話を入れて、温泉旅館からほど近い湖畔のコンビニエンスストアを訪ねて、奥の狭いオフィススペースで店主から話を聞いた。

「弟は馬鹿がつくくらい真面目すぎたんですよ」

樋口達夫は六十代だろう。チェーン店の制服姿でパイプ椅子に腰を落とすなり、うつむきがちに声を落とした。

「つらい話でしょうが、松尾君たちの弁護のためです。詳しくお聞かせください」

「まさか松尾君と志賀君が、あんな事件を起こすとは……本当に驚きました。でもね、井上議員ってのは、永見宗太郎の懐刀とか言われてる人ですからね。わたしは犯人の一人が松尾君だったという話を聞いて、もしかしたら、と思ったんです。松尾君は、素夫の娘と同級生でしたから……」

彼らの弁護をしていくには、何より動機の裏づけを取ることが先決だと思えます。そう言って頭を下げると、樋口達夫は怒りを宿した口調で当時の話をしてくれた。が、残念ながら、興味深い新たな事実はなく、ほぼ昔の新聞記事を補足する内容だった。

「弟の娘ですか……。南美といって、今は東京じゃなかったかな。奥さんも何年か前に再婚したという挨拶状がきてました。少し寂しい気はしましたが、新たな人生を踏みだしてくれて、弟はきっと喜んでると思います。でも、そういう事情なもので、申し訳ないけど、年賀状を送り合うくらいで、連絡はもう五年以上も取っていないんです」

念のために元夫人の連絡先を聞き出してから、礼を言って席を立った。

身内の無念さは、聞いているのがつらくなるほど伝わってきたが、兄は選挙から距離を置いてきたらしく、当時の秘書仲間についての情報は得られなかった。

去り際に、樋口達夫がある人物の名前を出した。

「昔の選挙のことに興味がおありでしたら、わたしなんかより、もっと詳しい人がいます。改革党の埼玉県連から送られてきてた人だったと思うんで、そちらで聞けば、今どこで何をしているのか、わかるんじゃないでしょうか」

「名前は覚えておられますか」

「はい……。真鍋さんだったと思います」


車に戻って改革党の埼玉県連に電話を入れると、すでに真鍋は党を離れていた。

今は地元の秩父市に戻り、無所属で市議選に挑んで当選を果たしたと聞いている。対応してくれた女性は、弁護士からの問い合わせに丁寧ながらもよそよそしさを感じさせる物言いで教えてくれた。

真鍋義邦。ネット検索すると、秩父市議の中に名前を見つけられた。

今は二期目で、二回の選挙ともかなり下位での当選だとわかった。六十七歳。埼玉の西部も保守の強い地盤なので、改革党の看板では戦いにくいと考えたのかもしれない。

サイトに出ていた地元事務所に電話を入れた。

生憎と真鍋は留守だったが、樋口達夫から紹介を受けた弁護士だというと、事務員が携帯電話の番号を教えてくれた。産廃業者の調査に朝から動いているが、電話に出る時間くらいはあるはずだという。今から念のために電話を入れておくので、五分後にかけてみてほしい、と言われた。

こういう事務所の対応に、議員の姿勢が表れている気がする。

きっちり五分後に電話を入れると、一度のコールで真鍋が出た。

「突然お電話を差し上げ、失礼いたします。神奈川県弁護士会所属の高山亮介といいます」

「こちらこそ、初めまして。つい先ほどニュースを見て、気が動転するくらいに驚いていたところなんです」

共犯者の身元が判明したと、会見で発表されたらしく、ニュース番組で大きく報道されたばかりだという。警察は、志賀の名とともに居住地が鈴ノ宮であるとも伝えたため、当時の選挙を知る真鍋はダムと結びつけて考えざるをえなかったのだろう。

これから会えないかと願い出ると、真鍋は急に声を落とした。

「実は……わたしにも気になってならないことがあるんです」


電話では長くなりそうな話なので、高山は予定を変えて鈴ノ宮を離れた。完成したダムをろくに見もせずに車を出して、秩父へ急いだ。

関越道を南に下り、午後一時には県境を越えて秩父市内に入れた。そこからさらに山間部へ向かった街道沿いの古めかしいドライブインが指定された場所だった。この近くに産業廃棄物処理場が建設される予定になっていて、その調査に地元の市民団体と出向いているのだという。

ドライブインに到着したことを電話で伝えると、真鍋はすぐに向かうので十分ほどで着けると言った。その間、高山は再び過去の新聞記事や鈴ノ宮の自然を守る会のサイトをチェックした。

「――ほぉら、また出てやがる。お隣ばっかに工事を持っていかれてるものな」

聞こえてきた声に視線を上げると、カウンター席に青い作業着姿の年配男性が二人並んで腰かけていた。遅い昼食のようだ。二人が見上げる先には、二十インチぐらいの薄型テレビが置いてあり、昼のワイドショーが映し出されていた。

手元のタブレットに目を戻そうとしたところで、昨日からずっと思い浮かべていた男の顔がアップになった。作業着の男たちの声が大きくなる。

「また群馬で大規模な護岸工事だとよ」

「いいねえ、大物議員が地元にいると。お金がじゃんじゃか降ってくるから」

彼らの視線の先にいた恰幅《かっぷく》のいい老紳士がテレビ画面の中でさも自慢げな笑みを浮かべながら何か演説していた。

永見宗太郎だ。

もう七十歳を超えたはずだが、顔の色艶はよく、脂ぎってさえ見える。大学時代にラグビーで鍛えたという体形を今も維持し、撫でつけた髪に白髪も少ない。新民党内の最大派閥を率いる男で、次の総理候補とも言われている。

地元で行われた講演会か、子飼い議員の決起集会かもしれない。演台の前で身振り大きく、また懲りもせずに大規模公共事業の必要性をぶち上げていた。群馬六区選出で、当選十三回。

かつて中堅ゼネコンの不正経理事件が摘発されて、使途不明金の一部が永見への献金に使われていたと逮捕者の証言から判明した。そのゼネコンは群馬県下の公共事業を多く手がけており、工事を受注できた見返りではないかと騒がれた。が、永見が支部長を務める政党支部への献金だったため、合法と見なされた。不正経理によって捻出された金が、政党支部を通じて迂回《うかい》献金されていたとしか思えなかった。検察は受託収賄の疑いで捜査に動いたものの、両者の共謀を示す証拠は見つからず、例によって立件にいたらなかった。

その手の金にまつわる噂が、永見の周辺にはついて回る。が、いつしか新民党の最大派閥を率いる重鎮となり、党内での力は増す一方だった。

おそらくこの男が義父に圧力をかけてきたのだ。

松尾たちが秘書を監禁して、あの男に何らかの要求を突きつけた。そのもみ消しを図ろうと、永見宗太郎は派閥の幹部を務める井上秀利議員と一緒に動いている。

憶測や妄想ではない。

糸口は、必ずや鈴ノ宮ダムの周辺にある。

十三年前にダム反対派の町長が当選しながら、収支報告書に記載ミスが見つかり、秘書が自殺している。その秘書の娘の同級生二人が、井上議員の秘書を監禁したのだ。偶然であるはずがない。

見つめるテレビ画面から永見宗太郎の顔が消えるのと同時に、カウベルが鳴った。

ドアへ目を向けると、ふくらんだナップザックを手にした初老の小柄《こがら》紳士が入ってきた。ノーネクタイで皺《しわ》の目立つ紺のブレザーを羽織っている。その人が、真鍋義邦だった。

真鍋はドアを抜けると、カウンター横に立つ従業員の女性に軽く手を上げ、二言三言笑顔で何か話してから、高山の席へ足早に歩いてきた。髪は白く体の線も細いが、歩き方は老人のものではない。選挙の時だけでなく、地盤の市内を自分の足で普段から歩き回っている人なのだろう。

「どうも産廃業者と新民党の議員連中がつながってるようなんですよ。田舎じゃよくある構図なんで、裁判を起こしたって差し止めは期待できない。だから、有志といろいろ探りを入れてまして。わたしのほうから、鈴ノ宮へ行くのはちょっとできそうもなかったんです。わざわざ田舎までお越しいただき、ありがとうございます」

高山が名刺を出す前から、真鍋は席にザックを置きながら立ったまま言い、一礼してきた。

慌てて腰を浮かして頭を下げる。

「こちらこそ、お忙しい時にお邪魔いたしまして――」

「電話だと、ご協力いただいている有志のかたが周りにいるもので、直接お目にかかって詳しく話をしたほうが、のちのちのためだと思いました。例の監禁事件の犯人を弁護なさっておられるわけですよね。わたしでよければ、何でも訊いてください」

真鍋は息もつかず一気に言った。ふくらんだザックから小さなメモ帳を取り出して、三色ボールペンを早くも構えた。準備万端と、高山を目でうながしてくる。

メモを取りながら話を聞く真鍋に、これまでの概略を手短に伝えた。

「なるほど。……おおかた、予想したとおりです。先に身元が判明した松尾健と志賀友行は同級生だったわけですよね」

「ご存じでしたか」

「いいえ。ただ……歳が二十八歳であれば、亡くなった樋口君の娘さんとも同じ年代なので、たぶん彼女とも同学年の仲間と見ていいんじゃないか、と思えたんです」

「では、樋口さんの娘さんをご存じで――」

「ええ、二度ほど、樋口君が選挙事務所に連れてきたことがあったと思います。あの時、中学生だったはずで、婦人部隊にまじって我々に昼食を作ってくれたんじゃなかったかな。樋口君に目元がよく似ていて、明るく活発な娘さんでしたね」

高山は今の話の中で気になった点を尋ねた。

「予想どおりとおっしゃったのは、どういうことなのでしょう」

「はい。今回の事件で人質になった秘書については鈴ノ宮でお聞きになっていませんかね」

意外な成り行きに、高山は目を見張った。どうやらまだ見落としがあったらしい。

「では、監禁された秘書のかたも鈴ノ宮の出身だと――」

「わたしもニュースを知らされた時は、聞き違いかと思いました。でも、週刊誌や新聞にも名前は出ていましたし、新民党の国会議員の秘書だというので、間違いはありません」

「町長選を戦った時の関係者ではないでしょうね」

人質になっていた秘書の出身地までは報道されていなかった。ましてや、鈴ノ宮の町長選にかかわっていたとなれば、メディアが大騒ぎになっていてもおかしくはない。

警察はすでに人質と犯人の関係をつかんでいながら、訳あって記者発表を控えているのだ。メディアに騒がれるのを警戒したからでは、たぶんない。

真鍋がコップの水をひと口飲んでから、姿勢を正した。

「関係者も何も……。我々と一緒に二度も町長選をともに戦った昔の仲間です」

「待ってください。新民党の陣営にいた者ではないんですか」

「はい。二度目の町長選の際には、樋口君がわざわざ彼に声をかけて、秘書の一人にスカウトしたんです」

高山は慌てて記憶をたぐり寄せた。

監禁された秘書の名は、杉原……だったと思う。高山がネットで記事を検索にかかると、真鍋が続けて言った。

「昼前のニュースで犯人の一人の出身地が鈴ノ宮だと知って、しばらく何も手につかなかったほどでした。産廃業者の調査を進めながらも、昔の知り合いに電話を入れて問い合わせをしてもみました。調査を途中で打ち切って、警察に相談したほうがいいんじゃないか。そう考えていた矢先に、高山さんから電話をいただいたんです」

「まさか、人質となっていた秘書が、樋口さんの自殺にかかわっていたとでも……」

ここまでくれば、もう答えは見えていた。が、高山はまだ確信を持てずに訊いた。これほどの偶然が重なるとは考えられない……。

真鍋が身内のスキャンダルを見据えるような厳しい目になって、言った。

「――おそらく二人の犯人は、高山さんと同じように考えたんだと思います。だから、井上議員の事務所で杉原君に面会して、彼を問いつめた。自殺の引き金となった収支報告書に不備が見つかったのは、記載ミスなどではなく、あなたの仕業ではなかったのか、とね」

だから今も、監禁された被害者であるにもかかわらず、杉原勝也は病院に身を隠したままで、警察に真実を語ろうとしていないのだった。

5

「――あ、井上先生。わざわざお忙しい中をおいでいただき、ありがとうございます」

「どうだね、気分は。顔色はだいぶよくなったようじゃないか」

「はい、本当にありがとうございます。先生からも犯人たちに呼びかけていただいたと聞いて、涙が出ました。わたしなんかのために……。このたびは、わたしの不手際でご面倒とご心配をおかけいたしまして、まことに申し訳ありませんでした」

「何を言ってるんだ。わたしは当然のことをしたまでだよ」

「いいえ。先生の秘書でなかったら、わたしは無事に救出されていたかどうか、わかりません」

「いや、たいしたことはしていない。電話で何度か呼びかけただけだ。大切な秘書を無事に返してほしい、とね」

「警察の人も感心されてました。秘書が人質になっているのに落ち着いて、犯人を興奮させないよう静かに説き伏せるなんて、誰にでもできることではありません。あの連中は、先生にご不快な言葉を浴びせたのではなかったでしょうか」

「君がそこまで気にすることはない。実は、わたしが電話に出ても、犯人はひと言もしゃべろうとしなかったんだ。本当にわたしなのか、疑っていたんだと思う」

「それでも先生が呼びかけてくださったから、犯人どもも観念して投降を決めたんです。事務所の周囲はすべて警官隊で包囲されていたと、あとで警察の人に聞きました」

「まあ、わたしは時間稼ぎに呼びかけたようなものだよ」

「先生のような肝の据わったかたの下で働いていたことを、今度ほど幸運に思ったことはありません」

「よしてくれ。もういいじゃないか。とにかく君が無事で何よりだった。――で、例の件なんだが、落ち着いて思い返してみてくれたかな」

「はい、もちろんです。でも……警察にも言いましたが、あの男たちの顔にはまったく見覚えがないんです」

「でも、選挙のことを聞かれたわけだよな」

「はい……。特別児童育成園の件で、先生に陳情したいという話だったのに、いきなり鈴ノ宮のことを聞かれたんです」

「もう一度、確認させてほしい。鈴ノ宮の話は警察にまだ伝えていないんだね」

「――はい。わたしもそれなりに秘書の経験がございます。先生の許しなしに、詳しい話は何ひとつできない、とわかってましたので。鈴ノ宮ダムにも関連してきそうな話に思えましたし、育成園に関する陳情を受ける約束だったことしか話していません」

「警察も頭を抱えているみたいだよ。犯人は二人ともまだ口を開かず、被害者の君まで頭が痛いと言い続けて、ドクターストップがかけられたままだからね。わたしからもぜひ詳しい話を聞きだしてくれと、本部長直々にお願いされた」

「あの……いつまでこの病院に入っていればいいのでしょうか」

「そのために今日は見舞いに来させてもらったんだ」

「最初に説明させていただきましたことしか、本当に記憶がないんです……。あの連中は、十三年前の町長選で、わたしがスパイをしていたんだろう、と言ってきたんです。正直に話せば、解放してやる、と」

「本当にそれだけなんだね。彼らは何か証拠のようなものをつかんでいるとか言ってはいなかったろうか」

「はい、状況証拠はある、と言ってました。当時、遅くまで事務所に残っていたのは秘書しかいないはずだ。しかも、三十年以上前の町長選でもボランティアとして働いていて、鈴ノ宮会のメンバーとも顔なじみだった。そのふたつの条件を満たす者は、わたしと樋口さんしかいない。そうずっと責められ続けていたんです、しつこいほどに」

「その確認は地元でも取れたらしい。ある人が当時の関係者から話を聞いて、やはり君のほかに疑わしい者はいなかったみたいだという」

「待ってください。本当にわたしじゃありません。選挙の期間であれば、誰でも事務所に入れました」

「でも、リストが発見されたのは、鍵のかかるスチールラックだったそうじゃないか」

「……まさか、わたしをスパイに仕立て上げる話でも進んでいるんじゃ――」

「心配はいらないよ。生存者の中では、君が最も疑わしいという意味でしかない」

「え……？　では、亡くなった樋口さんをスパイにしろ、と言われるのですか」

「誰だって、人には魔の差す時というものがあるだろう。彼のお兄さんはスーパーを経営していたそうじゃないか。選挙の前に、現職町長がスーパーの経理に不正があるという話を税務署から聞かされて、樋口君に話を持ちかけた。不正を摘発されたくなければ、我々に協力したほうがいい。代替地の件も有利になる。そう唆《そそのか》されて、偽の領収書を忍びこませておいた。その行為に気づいたのが、君だった」

「無理ですよ。あの時の町長はもちろん、多くの関係者がいるんです。そんな話はなかったと言う者が必ず出てきます……」

「町長自ら密《ひそ》かに持ちかけたなら、新民党の県連も多くの役人たちも知らなかったことになる。違うかな」

「しかし……亡くなった人にすべての責任をなすりつけるなんて」

「わたしは単なる伝令なんだ。上から相談を受けたまでだよ」

「では、永見先生のご指示ですか」

「ほかに方法はないだろ。いずれ二人の犯人は口を割る。そうしないと、精神鑑定を受けることになり、措置入院という事態も考えられるからね」

「二人の若者の将来を奪う気ですか」

「何を言ってるんだ。君も人がいいな。彼らは君の将来を奪おうとして監禁した犯人なんだぞ」

「でも、本当にわたしは何もしていません。スパイがいたのなら、別の人物なんですよ。当時の事務所には第一秘書の守口さんもいたし、三人の女性事務員だって……。何も鈴ノ宮会のメンバーと面識がなくたって、偽の領収書とリストくらいは用意できます」

「そうなのかもしれないね。でも、君と同じく、全員が身の潔白を訴えている」

「そんなはずはありません。どこかにスパイがもぐりこんでいたとしか――」

「だから、君の先輩が実家の商売を守るために、仕方なく手を染めたんだよ。君に指摘されてしまい、このままだと家族にまで迷惑をかけてしまう。それで、自殺するしかなくなった……」

「無理です。申し訳ありませんが、わたしには樋口先輩を裏切ることは、できません」

「だったら、君が罪を被るかね」

「どういう意味でしょうか、先生……」

「簡単な話だよ。そのうち別の証人が現れて、君の仕業だったと打ち明けることになるかもしれない。そうなれば、メディアに追いまくられて、君の家族まで苦しむことになる」

「そんな……。わたしに罪をなすりつければいいと言う人がいるんですか」

「今回の事件の裏には、党の浮沈にかかわりかねない疑惑がひそんでいるんじゃないか。そうわたしに直接、訊いてくる人がかなりいる。永見先生も、同じことをささやかれて驚いたとおっしゃっていた。党の中には、永見先生やわたしを守るためには、早く動くべきだと強硬論を言いだす人までいると言われた」

「でも、誰が証言できるんですか。わたしをスパイに仕立て上げるには、あの時の鶴崎町長の下で働いていた人じゃないと証言できないはずですよね。まさか、その人物が本当のスパイだったんじゃ……」

「すまないが、わたしは伝令役にすぎないんだよ。君たちの地元のことは詳しくないんだ。本当のスパイがいたのかどうかも、わたしにはわからない。ただ、新民党の評判を地に堕《お》とすわけにはいかない。そう多くの人に言われてしまった」

「しかし……」

「杉原君。君はまだ若い。この先も党のために働いてもらいたいんだよ。そろそろ君を県議選に立候補させてはどうか、という話も出てきている」

「……本当ですか」

「君のこれまでの働きぶりは、永田町にだって知れ渡っている。君ならわたしも快く送り出せる。そのために、ひと肌脱いでもらえないかと、言う人がいるわけなんだ」

「では、党本部の確約をいただけるんですね」

「わたしも苦しい立場にある。お互い党のために力をつくすしかないじゃないか」

「……少し、考えさせてください」

「いつまでも警察に我慢を強いるわけにはいかない。明日にもまた見舞いにこよう。その時に返事を聞かせてくれるね」

「本当に頭が痛くなってきました……」

「じゃあ、お大事に」

当時から杉原勝也という男は気持ちを顔に出さず、何を考えているのかわからないところがあったという。

6

三十三年前の町長選の際には、鈴ノ宮会の中にもぐりこんでいたスパイを見事に摘発してみせたが、今考えると敵陣営の筋書きどおりだったようにも思えてくる。つまり、もう一人の潜入スパイが、ダミーのスパイを暴くことで、陣営は杉原勝也に篤《あつ》い信頼を寄せることとなる。与党側にとって幸いだったのは、推進派の現職がわずかな差で再選できたことだ。

もし万が一、反対派の野田候補が勝っていた場合は、その二十年後と同じように、収支報告書か何かに記載ミスが見つかっていたのかもしれない。

地元が杉原勝也を疑いたくなる理由は、ほかにも存在している。彼はその後どういう経緯からか、すんなりと新民党県議の秘書に鞍替《くらが》えしたのだ。

転職した当初、彼は言っていたという。保守派へ寝返ろうというのではなく、ダム推進派議員の差し金によって記載ミスが見つかった可能性もあると思えたので、あえて新民党の懐へ飛びこむことを決めた、と。自ら職探しに動いて、運よく拾ってもらえた、と。

けれども、杉原はたった二年で地元県議のもとを離れて神奈川へ行き、井上衆院議員の地元秘書となっている。

そこそこ仕事のできる男ではあったが、あまりの厚遇に思えてならず、最初から新民党と何か話ができていたのではないか、と噂する者が地元でもいたという。

「真鍋さんも同じお考えなのでしょうか」

高山の問いかけに、真鍋は視線を落として首をかすかに振った。

「……わたしはあれから地元に戻ったので、彼とは連絡も取っていませんでした。ともに選挙を支えてきた仲間の一人を信じたい気持ちは今も強くあります。彼でなくとも、感情表現をあまり得意としない者はいるでしょうし。政治の世界では、人懐こい笑顔を作ってみせながらも腹の奥では別の企《たくら》みを隠し持つなんてことは、ざらにあります。杉原君が自己主張をせず、いつも外から人の動きを観察しているようなところがあったからといって、人の動きを探ってばかりいる腹黒い男だなんて決めつけることはできません」

高山も法廷で多くの人を見てきた。自分の立場を有利にするため、嘘と自覚せずに平気で事実に反する証言を口にする者は少なくない。詐欺師は他人を信用させる術に長《た》け、自分の言葉を持てない心弱き者が、民事の場では敗者になりやすい一面が確実にあった。政治の世界も、法廷と同じで駆け引きに長けた者が力を身につけていく世界だと想像はできる。

「政治というのは言葉を駆使して民意を引き寄せ、支持者を増やしてこそ、理想を実現していけます。中には詐欺師まがいの巧みな弁舌で人心をつかんで、政界を渡り歩く者だっています。そういう事例が多すぎるせいもあって、近年の政治家の言葉は綺麗に彩られていても、三日でしぼんでいく風船みたいに軽くなる一方だと思えて仕方ありませんね」

真鍋自身がまだ迷っているのかもしれない。杉原という昔の仲間を信じたいが、政治の世界で多くの悲しき実例を間近で見てきた。

彼は清廉さを一義とするリベラル派の政治家であり、清濁併せ呑んで果断に人を導いていくタイプの男ではないのだろう。政治の世界に長くひたってきたため、意地でも清廉さを保っていたい、と考えていそうに感じられる。

高山自身も法廷での苦い経験から人を信じられずにいるため、義父に理想の弁護士像を押しつけたがってきたのと、どこか似ていそうに思えてくる。

気のせいか、真鍋の声と表情に苦みが増した。

「……言い訳に聞こえてしまうでしょうが、政治の世界では何が起きても不思議はないんですね。比例代表で当選した議員なのに、恥も外聞もなく他党へ乗り換えるケースはたびたび見られます。十年も経てば、自分の勝手な都合のみで党を鞍替えする議員は何人も出ます。ましてや、優秀な秘書であれば、与野党問わず、引く手あまたと言っていいんです……」

事件の鍵を握っているのは、人質となっていた秘書の杉原勝也なのだ。

警察も彼が退院せずにいる理由を懸命に突き止めようと動いている。が、その背後に与党の大物議員がいるとなれば、迂闊な手出しはできそうにない。検察や警察官僚も、与党の政治家に人事権を握られた公務員でもあるのだ。

杉原という男も、家業のためにやむなく政治の世界へ足を踏み入れざるをえなかったのであれば、被害者に近い立場とも言えて、みだりに批難はしにくい気がする。だから、真鍋も同情的な言い方になっているのだ。

「わたしは鈴ノ宮での噂を信じたくはありません」

真鍋はまた迷うように首を傾けつつ、声をしぼるように言った。

「でもね……わかるんですよ。彼が昔からスパイの役割を担わされていたとすれば、多くのことに説明がついてしまう気がする。彼には本当に申し訳ないけれど」

真鍋義邦は律儀に自分のコーヒー代を置いて店を出ると、再び軽自動車で産廃業者の調査に向かった。

高山は車に戻って義父に電話で報告を上げた。予想もしなかった情報なのに、なぜか反応が鈍く、詳細を訊き返しもしなかった。

嫌な予感を覚えて、松尾健の父親と会えたのかを訊いた。

「いや……状況はさらに厳しくなった」

抑えた声に悔しさが表れていた。

「どういう意味です」

「もう帰ってきていいぞ」

高山の返事も聞かずに、電話は切れた。

怖れていた政治家からの圧力がいよいよ本格化して、義父にまた新たな切っ先が向けられたとしか思えなかった。

当時の事情を知る真鍋から話を聞けて、かなり事件の核心に近づけた手応えはある。鈴ノ宮へ戻ってさらに調べを進めたかったが、義父に何があったのかが案じられてならない。高山は焦燥感に襲われながらハンドルを握り、横浜へ車を走らせた。よほどの事態が起きたのでない限りは、帰ってこいと言わないだろう。

夕刻に事務所へ戻ると、義父は席を外していた。高山に伝言も残さず出かけるとは、よほど慌てていたか、面と向かって娘婿と話すことをさけたかったからか。事務所の誰も行き先を聞いておらず、電話をかけても出ないし、メールを送っても返事はなかった。高山はともかく、事務員まで手こずらせるとは、さらにも不安がつのる。

事務所で待ちます。再びメールを送った。

これで連絡もなしに戻ってこなければ、松尾健の弁護から手を引くと告げるようなものだった。コンビニの弁当を食べて事務所に一人で残り、あと回しにしておいた仕事を片づけた。午後八時をすぎて、ようやくメールが入った。

——これから戻る。

おおよそ三十分後に、扉の向こうでエレベーターの開く音がした。高山が席を立って迎えにいくと、義父が鞄も持たずに手ぶらで帰ってきた。

「お疲れ様でした。どなたと会われていたのでしょうか」

義父は答えずに所長室まで歩き、ソファに身を投げ出すような勢いで座りこんだ。すでにゆるめていたネクタイを力任せに引き抜いた。

「甘く考えていたわけじゃないが、敵は打つ手が早いよ。十河産業の顧問を早々に解かれた。理由は、費用対効果を見直した結果だという。社外取締役をほのめかしておきながらの掌返《てのひらがえ》しだ。大企業の役員たるもの、見事な演技派ぞろいときてる」

「永見宗太郎の差し金でしょうね。建設族の大物でもありますから、工作機器メーカーにだって睨みが利きそうです」

「社長と会長の判断で、ペーパーを回覧するだけの取締役会だったという。申し訳ない。そうあっさり担当の役員に言われて、お払い箱だ」

「ほかにもあるんじゃないでしょうね」

顧問を解かれるぞとの脅しはすでに受けていたのだ。ある程度は義父も覚悟していたと思われる。

「……用意周到さに感心して声も出なかったよ。顧問の解任と同時に、十河の社長が不当な弁護料を請求されたと、神奈川県弁護士会にねじこんできた。その聴取をたった今受けてきたところだ」

ありえなかった。

が、火のないところに煙を立てて、世間を誘導したがるのは政治家の術中のうちだ。当然ながら、業界の記者にもすでに情報は告知ずみだろう。

「役職の担当弁護士が言うには、検察までが動きだしかねない状況にあるそうだ。君は何をしたんだと、真顔で心配された」

ある建設現場で事故が発生し、十河グループの重機が原因だったと特定された。その補償交渉と怪我人の示談に動き、実費を請求していた。高額になったのは、工期が三ヶ月も遅れたためであり、補塡の額が億単位になったからなのだ。その交渉に、小谷は二ヶ月以上も走り回っていた。が、事務所の代表弁護士で、顧問の任に就いているのは義父なのだ。

まさしく言いがかりでしかない訴えだった。

ありもしない話をでっち上げて、義父を追いつめる魂胆らしい。自らの身を守るためとはいえ、政治家が指示を出しているとすれば、その卑劣さに背筋が薄ら寒くなる。

「わたしが今回の依頼を拒もうものなら、与党の息がかかった偉そうな弁護士先生が堂々と登場して、法廷の場でわたしをあらん限りの言葉で罵倒するんだろうな」

松尾たちの弁護のことではない。断れない筋からの、示談をまとめろという依頼を受けろ、という非情な通達なのだった。

「まさか松尾君たちの弁護を断るつもりではないでしょうね」

義父の疲れきった顔を見ていられずに、視線を外しながら高山は訊いた。

「もちろん、身の潔白を証明するため、法廷で戦っていく手はある。けれど、わたしが示談に精を出すか、弁護士を下りるまで、この嫌がらせは延々と続くな」

「失礼ながら、わたしや小谷は、弱き者に手を貸す桑島孝明の姿に憧れて、この事務所の扉をたたいたんです」

酷な言い方だとわかっていた。が、口にせずにはいられなかった。

長いものに巻かれて尻尾を健気《けなげ》に振る義父の姿は見ていられない。戦わずに逃げるのでは、過去の業績どころか弁護士の資格に自ら泥を塗るにも等しいだろう。

桑島は口をつぐんだまま首を力なく振り返した。

「我々が考えていたより、敵は遥《はる》かに大きい。力の差は歴然だよ……」

「弱音は聞きたくありません」

「わたしだって、言いたくはない」

ネクタイを足元に向かって投げつけた。

「だったら、受けて立とうじゃありませんか。松尾君たちもわたしと同じで、鈴ノ宮という小さな町に力を貸してくれた、志に篤き弁護士だから、先生を頼ろうとしたんですよ。彼らは新民党のスパイをあぶり出すつもりで、逮捕されるのを前提で監禁事件を起こしたんです。桑島孝明が権力に屈して彼らを見捨てたのでは、自らの業績につばを吐きかけるも同じじゃないですか」

「偉そうなことを言うな。四十をすぎても、まだ半人前のくせに。四年も後輩に抜かれるような者に言われたくはないな」

それが義父の本音で、千鶴も同じ思いでいるのはわかっていた。

司法試験は、成績のランクが発表される。下位でどうにか合格をつかみ取れた高山を、桑島孝明が雇い入れてくれたのは、地元国立大の弁論部でキャプテンを務めてきたという同じ立場の後輩だったからだ。弁の立つ者は経験を重ねてテクニックさえ学んでいけば、必ず優秀な弁護士に育つ。

その励ましを信じて、高山は懸命に働いてきた。

が、裁判は予定原稿をもとに論じるだけのテクニックでは勝ちをつかめなかった。相手の出方を予想し、万全の戦術を調えておいたうえで、法廷での出方を見つつ、臨機応変に策を打ち出し、裁判長を納得させねばならないのだ。

高山は当初、相手方に反撃を受けて言葉につまり、依頼人から叱責されることが続いた。要旨を手抜かりなくまとめた原稿を書き上げる力には長けていたので、冒頭の意見陳述や最終弁論の原稿を書いたり、その準備の下働きがいつしか多くなっていった。

依頼には誠実に向き合ってきたので、相談者の印象は悪くなく、多くの仕事につなげることはできたと思う。事務所に相応の貢献はしてきた、と密かに自信は持っていた。

だが、義父と妻の期待値は身内であるからこそ高く、今ぐらいの平均点では、名を高めた法律事務所の精鋭を率いてはいけない。そう見なされているのは、痛いほどに感じていた。

「わかりました。わたしを解雇してください。独立します」

桑島が、打ち合わせにない話を法廷で急に語りだした被告を見る目になっていた。

「おい……。君が一人で松尾たちの弁護をするつもりか」

できるものか、とのニュアンスには耳を貸さずに、言った。

「彼らが弁護してほしいと期待したのは、桑島孝明です。その娘婿であろうと、親に見限られた名もない弁護士では、正式に依頼を受けられないのかもしれません。でも、彼らに誠心誠意、訴えます。桑島は相手方から申し入れられた示談の話を渋った途端、大手企業の顧問職を解かれた。政治家からの圧力としか考えられない。桑島が弁護を引き受けたのでは、ほかの多くの依頼人にまで迷惑をかけてしまう。その事務所を飛び出したわたしであれば、桑島にもほかの依頼人にも迷惑をかけなくてすむ。今のところほかに手はありそうもない、そう正直に事情を伝えます」

そして何より、今回の弁護を手放したくはなかった。

「待て。政治家の力を侮ったら、君の将来まで危うくなるぞ」

「大丈夫です。お義父さんの事務所にいても、大した将来は待っていません。それなら、今から独立するのも悪くないと思えてきました。唯一の不安は、千鶴の反応だけです」

言葉にしていくと、あやふやだった決意が固まっていく。後悔はしない。そう今は思えた。

思うだけなら、いつでもできる。自信はなくとも、弁護士としての矜持《きょうじ》は忘れずにいるべきなのだ。今はまだ盤石とは言えない足場であろうと、そこにすがるしか自分に立つ瀬はなかった。

「無理だ。娘婿の君では、わたしの息がかかっていると思われる。わたしへの嫌がらせは続く」

「では、千鶴と離婚します」

「本気で言ってるのか」

義父が立ち上がり、高山の前へ歩いてきた。目に怒りの色がちらついて見える。

「お義父さんもご存じだと思います。千鶴はわたしとの将来に不安を覚えています。友だちにもこぼしていたようなので、周囲は驚かないでしょう。お義父さんも、わたしのことを見損なったと触れ回ってください。あくまでわたしは、松尾君の母親に泣きつかれて、仕方なく弁護を引き受けたことにしてもらいます」

本当に大丈夫なのか。名うての弁護士として、義父は胸算用を弾《はじ》くように視線をそらして考えこんだ。

「見ていてください。先生が住民訴訟で名を上げた時に負けないよう、彼らの弁護に全力で取り組みます。必ず二人を説得して、ともに戦っていきます。長い間、お世話になりました」

ほかに今の窮地を脱する術《すべ》はない。

姿勢を正して頭を下げた。義理の息子となれて、多くの教えを受けてきたことには感謝の念しか今はない。

「任せていいのか」

義父は迷う様子もなく決断を下した。法律事務所と依頼人を守っていくには、不出来な婿一人を犠牲にすればすむと誰でもわかる。冷酷な判断では、ない。

「——でも、ひとつだけ条件があります」

正直にも義父の視線が揺れた。

「ご安心ください。独立資金を出してくれなんて言いません。そんな資格は、わたしにありませんから」

ジョークを口にしたつもりだったが、言い慣れていなかったせいもあって、桑島は笑い返しもせずに見つめてきた。視線をそらさずに、言った。

「千鶴の説得にだけは自信が持てません。その時はどうか力を貸してください。お願いします」

商談は成立したのだ。

千羽耶の悲しむ顔が胸に浮かんだが、自分の進む道はほかに見当たらなかった。高山は振り返らずに、事務所を出た。この機の独立は、我ながら悪い選択肢ではない、と信じられた。

そう心を決めたなら、何よりまず接見に再び出向くべきだった。

厚木署の前には今日もテレビ中継車が停まっていたので、気づかれないように顔を伏せつつ裏口から入った。おそらく捜査本部はすでに鈴ノ宮に人を送って多くの情報を仕入れたろうが、どこまで発表していいのか、上層部で頭を悩ませているに違いなかった。

肝心の犯人二人が黙秘している以上、警察の正式な見解として町長選にまつわる昔の事件を発表はできない。困った時の奥の手で、例によって記者へのリークは考えられる。メディアの取材によって、人質との関係が知れ渡っていけば、政治家の口出しを防げる目も出てくる。が、思惑を秘めたリークだったとわかって怒りを買えば、誰かの首が飛ぶ事態になりかねない。戦々恐々としつつ、犯人が自供するタイミングがいつになるか、固唾を呑んでいるはずだった。

今日は刑事に嫌みを言われることなく、面会室に通された。この反応のなさは、捜査本部が手を出しかねている証拠に思われる。

松尾健はいつもと同じく椅子に座って猫背のまま、高山の目をさけるようにうつむいていた。

「懲りずにまた来たのは、ほかでもない。鈴ノ宮に行って、樋口素夫さんの話を聞いてきたんだ。たぶん警察からも、同じことを問われていると思う。捜査はかなり進展しているみたいだ」

返事はなかった。顔を上げもしない。彼らの信念は賞賛に値する。

「まさかダム反対派の町長を支えていた杉原秘書が、十年経って神奈川で新民党の代議士の地元秘書として働いていたとは思わなかった。君たちはその話を聞いたから、会いに行ったんだよね」

かすかに頭が動いて見えたのは、気持ちとは別に体が動いてしまったからだろう。

「そろそろすべてを話してもらえないかな。君たちは、同級生のお父さんを追いつめて自殺に走らせた犯人を突き止めたかった。いつしか新民党に寝返った杉原勝也こそが疑わしい。多くの状況証拠が物語っている。そう考えて、彼を問いつめに行った。そうなんだね」

「違います」

初めて松尾が言葉を発した。

目は高山を捉えておらず、横を向いたままだった。怒りを秘めたような口調だったが、最初の一歩をようやく踏みだせた。もちろん壁はまだ高く、わずかな足がかりを得られたにすぎない。あとは高山の誠意をこめたアプローチにかかっている。

「返事をしてくれて、ありがとう。もしかしたら、警察にも否定の言葉を告げていたのかな」

今度は首がはっきりと横に振られた。

「……いいえ。警察に何を言っても始まりません」

「そうだね。君たちは警察と検察を敵に回して、必ず起訴されなければならない、と考えている。裁判という公共の目がある中で、杉原の罪を暴き、指示を出したに違いない新民党の大物議員に一撃を与えたくて、今回の事件を計画した。違っていたら、正直に言ってほしい」

「協力していただけますか」

ふいに視線が上がって向き直り、真正面から高山を見つめてきた。救いを求める目ではなかった。懲りずに話をしにきた弁護士の持つ熱意や使命感を厳しく見定めようとする狙いが感じられる。

「残念ながら、桑島は君たちの弁護ができなくなった。わたしも桑島法律事務所を解雇された。君なら理由は想像できると思う」

　見る間に目が鋭くなり、頬に赤みが差した。答えを見つけて、手応えを得たかのようにうなずき返してくる。

「桑島はある会社の顧問契約を破棄されたうえ、不当な弁護料を請求されたと訴えられた。でも、わたしであれば、桑島の下を離れても、引き続き君たちの弁護ができる。事情を知っているわたしに、ぜひ弁護を任せてもらいたい。君たちの力になりたいんだ」

　松尾は髪を払うように大きく首を振った。

「桑島でなければだめなのか」

「いいえ。最初から弁護は期待していません。ただし、協力はしていただきたいんです」

　意味がわからなかった。では、何のために桑島の名を母親に伝えておいたわけなのか。以前からの疑問が再び大きく頭をもたげてくる。

「何をすればいいんだろうか」

「もうしばらく待ってください。必ず朗報が届きます。協力していただきたいのは、そのあとです」

　やはり彼らは何かしらの要求を杉原勝也に突きつけたのだ。が、家族の面会が許されていないこの状況で、朗報がもたらされるルートは警察からしかありえない。

　あるいは、その伝令役として桑島を使う気だった、とも考えられる。

　松尾が顔をアクリル板にそっと近づけた。若さに不釣り合いなほどの凄味《すごみ》ある目をそそいでくる。

高山は初めて納得できた。思想や政治的な信念に裏打ちされた使命感を持つ者に特有と言っていい目に感じられた。借金にまつわる犯行などでは、やはりありえなかった。

「うちの母親は高山さんの電話番号を知ってますよね」

「ああ、伝えてある。君のお母さんから連絡がくるわけなのかな」

政治家秘書に突きつけた要求の回答が、犯人の母親に寄せられるとは、意味がわからなかった。

松尾がまた涼しげな顔で横を向く。

「答えてくれないか。君たちは杉原秘書だけではなく、井上議員とその上にいる代議士に要求を突きつけたんだね」

「必ずぼくたちの望みは叶えられます。あとしばらくの辛抱なんです。それまで待ってください」

横を向いていても、堂々たる声と態度だった。成功を信じて疑っていない。その自信はどこからくるのか。

同級生の父親が死を選んでいることが動機になっているのはわかる。けれど、二十八歳の若者があえて監禁の罪を犯し、警察の尋問に無言を通す。どうしてここまでの強気を貫けるのか。

松尾が腰を上げて、姿勢を正した。

「どうかご協力をお願いします」

7

「あ――先生。何度も足を運んでいただき、ありがとうございます」

「いいって。気にすることはない。秘書の体調を思いやるのも仕事のうちだよ」

「でも、先生……。妻から教えられて驚きました。どういうことなんでしょうか、この記事は……」

「まあ、スポーツ新聞も取材に必死なんだろうね。この病院の周りも大勢の記者が今も取り囲んでいる。奥さんから聞いてないのか」

「もちろん、聞いてはいます。看護師の振りをして裏の通用口を使ってたのに、病院を出たところで記者に囲まれたと言ってました。わたしは被害者なんですよ。その家族がどうして苦しめられないといけないんでしょうか。妻が見舞いに来たことを病院の中の誰かがマスコミに教えるなんて、考えられませんよ。しかも、根も葉もないひどい記事まで書くんですから……」

「我々もすべてのメディアを抑えられるわけではないんだ。特にスポーツ紙や週刊誌は勝手なことを書きたがる。党の幹部も迷惑している」

「でも、先生……こんな記事はないですよ。わたしの父親がいくらか借金をしていたのは事実です。けれど、選挙の支援とはまったく関係がありませんから。鶴崎さんの時は、もう父も亡くなってました。こんな書き方をされたら、まるでわたしが父親の借金を返すために鶴崎陣営に潜入して、領収書を忍びこませておいたみたいじゃないですか」

「気にすることはない。興味本位で書いてるだけだ。証拠はない。君だって、そう言ってたじゃないか」

「当たり前です。わたしは本当に何もしていないんですから。なのに、監禁までされたうえ、何時間も問いつめられていたんです。そのうえ、妄想のような記事まで書かれるなんて……。まさか、党が何か情報を流したんじゃないでしょうね、わたしをスパイに仕立て上げようとして」

「馬鹿なことを考えるな。君は三十年前の選挙で、自然保護団体の中に潜入していた敵対陣営のスパイをあぶり出した英雄だと聞いているぞ。いずれ、その件を華々しく伝える記事が出るだろう」

「先生が動いてくださったのですね」

「もちろんだとも。君にとって必ず有利な情報になると思う。そうじゃないかな。つまり――過去にスパイを摘発していたから、次の時にも異変に気づくことができた。そういうストーリーであれば、君の潔白を裏づける証拠になる」

「待ってください。あくまで樋口さんをスパイにしろと言われるんですか」

「――君のためじゃないか」

「いいえ。党のためとしか思えません。わたしはずっと、ダム建設のおこぼれに与《あずか》ろうとする建設会社の連中が、卑怯《ひきょう》な手段に打って出てきたと思ってました。けれど、新民党の指示があったんですね」

「何を言うんだ。君は監禁された時の恐怖から、被害妄想になってるんだよ」

「いいえ。党が関係していなかったのなら、わざわざ樋口さんをスパイに仕立て上げる必要はありません。党にマイナスとなる憶測記事を書かれたら、当時の選挙のことが調べられて、真相が暴かれるのではないか。そう心配する人がいたとしか思えません。わざわざ井上先生が、何度もわたしを説得に来るんですから、やはり永見先生が深く関係していた……。そう思えてしまいます」

「それこそ週刊誌まがいの憶測だよ」

「本当ですね、先生……。嘘は聞きたくありません」

「ああ、わたしは永見先生を信じている。たかが小さな町の選挙に、汚い手まで使う必要はないしね」

「でも……永見先生のために、陰で動いた人がいた、とも考えられます。ダムの計画が進んでいけば、永見先生の実績になる」

「何度も言うようだが、党は無関係だよ。先生が断言されておられた」

「信じていいんですね。では、党が関係していないのなら、わたしは警察の聴取に応じて、正直にすべてを話します。樋口さんのご家族をこれ以上苦しめることはできません」

「おい……。まだわからないのか。今の状況で退院したら、君はこの先ずっと記者に追いまくられて、スパイの汚名を浴びせられ続けるんだぞ」

「わたしは、自分に嘘をつけません」

「まだ世迷《よま》い言を口にするのか」

「いいえ、妻もわかってくれています」

「……残念だよ、わたしは。これ以上はもう君をかばいきれない」

「どういう意味でしょうか」

「選挙で卑怯な手段を使ったと言われる者を、秘書として雇っておくわけにはいかないじゃないか」

「先生までが、わたしをスパイと決めつけて、首を切るつもりですか」

「いいかな。ただでさえ、わたしは今、党の関係者から責められているんだ。野党の中には、徹底的に鈴ノ宮での選挙戦を調べ直すべきと言う者までいる」

「調べ直すことの何がいけないんでしょうか。わたしはこの際、すべてを打ち明けます。先生から樋口さんをスパイにしろと説得されたこともふくめて」

「ここまで君が世間知らずな男だとは思わなかったよ。これが最後の忠告だ。冷静になって、よく考えなさい。君が何を言おうと、誰が信じると思うのかな。二人の犯人はいずれ精神鑑定を受ける。君は人質になった恐怖のあまり、精神に異常をきたして、この病院から転院することになる」

「冗談はやめてください」

「いいや、わたしは本気だよ。誰も冗談は口にしていない。わたしだって、自分がかわいい。たまたま雇った秘書の醜聞に巻きこまれて、政治生命を失いたくはない」

「やはり永見先生のご指示なんですね」

「わたしの口からは何も言えない。あとは君の決断次第だ。奥さんのためにも正しい選択をすべきだろうね」

「先生……」

「解決策は限られている。これでも、君のために最善の策を考えたつもりなんだ。我々の期待を裏切らないでほしい」

「しかし……」

「迷う必要がどこにある。君のほかにリストを隠しておける者は、そういなかったはずじゃないか」

「そうなんですが……」

「君が決めるしかないことなんだ。君の発言が真実になっていく」

「……わかりました。仕方ありません。涙を呑んで、樋口さんを――スパイだと言います」

「約束だぞ。警察はうるさく何か言ってくるだろうが、耐えてくれよ。ほとぼりが冷めたら必ず君を県議選にプッシュしよう。それまでは今までどおり、わたしの下で頑張ってくれたまえ」

「……はい。わかりました。ご面倒をおかけして、本当に申し訳ありませんでした。先生の将来のためにも、懸命に働かせていただきます」

8

必ず朗報が届く。面会室で松尾健が自信に満ちた言い方をしてみせた二日後の夜だった。

事務所で引き継ぎを終えて、デスクの私物をまとめていると、スマホが震えた。

心当たりのない番号からだった。家族への面会がまだ許されていないため、松尾緑はひとまず鬼怒川温泉へ帰っていた。あるとすれば母親を経由して、彼らの言う朗報が届けられるかと考えていたが、見覚えのない番号では期待外れになりそうだった。おおかた、義父の下を離れて独立すると耳にした知り合いが心配して連絡してきたのだろう。

仕方なしにスマホをタップすると、耳に覚えのない男性の声が聞こえた。

「初めてお電話を差し上げます。松尾健の友人です」

「あ——はい、もしかすると、田中さんでしょうか」

松尾の会社にニュースを見たと言って電話をかけてきた友人だ。あれから連絡が途絶えていたので、共犯の一人ではないかと考えていた。

そこで、鈴ノ宮を訪ねた時に面識を得た樋口達夫を通じて、田中という同級生を探してもらっていたが、それらしき人物は見つかっていなかった。東京へ来てからの友人で、ようやく松尾の母親か塚本運送に連絡を入れて、高山の電話番号を知ったわけか……。

狭いエレベーターホールへ出ながら、高山はスマホを耳に押し当てた。

「……申し訳ありません。わたしは田中という者ではありません。ニイザトユウタといいます。健と友行とは、鈴ノ宮で中学までずっとクラスメートでした」

同級生が心配して電話してきたのだった。樋口達夫から話を聞いたと思われる。

「ご連絡をいただき、ありがとうございます。ニュースを聞いて驚かれましたよね」

弁護士への電話に緊張感を覚えないようにと、高山はさりげなく切り出した。何か情報があってのことなら、ありがたい。すると、またも意外な返事が戻ってきた。

「いいえ。こんなことを言ったら、逆に驚かれると思いますが、どうか落ち着いて聞いていただきたいのです」

硬い響きはありながら、丁寧に呼びかける声は冷静そのものだった。世間を騒がす事件を起こして逮捕された友人を持つ若者の戸惑いなどは、まったく感じられない。

「実は、たった今、我々のもとに朗報が届きました」

「何だって……」

たちどころに、ひとつの可能性が思い浮かぶ。このニイザトユウタが、やはり田中だったのだ。そして、松尾たちの共犯者でもある。

「これからお目にかかれないでしょうか。健のお母さんから聞いた話では、桑島先生はもう弁護から手を引かれたのですよね」

「ある政治家から嫌がらせを受けて、身を引かざるをえませんでした。代わりに、わたしが全力をつくさせていただきます」

「ありがとうございます。ぜひ直接お目にかかって、正式にわたしたちの弁護を依頼させていただきたいのです」

ニイザトユウタは、わたしたちの弁護、と言った。もう間違いはない。

「あなたまで共犯だったというんですね」

「はい。あと二人の同級生がいます。それと、もう一人。我々は計六人で今回の計画を実行させてもらいました」

監禁事件の場には、松尾と志賀の二人しかいなかったことは警察が確認ずみだ。すると、あとの四人は計画立案に加わり、外部から手助けをしていたのか。

「内密にご相談さし上げたいので、横浜市内のホテルに部屋を取ろうと考えています。急なお願いで恐縮ですが、今日は何時ごろなら、ご都合がいいでしょうか」

高山は迷わず言った。

「今すぐ駆けつけます」

「ありがとうございます。では、二時間後の午後九時、桜木町《さくらぎちょう》のニューオータニへお越しください。ロビー横のカフェでお待ちしております。こちらからお声がけさせていただきますので、よろしくお願いいいたします」


上の空で事務所を出て、桜木町駅へ向かった。夕食をとる気にもなれずに夜の街をぶらついて、コーヒーショップで時間をつぶした。

じっとしていられずに、午後九時二十分前には商業施設コレットマーレ内の三階にあるホテルのフロントへ上がった。

すると、高山を待ち受けていたように、エレベーター横のカフェから出てくる若者の姿があった。男性一人、女性二人。歳はそろって三十前に見える。

彼らだ。

男は色白の長身で、黒縁の丸い眼鏡が知的な印象を感じさせる。白いシャツに薄茶のジャケットを羽織り、手に濃紺のナップザックを持っている。左手の女性は地味なグレーのワンピースに身を包み、トートバッグを持つ。髪は短く、染めてもいない。右手の女性は少しふくよかで、焦げ茶に染めた髪を後ろでひとつにまとめていた。薄いブルーのパンツに白シャツという軽装だが、化粧気がないせいもあって清廉さが感じられる。どこにでもいる若者たちで、政治家秘書を監禁する事件を起こした男たちの一味とは、とても見えなかった。

三人は足場を踏み固めるような慎重さで歩み寄ってきた。高山が向き直ると、彼らは足をそろえて姿勢を正した。

「初めまして。ニイザトユウタです」

「イシダタカコです」

白シャツの女性が、見た目にも緊張しているとわかるほど、ぎこちなく頭を下げた。

もう一人の女性は正面から高山を見つめたあと、きびきびと一礼して言った。

「ヒグチミナミです」

予想はできていたので、高山は三人を見てうなずいた。

「やはり、そうでしたか。樋口というと……」

「はい。樋口素夫の長女です。母が再婚したので、今はオオハタ姓になっています」

鈴ノ宮出身の同級生五人が共犯だった。その動機は自殺した樋口を追いつめた者を追及するためとしか思えなかった。

長身のニイザトユウタがあらたまるように腰を折って言った。

「申し訳ありませんでした。田中という偽名を使って電話をかけたのは、わたしです」

「そうじゃないかと思ってました。で、もう一人は、まだ到着していないのでしょうか」

彼らは同級生ではない共犯者がもう一人いる、と言っていた。

「今はまだ入院しています。ですが、明日の退院が決まったと連絡がきました」

入院中……。

つまり、もう一人とは――。

「長い話になります。部屋を取りましたので、場所を変えて説明させてください」

三十三年も前からの長い話だった。

高山は彼らの口から完璧な計画の全容を知らされた。

9

千代田区内幸町《うちさいわいちょう》にある日本プレスセンター内の会見場は、多くの記者とテレビカメラで埋まり、会場の外まで人があふれ返っていた。監禁事件で人質となっていた被害者の秘書が退院後に記者会見を開くとなれば、メディア各社が押し寄せてくるのはわかっていたが、高山たちの予想を遥かに超える人出だった。

この会場を押さえるために、高山は義父の力を借りた。新里《にいざと》優太は、できるものなら桑島弁護士にも立ち会ってもらいたいと言ったが、永見宗太郎の圧力が各方面からかかっている今、堂々と会見を仕切るのでは、正面切って新民党に戦いを挑むも同じと映る。政権を敵に回すことは、義父のためにもためらわれた。ここはわたしに任せてください。そう高山は新里たちを説得して今日の準備を進めたのだ。

夕方のニュース番組の時間に合わせて、午後五時十五分から会見はスタートする。

すでに退院して警察の聴取を終えた杉原勝也は、警察で合流した高山と控え室に入り、新里たち三人と最後の打ち合わせを行った。共犯者の中で、松尾健と志賀友行はまだ勾留が続いていたが、この会見が終われば、ほどなく釈放されるはずだ。そのために、検察への意見書をすでに高山は提出していた。

「五分前だ。スタンバイを頼む」

高山は時計を見て、新里たちに呼びかけた。彼らはマイクの音量や舞台のライトを制御する調整室へ入ることになっていた。

「いよいよだ」

「長かったよね」

「みなさん、ありがとうございます」

新里優太の呼びかけに石田《いしだ》貴子《たかこ》が感慨深げに言うと、大畠《おおはた》南美が深々と関係者に頭を下げた。

「あとは任せてくれ」

杉原が緊張気味にうなずき返すと、三人が目を見交わしてから移動を始めた。会場の職員とともに通路へ歩きだす。

杉原勝也が扉の前でいったん立ち止まり、スーツの前ボタンを留めた。その顔が白く見えるのは、長い入院を強いられてきたからではない。

「こんなことになるなら、選挙カーに乗って応援演説を手伝っておけばよかったですよ。今さら言ってもしかたありませんが」

「落ち着いて話してくだされば、必ず真意は伝わります。言葉につまった時は、わたしが横から補足を入れます。ご安心ください」

「お願いします。十年前から今日の日を夢見てきたんです。仲間のためにも、臆せずに乗り切らないといけませんね」

「その意気です」

高山がうながすと、杉原は肩で大きく息をつき、意を決する顔になって控え室を出た。

通路の先で待っていた松尾緑と志賀三郎《さぶろう》が、杉原の前へ進み出て、深く頭を下げる。

「どうかよろしくお願いいたします」

「必ず成功させます。そのために今日まで我々は戦ってきたんです」

硬い声ながらも力強く答えた杉原に目で合図を送り、高山は会見場の上手に位置するドアを押した。

カメラのフラッシュが一斉に煌《きら》めきだす中、杉原のあとについて歩いていった。光がまぶしいために、ついうつむきそうになるところを耐えて演台の前へ進んだ。二人並んで姿勢を正し、深く一礼する。

高山たちが着席しても、まだフラッシュの明滅は続いた。二百人を超える報道陣の視線が痛いほどに迫る。鈴ノ宮ダムの住民訴訟を手がけた義父でも、これほどのメディアを前にした経験はなかったろう。

多くのテレビカメラと記者に見つめられても、高山は驚くほど冷静でいられた。内なる使命感が勝っているからなのだ。さして実績があるとは言えない自分を頼ってくれた彼らの気持ちが、見えない手となって背を押してくれている。

そっと深く息を吸い、マイクに向かった。

「――本日はお忙しい中をお集まりいただき、まことにありがとうございます。まずは自己紹介をさせていただきます。わたしは、松尾健と志賀友行の弁護を担当させていただいております、神奈川県弁護士会の高山です」

松尾と志賀の名前を耳にして、記者がざわついた。

犯人二人の弁護を担当する者が、どうして被害者の記者会見に同席するのだ。中継を見ているはずの永見宗太郎と井上秀利も、意外な成り行きに言葉をなくすほど驚いているに違いなかった。

「最初にお断りしておきたいことがございます。本日早朝、杉原は無事に退院して、警察の事情聴取を終えてから、ここにまいりました。ただ、捜査がまだ終わっておらず、警察の要請もあって、あまり多くを語れません。よって、大変申し訳ないのですが、質疑応答の時間を設けることができなくなっております」

たちどころに不満の声が、あちこちで上がる。聞いてませんよ。だったら、どういう会見なんです。

ざわめきを制するために高山は手を上げ、場が静まるのを待ってから、話を続けた。

「杉原自身も大変心苦しく思っております。ただ、松尾健と志賀友行が釈放されることになれば、いずれ彼らも会見を開き、詳しく今回の事件について説明させていただきたいと申しております。今日は、その手始めとして、杉原のほうから事件の核心に触れる話をさせていただきたく、この場を設けさせてもらいました。一方的な説明のように思われるかもしれませんが、今回の事件をつまびらかにするには、どうしても多くの人に聞いていただきたい話があるのです」

用意した原稿を読まずに言えた。

会場を埋める記者が不思議そうな顔になっている。あと五分もすれば、彼らはうろたえ、悲鳴に近い声が会場を埋めるだろう。

「では、杉原からご挨拶をさせていただきます」

マイクから顔を離して、杉原を見た。

彼は一度目を閉じると、また丁寧に一礼してから、ゆっくりと口を開いた。

「……井上秀利先生の地元秘書を務めております、杉原勝也です。わざわざこのような機会を与えていただけたことを、心より感謝しております」

杉原は言葉を切ると、会見場を埋める人の群とカメラの列を見渡した。

「本日、退院したあと、厚木警察署の捜査本部へ出向き、すべてを正直に話してきたところです。

警察のかたも驚かれていましたが、わたしは――松尾君たちに監禁などされてはいませんでした」

会場の壁が揺れたのでは、と錯覚するほどの声が一気に広がった。

どういうことです。何を言ってるんですか。多くの質問が投げかけられて、いくら待っても記者たちは静まらなかった。

「ご静粛に願います」

高山はマイクに向かいながら両手を広げた。それでも喧噪《けんそう》は収まらず、ざわめきを制するために杉原が言葉を続けるしかなかった。

「よろしいでしょうか。誤解のないよう、正確にお話しいたします。わたしはただ、松尾君たちと事務所の応接室で話をしていただけなのです」

馬鹿なことを言わないでください。警察が駆けつけたんですよ。あれだけの騒ぎになったのに、どうして今まで黙っていたんですか。

「わたしが外からの呼びかけに答えなかったため、心配した事務所スタッフが警察に通報しました。もちろん、そうしてもらうために、わたしたちは部屋に鍵をかけて、ずっと返事をせずにいたんです」

狂言だったというんですか。

何が目的なんです。人を騒がせて楽しんでいたんじゃないですよね。どうしてもっと早く警察に言わなかったんだ。怒りに近い言葉までが投げかけられる。

「三時間ほど経って、わざわざ井上先生が現場に駆けつけてくださいました。先生には、本当にお詫《わ》びのしようもありません。しかし、我々にはそうすべき理由があり、松尾君たちは先生の説得を受ける形を取って、投降したんです」

理由を教えてください。

杉原は罵声を跳ね返す壁のように胸を張って、先ほどの言葉どおりに臆する態度を見せなかった。この日のため、何を語るべきか、ずっと病室で考えていたのだから、当然だった。カメラのフラッシュを全身で浴びながら、冷静に言葉を選んでいく。

「すでに報道されているとおり、わたしも松尾君たちも群馬県鈴ノ宮町の出身です。鈴ノ宮ダムの建設を中止すべきかどうかで、一時期はニュースで大きく取り上げられた、あの町です。一部の週刊誌ではもう報道されていますが、わたしは十三年前の町長選で勝利したダム反対派の鶴崎昌彦さんの秘書を一時期務めていました。一時期と断ったのは、八ヶ月後に、ある理由から鶴崎さんが町長を辞職することになったからです。もしかすると、当時の鈴ノ宮を取材されたかたなら、ご記憶にあるかもしれません。鶴崎町長の資金管理団体で不正を疑わせるミスが発覚したのです。しかし当時は、鶴崎町長を追い落とすために、何者かが政治資金規正法に違反する疑いをかけようと偽の領収書をまぎれこませたのではないか、という噂が地元では取り沙汰されました。ところが、収支報告書にミスが見つかったという事実のみが大きく報道されて、その後の詳しい経緯はほとんど記事になりませんでした。その事件の真相を知りたいがために、わたしたちは事務所の応接室に無言で立て籠もったのです」

いつしか記者たちは押し黙り、杉原の話に聞き入っていた。

ここで高山が、新里優太の書いた筋書きどおりに横から割って入った。

「つまり、松尾健と志賀友行、二人ともに監禁罪は犯していないのです。脅迫罪に該当する行為もありませんでした。通常は、軽犯罪法に抵触し、拘留または科料に問われる程度の微罪と言えます。ただし、これほど世間を騒がせ、警察の手を煩わせたのですから、偽計業務妨害罪に問われる可能性はあります。ですが、彼らがなぜ今回の事件を計画し、実行したのか、その理由を知れば、多くのかたが納得されて、彼らを即時に釈放せよと考えるに違いないと、わたしたちは確信しています」

弁護士の唐突な解説に、また会場がざわついた。

「その理由が、これです」

杉原が右手を開いて、顔の前へと上げた。

その合図を受けて、調整室の新里たちが場内の照明を少しずつ暗くしていく。同時に白い大型スクリーンが天井からゆっくりと下りてくる。

「どうぞ、ご覧ください。わたしの病室での会話を録画させてもらったものです」

スクリーンに投影された映像には、日時がはっきりと記されている。登場人物は二人のみ。杉原勝也と井上秀利議員。二日分の映像で、収録時間は締めて二十二分。まともな記者であれば、この映像から永見宗太郎と新民党の関与を疑わないはずはなかった。

上映が終わって照明が明るくなると、何人かの記者が立ち上がった。

本物なんですか。

「もちろん、本物です。ＡＩ技術を駆使して作ったフェイク映像などではありません。ここにいる杉原さんとその仲間は、地元選出の永見宗太郎議員が鈴ノ宮の町長選に関与していたと確信しており、いくつかの状況証拠を探り出していました」

高山が言って手を上げると、調整室から出てきた新里優太が、情報を短くまとめたプリントを会場の端から手渡していった。集まった記者が多いために、足りなくなるかもしれない。

「三十三年前、鈴ノ宮旅館組合の副会長が、政府系金融機関から資金調達を受けて、県下のスキー場近くにリゾートホテルを建設しました。ですが、多額の借入金を返済できず、たった三年で破綻にいたりました。その際、支援の手を差し伸べたのが、当時はまだ三期目の永見宗太郎衆議院議員でした。そして、政府系金融機関をその副会長に紹介したのは、永見議員の甥《おい》の公認会計士だったのです。しかも、買い取ったそのホテルの実質的な経営者に収まったのは、またも永見議員の親族でした」

悲鳴にも聞こえるどよめきが鳴り響いた。会見場の後ろでは、プリントの奪い合いが始まっている。

杉原勝也があとを引き取って、話を続ける。

「それだけではありません。十三年前、わたしが勤めていた鶴崎町長の事務所には、仮名でＡさんという女性が働いていました。鶴崎さんが町長を辞任した一年後に、Ａさんは結婚しています。その相手は、永見議員の甥の紹介で、とある建設会社に就職していたのです。しかも、その前に勤めていた会社を辞めることになったのは、勤め先にまで暴力団まがいの借金取りが現れて、多くの社員が迷惑を受けていたからでした。ところが、永見議員の甥の紹介で就職すると、その会社に借金取りは一度たりとも現れませんでした。無職だったその男性は、どうやって借金を返済し、Aさんと結婚することができたのでしょうか」

高山がさらに補足を入れる。

「お渡ししたプリントの一番下に、一枚の写真を掲載してあります。粒子が粗くて見にくいかと思いますが、今回新たに設けたサイトに、より鮮明な画像をアップしております。左手の男性が、杉原さんと一緒に働いていたAさんと結婚した人物です。そして、右側の男性は、永見議員の甥の会計事務所に今も出入りしている便利屋のような男です。二人がなぜ、今回の事件が起きた直後に会わねばならなかったのか。どうか記者さんたちのお力で取材なさってみてください」

朗報とは、このことだったのである。

杉原と一緒に鶴崎町長の事務所で働いていた女性が、永見議員の紹介で職を得た男性と結婚していたところで、状況証拠のひとつでしかなかった。永見は地元の議員であり、支援者から頼まれれば就職の斡旋《あっせん》に動いたところで不思議はない。偶然だと言われてしまえば、逃げ道はいくらでもあるのだ。女性スタッフの夫が当時の交際相手が働いていた選挙事務所を訪れて、偽の領収書や運転手のリストを残していったとの証拠にはならない。

そこで、永見の関係者があらためて女性スタッフの夫と接触する現場を作れないものか。彼らは知恵を絞って、ひとつの計画を立案した。

しかも、杉原の妻が夫の病室に小型カメラを持ちこみ、それを向かいのベッド下に隠して井上議員との会話をすべて録画した。

監禁事件は起きていない。脅迫罪は適用されない。軽犯罪法違反と偽計業務妨害に問われるが、どちらも刑罰は軽く、その動機は世間の賞賛を必ず浴びる。弁護士の目から見ても、彼らの立てた計画は非の打ちどころがなかった。

「あとは皆さんに託されました」

勝利宣言をするかのように、杉原勝也が自信に満ちた表情で言い、席を立った。

「以上です。本日は、ありがとうございました」

杉原とともに、会見場の後ろで立っていた新里優太も深く頭を下げていた。

エピローグ

わざわざ鈴ノ宮まで来ていただき、ありがとうございます。

ええ、おっしゃるとおり、インタビューの類いはすべて断ってきました。けれど、今回は日本一の発行部数を誇る新聞社さんからの依頼でもありますし、いろいろ思うところもあって、引き受けさせていただきました。

……そうなんです。わたしが生まれ育った実家も今はダム湖の底に沈んでいます。母親が病気がちだったので、移転の補償金をもらってほかへ越そうかとも考えたんですけど、うちで死にたい、鈴ノ宮を離れたくない、なんて言いだしまして。今思うと、ろくでもない親父《おやじ》でしたが、ともに暮らした母親からすれば、忘れたくない懐かしい思い出もあったんでしょうね。

そういう事情で、ダム本体の建設が本格化するまで、こっちに留《とど》まっていたんです。補償金をつり上げるためじゃないか、なんて言う者もいたらしいですけど、母親が死んだあとに代替地を分けてもらえるという話だったんで、売却せずに残してました。妻と結婚する時、いずれは鈴ノ宮に帰りたいと言っておいたし、あんなことをしでかしてメディアに追われるようにもなったんで、早めに故郷へ帰ることにしたんです。

妻には感謝しかありません。離婚歴があるうえに、犯罪行為まで犯した男を許して、こんな田舎まで一緒についてきてくれたんですから。本当に頭が上がりません。

はい、今は友行君と会社を作って、町の仲間と農業に取り組んでいます。……いえ、耕運機の販売は、さすがに手がけていません。そんな仕事をしたら、昔の嫌な記憶ばかり思い出してしまいますからね。

ええ、そうです、健君も設立メンバーの一員で、今は営業部長を務めてくれています。まだ黒字化はできていませんが、売り上げは着実にアップしていますので、何とか軌道に乗せて、鈴ノ宮の高原野菜と美味しい果実を売りこんでいきたいと思っています。

……そのとおりで、確かに高山さんのお力添えがなかったら、わたしたちは実刑判決を受けていたと思います。最初は桑島先生に手伝っていただきたいと考えていたんですが、まあ、そこにもいろいろ事情がありました。

実は桑島先生から絶えずアドバイスをもらっていたと、あとで笑いながら言ってましたが、すべては高山さんの熱意があったからだと思っています。仰々しく先生だなんて呼ばないでくれと言われたので、わたしたちは馴《な》れ馴れしく〝さん〟づけでお呼びしていますが、総理や国家公安委員長がクーデターまがいの犯罪だと見なして、厳罰に処すべき、とメディアの前で厚顔にも発言したというのに、わたしたちを守るために堂々と戦ってくれたんです。

メディアのかたならご存じでしょうが、検察は当初、わたしたちを略式起訴ですませようとしたのに、急に風向きが変わって、我々全員が逮捕されました。どう考えようと、政治家の強い意向があったのは疑いないでしょう。検察といえども、法務省の役人であり、上の命令には逆らえません。驚いたことに高山さんは、各方面に迷惑がかからないようにと、一度は奥様とも離婚されています。それほどに政権側からの様々な圧力があったわけであり、その辺りのこともメディアはもっと取材すべきだったと思いますね。裁判が終わって復縁なされたと聞いて、ひとまず胸をなで下ろしましたが、わたしたちを弁護していくには、嘘偽りなく多くの障害があったんです。

そこで、桑島先生と高山さんが信頼できるお仲間に声をかけて、弁護団を結成してくださいました。さらには、地元鈴ノ宮のかただけでなく、全国からも驚くほど多くの支援をいただきました。中には、裁判の費用に充ててくれと、現金書留を送ってくれた人もおられましたが、気持ちだけありがたく受け取らせていただき、すべて返送させてもらいました。

送り主がわからないものに関しては、犯罪被害者を支援する団体に寄付しております。動機はどうあれ、わたしたちは罪とわかっていながら今回の計画を実行し、世間を大いに騒がせました。決してヒーローなどではないとの自覚は持っていましたので、善意に甘えることは許されないと考えた次第です。

けれど、多くの声援をいただけたおかげで、起訴からほどなく保釈請求が認められたうえ、全員に執行猶予のつく判決が出たんだと思います。逮捕された時は皆、多少の懲役は覚悟していたので、本当にありがたく思いました。

……いえいえ、わたしは何もしていません。

実を言うと、優太君たちが訪ねてくるまで、わたしは樋口先輩の無念を晴らそうという動機を、恥ずかしながら忘れかけていました。政治家の秘書はなかなか大変な仕事ですが、そのぶん確実にやりがいというものがありましたし、何より井上先生のお人柄に心を打たれたこともあって、与えられた仕事を全力で果たし、かなり充実した日々をすごさせてもらっていたんです。

そんな時に、優太君と健君が週刊誌のインタビュアーと称して、わたしの前に現れたんです。

彼らも笑いながら正直に認めました。最初からわたしは、疑惑の人物と見なされていたんです。

二度も一緒に町長選を戦った真鍋さんまで、わざわざ謝罪したいと言って拘置所へ面会に来てくださいました。まあ、父に似たのか、わたしが煮えきらない態度を見せることが多かったようで、周囲にいらぬ誤解を与えてきたところは否めそうにないんで、いたしかたなかったのかもしれません。

決して真鍋さんに人を見る目がなかったわけではないんでしょう。たぶん、長く政治の世界にいて、心を裂かれるような経験を何度もされてきたんじゃないでしょうか。わたしがそう尋ねても、真鍋さんは笑ってましたが、思い返してみると、選挙に勝利したあともあの人はずっと難しい顔をしていて、笑顔というものを見た記憶が実はわたしにはないんです。ご家族とも別れて暮らし、それでも地元に貢献を続けようというあの人こそが、草の根を大切にする本物の政治家と言っていいんじゃないでしょうか。

すみません……少し話がそれてしまいました。優太君たちがインタビューに来た時のことでしたね、はい。

あの時はいろいろ遠回しに責められるようなことを言われました。ですけど、わたしにはまったく身に覚えのないことでしたし、新民党の下で働くようになった動機を正直に打ち明けたんです。彼らは最初、信じられずにいたようで、いつまでもわたしの話を疑ってました。

それも仕方なかったと思ってます。わたしがずっと自分を恥じていたため、説得力のある言い方ができていなかったんでしょう。

それでも、わたしは誠心誠意、身の潔白を訴えるしかありませんでした。新民党の中へ飛びこんでいけば、何か手がかりがつかめるかもしれない。そう思っていたのに、井上先生の地元秘書の職を紹介していただける幸運に恵まれて、神奈川で働き始めてから、自分の中で何かが変わっていったんです。樋口先輩の無念を忘れたわけではなかったけれど、いつしか記憶の片隅に追いやって、見ないようにしていたところがあったんだと思います。

それはやはり――先ほども言ったように、井上先生の誠実な仕事ぶりを間近で見て、心を動かされたからでした。それほどに先生は懸命に働かれていました。例の育成園の立て直しにも尽力されて、晴れて新たなスタートを切れた時、わたしは心の底から驚いたんです。先生はもう別の案件に取り組まれていて、開園式にも参列せず、だからニュースに取り上げられることもありませんでした。我々秘書は、何としても時間の都合をつけて顔を出すべきだと言ったんです。けれど、先生は首を横に振り続けました。自分が顔を出せば、全国ニュースに登場できるのかもしれない。でも、たとえ参列せずとも、地元の有権者は見てくれている、と。売名のような行為は恥ずかしくてならない、と。

優太君と話を続けて信用してもらい、仲間を紹介されて、南美さんから重い決意を聞かされても、わたしは今回の計画に参加するのをためらう気持ちが、実はずっと強くあったんです。

井上先生を裏切ることになってしまう。それでも、樋口先輩がなぜ追いつめられることになったのか、十年経っても、まだ南美さんたちが地道に調査を続けていたと聞いて、自分の弱さを知らされた思いになりました。

結局、身内の不幸ではなかったから、初心を忘れかけていたのではないか。新民党の中にも井上先生のような素晴らしい志を持つ議員はいる。官僚を操って無駄な公共事業を強引なまでに推し進めて、建設業界から献金というバックマージンを取ることを考える薄汚い議員ばかりではない。

どうにか身の潔白を信じてもらえるようになったあとで、一緒に戦わないかと彼らから持ちかけられて、わたしは大いに悩みました。初心を捨て去ったわけではなかったのに、永見宗太郎という議員の力量を井上先生の下で見てきたため、ちっぽけな一市民に何ができるのかという疑問を拭い去ることがなかなかできなかったんです。

ところが、先生も派閥の長である永見宗太郎の指示で、神奈川県下の公共事業をまとめるために、国交省や農水省の官僚を呼びつけていたことを知らされました。もちろん、地元に予算が落ちるように働きかけるのは、政治家の大切な仕事の一部だと思います。でも、わたしは先生の、見たくもなかった一面を垣間見《かいまみ》ることになったんです。

申し訳ありませんが、その詳しい話はここで言いたくはありません。ただ、先生は永見宗太郎の指示で動くしかなかったと、わたしは今も信じています。

でも、その件を目の当たりにしてしまったため、わたしは心を決めることができました。

この十年近くもの間、優太君たちは手分けしてこつこつと関係者を訪ねては、当時の詳しい話を聞きだしていました。中でも、優太君と南美さんは、大学を出たあと就職もせず、フリーライターの道を選んでいました。雑誌の仕事を受けていれば、関係者を訪ねてインタビューに来たというまっとうな理由を持つことができるからでした。

正直わたしは驚きました。十年ですよ。それほどの長い間、彼らは一度たりともあきらめず、雨のしずくが石をうがつみたいにして少しずつ地道に調査を続けていたんです。感心を通り越して、その執念とも言える行動にわたしは打ちのめされました。気持ちの強さが彼らとは違いすぎている。

身内の死は、それほど重いと想像はできますが、わたしはいつのまにか今を生きることに精いっぱいで、ただ怠惰な日常に流されていたんだと知らされました。彼らは四六時中、調査のことを考えていたわけではないと笑いながら言ってましたが、生半可な覚悟で独自の調査を十年も続けられるものではありません。彼らは時間を見つけて関係者を訪ね歩いては、丹念に証言を引き出して、すべてをノートにまとめていました。インタビューを書き起こしたノートは、十五冊にもなっています。本当に素晴らしい若者たちです。

その結果、犯罪的な事実認定を推定させる多くの状況証拠が見出《みいだ》せました。どこから見ても、限りなく黒に近い。けれど、決定的な物的証拠はないため、メディアに伝えたところで、記事にしてくれる確証はない。週刊誌なら、さらなる取材に動いてくれそうだけど、根拠のない噂話と思われかねない。政治家はいつだって、知らぬ存ぜぬ記憶にないで押し通して、ほとぼりが冷めるのを待つものと決まっています。

　どうしたら罪を白日の下にさらすことができるのか。優太君たちと頭を悩ませました。そこで、今回の計画につながるヒントを提案したんです。

　秘書であるわたしを監禁すれば、必ず永見宗太郎は井上先生を使って口封じを図ってくる。もちろん、我々がそう誘いかける演技をうまくしていく必要がある。狙いどおりに事が運べば、必ずやつけ入る隙が生まれる。

　わたしはただ、彼らに少しだけ手を貸したにすぎません。本当に熱意ある素晴らしい若者たちなんです。追いつめられて死を選ぶしかなかった父親のため、さらには肉親の死をずっと受け入れられずにいる仲間のため、十年もの長きにわたって事件の真相を追い続けてきたんですから。あきらめるということを知らない若者たちなんです。

　わたしが今回のアイディアを提案した時、当初は男性陣だけで実行しようと健君が言いだしました。そうしたら、貴子ちゃんが烈火のごとく怒りだしましてね。だから日本は、ジェンダーギャップが縮まらないんだ。女の心意気を見損なってもらったんじゃ困る。わたしたちだって、同じ気持ちを持つ仲間であり、すでに立派な共犯者でもある。そう言ったんです。

　いかにもあの子らしい発言ですよね。

　そしたら、南美ちゃんまで賛成して。うちの事務所に電話を入れて、面会の約束を取りつけたのは、彼女たちでした。裁判を傍聴されていればわかったと思いますけど、しっかり彼女たちも共犯者としての足跡を残すことにしたんです。貴子ちゃんなんて、交際してる男性がいたのに、ですよ。

幸いにも、理解ある人だったんで、今も二人の仲はうまくいってるみたいです。案外、執行猶予の期間が明けたら、結婚するかもしれませんね。

……まあ、南美ちゃんたちのことは、いいじゃないですか。噂はあるけど、あとは若い二人が決めることですしね。

事務所を訪ねていく実行犯係は、自然と決まりました。優太君には、計画を外部からチェックしていく重要な役目を担ってもらわねばなりません。健君なら一家で鈴ノ宮を早めに出ていたので、ご家族は友行君のことを覚えていないと思えました。なので、逮捕されたあと、友行君はずっと手で顔を覆い続けて、素性が知れるのを防いだんです。

彼らは完璧に役割をこなしてみせました。必ず計画を成功させるという気概に満ちてましたね。

そうそう……。あとになって、わたしは知ったんです。十二年前に樋口先輩の葬儀が終わったあとで、彼らはダム湖に沈む鈴ノ宮渓谷の畔《ほとり》で誓い合ったそうなんです。十年後に、必ずここで再会しよう、と。その約束があったから、南美ちゃんも力強く生きてこられた、と言ってました。

彼らは黙ってますが、裁判が終わったあとで、たぶんダム湖の畔に立って献盃《けんぱい》したと思います。わたしも共犯仲間の一人ですけど、あとから参加させてもらった補欠のようなものですからね。ただ、先輩のお墓参りは妻とさせていただきました。無念だったと思いますけど、今は雲の上から娘たちの行動力を賞賛してくれているんじゃないでしょうか。

井上先生には直接お目にかかって、裏切るようなことをして申し訳ないと伝えたかったんですが、まだ叶っていません。電話にも出ていただけていません。永見宗太郎の懐刀と言われた先生の秘書が、裏切りの一太刀を浴びせかけたわけですから、仕方ありません。

でも、先生は永見宗太郎の指示で、やむなくわたしを説得しようと動いただけ、と今も固く信じています。

ええ……そうですね。

わたしたちが法廷の場で裁かれたというのに、永見宗太郎は今なお議員の職に留まっているわけですから、結果的にわたしたちは負けたんだ、と思っている人は多いでしょう。

でも、本当に負けたことになるんでしょうか。

わたしは思うんですよ。あの会見の最後で、プレスセンターを埋めた記者さんたちに言いましたよね。あとは皆さんに託されました、と。

けれど、あなたがたメディアがしつこく追いかけたのは、わたしたち犯人の側ばかりでした。

もちろん、永見宗太郎にマイクを突き出し、コメントをもらおうとした時期もありましたが、今はどうです？　永見宗太郎の甥も、以前とまったく変わらず会計事務所を切り回し、例のホテルの幹部職を務め続けている。

偽の領収書をまぎれこませた女性事務員を突き止めて、夫婦にインタビューを追って離婚へと追いこみながら、永見の甥はいまだ一切、何も語っていない。あなたがたメディアが、どうせ何も語りはしないと、最初からあきらめているからですよね。

いいえ、言わせてください。

新民党の重鎮にこれほどの醜聞が発覚しながら、内閣支持率は今もまだ三十数パーセントを保っている。過去の永見の卑怯な手段と、政府は何も関係ない、と多くの国民は見たんでしょうね。新民党の支持率も同じラインを保ち続けている。

メディアもあれほど騒いでおきながら、今はもう別のスキャンダルを追いかけて、わたしたちが罪を犯して訴えたことなど、綺麗さっぱり忘れてしまったかのようじゃないですか。永見はきっと、入院先で笑っているでしょうね。政府も野党からの要請を拒み続けて、結局は臨時国会を召集しなかった。証人喚問なんか、今後もまったく期待はできない。まあ、いつもの与党のやり口ですが。

こんな質問はしたくありませんが、言わせてください。もしかすると政府の首脳から、これ以上は永見を追いかけるな、と言われたわけじゃないですよね、あなたたちは。

……そうですか。だったら、どうして政権の顔色をうかがうように、どこも取材をあきらめたままでいるんでしょうか。確か、あなたのところの社長さんは、懇談会とか称する新民党との会合で、総理や幹事長などと何度も食事をしてましたよね。その食事代は会費制だとか言ってましたが、本当に今時五千円ぐらいで名のあるホテルや料亭で食事ができるんでしょうか。その額を、取材して裏取りしてみたことがありますか。多くの国民は、今なお知りたがっているんじゃないでしょうかね。

そうそう、お歳暮とかの贈り物をもらったメディア関係者がいた、という話もありましたっけか。かつて総理だった人が、後援会の地元有権者にホテルで食事を振る舞い、その代金に領収書を出しておきながら、政治資金収支報告書に記載していなかったことがあったじゃないですか。ホテルの関係者を国会や法廷に呼び出すこともせず、警察も動かず、いつしか沙汰止《さたや》みになってしまい、メディアも深く追及しようとしなかった。

あなたは記者として、どうお考えですか。ぜひ聞かせてください。

政府の顔色ばかりうかがって、アリバイ作りのような記事でお茶を濁す。善処します、とくり返すだけで当初の方針を頑なに押し通す官僚のやり口と同じじゃないですか。

安心してください。この部屋に隠しカメラは仕掛けてありませんから、ご自由に発言なさってほしいですね。

ええ……そうなのかもしれませんね。たぶん、あなたは無関係なんでしょう。こうして下火になった話題を今さら記事にしたいなんて思って、わざわざ鈴ノ宮まで足を運んできたわけですから。

でもね、このインタビューの記事が本当に掲載されるのか。わたしは疑わしく思っているんですよ。

わたしが記者会見を開いた直後には、恐るべき完全犯罪だなんて、褒めそやすメディアがありましたっけか。

確か、いくら軽犯罪法違反と偽計業務妨害という軽い罪であろうと、このような行為は絶対に許されない。誰かを告発するためと言って似たような罪を犯す者が出たら、日本の治安は崩れてしまう。そう将来を憂う発言をした有識者がいて、世間の集中砲火を浴びましたよね。与党の政治家の手先か。巨悪を許して、若者たちの正義感を踏みにじる気か、と。

あなたがたにも、よく考えていただきたいんです。あのコメンテーターは良識ある発言をしたにすぎないと、わたしは今も思っています。なぜなら、本来はメディアが大々的に取り上げるべき問題だと思うからです。

わたしたちは、ほかに方法がないから仕方なく、あの手法で永見宗太郎を告発したんです。あなたがたメディアが調査報道によって告発すべきなのに、ずっと見て見ぬ振りを続けてきた。新民党の幹部と仲良く食事をして恥じない記者たちが、何もしてくれないのはわかっていたから、わたしたちが罪を犯すしかなかったんです。

それと――主犯が誰なのか、そういう報道も見られましたよね。

罪の重みが主犯と共犯では違ってくるため、量刑にかかわる問題だと、法曹関係者が言ってましたね。ですけど、わたしたちすべてが主犯であり、共犯なんです。誰が計画を立案したのか、なんてことは関係ないんですよ。わたしたちの動機はひとつであり、等しく共同正犯だったんです。

さらに言わせてもらうなら、先ほども言いましたけど、わたしたちは起訴されて、法廷の場で裁かれました。初犯であるにもかかわらず、懲役二年という不当に重い判決でした。執行猶予がついたので収監はされなかったものの、予想通り控訴は棄却されたので、しっかり前科はついているんです。なので完全犯罪だなんて誤解もいいところですよね。執行猶予の期間がすぎるまでは、許可を得なければろくに旅行もできないし、酔った勢いで人を殴りでもすれば、すぐ刑務所に入れられるんです。

当然だと思いますよ。わたしたちは罪を犯したんですから。

それに比べて、大罪を犯しながら、逮捕されていない者がいるとは思いませんか。

どう思われます？

本物の完全犯罪を成立させてきたのは、永見宗太郎たち政治家じゃないでしょうか。メディアを手懐けて、事件を追わせない。政治資金規正法は、自分たちに都合のいい内容にしておいて、領収書がなくても金は使い放題で、ろくな処罰も定めていないので摘発されるわけもない。公共事業という名の下に税金を全国にばらまいておいて、関連企業から献金という形で回収して懐を潤そうと罪にはならない。日本を世界に冠たる借金大国にしておきながらも、責任は一切取らない。過去の罪を告発されても、記憶がないとしらを切り通して逃げ回っていれば、そのうち忘れてもらえる。

これこそ完全犯罪ですよね。

もちろん、あなたたちメディアが最大の共犯者と言えるでしょう。永見宗太郎の罪を知りながらペンの力を使って追及しようともせず、今なお見逃している。

それだけじゃない。地元に予算を落としてくれるからという理由で、新民党に票を投じ続けている国民も、立派な共犯者ですよね。政治のことはわからないし、興味もないからといって、投票に行かない人たちも同じでしょう。投票率が低くなれば、組織票を持つ政党が勝利するのは、中学生にだってわかる理屈ですからね。

悲しいですけど、多くの国民が無関心なうえ、自分たちの地元に落ちてくる金しか見ずに、その姿勢を今も変えようとはしていない。誰が見ても、共犯者じゃないですか。

共犯という罪の畔に立っているのは、我々なんです。違いますかね。

［初出］
「小説トリッパー」二〇二三年冬季号から二〇二四年夏季号に連載。
単行本化に際して加筆修正しております。

※この物語はフィクションであり、実在の場所、団体、個人等とは一切関係ありません。

カバー表写真：satoru nakao／iStock
カバー裏写真：Vladimir Razguliaev／iStock
装幀：柳沼博雅

真保裕一（しんぽ・ゆういち）
1961年生まれ。91年『連鎖』で江戸川乱歩賞を受賞しデビュー。96年『ホワイトアウト』で吉川英治文学新人賞、97年『奪取』で山本周五郎賞と日本推理作家協会賞をW受賞。2006年『灰色の北壁』で新田次郎文学賞受賞。主な著作に『繋がれた明日』『ブルー・ゴールド』『ダーク・ブルー』『シークレット・エクスプレス』『真・慶安太平記』『英雄』など。

共犯《きようはん》の畔《ほとり》

2024年９月30日　第１刷発行

著　　者　真保裕一
発 行 者　宇都宮健太朗
発 行 所　朝日新聞出版
〒104-8011　東京都中央区築地５－３－２
電話　03-5541-8832（編集）
03-5540-7793（販売）
印刷製本　中央精版印刷株式会社

ISBN978-4-02-251999-3
定価はカバーに表示してあります。

落丁・乱丁の場合は弊社業務部（電話03-5540-7800）へご連絡ください。
送料弊社負担にてお取り替えいたします。

奥田英朗

沈黙の町で

いじめられっ子の不審死。だが、だれも本当のことを語れない――。静かな地方都市を震撼させる中学生転落死事件の真相は？　被害者や加害者とされる少年とその家族、学校、警察などの視点から描き出される傑作長編サスペンス。

文庫判

月村了衛

奈落で踊れ

一九九八年ノーパンすき焼きスキャンダル発覚、大蔵省設立以来最大の危機が到来する。大物主計局長・暴力団・総会屋・敏腕政治家らが入り乱れ、大混乱の果てに待っていた驚愕の結末とは？　前代未聞の官僚ピカレスクロマン。

文庫判

中山七里

騒がしい楽園

埼玉県の片田舎から都内の幼稚園へ赴任してきた神尾舞子。騒音や待機児童、親同士の対立などさまざまな問題を抱える中、幼稚園の生き物が何者かに惨殺される事件が立て続けに起きる。やがて事態は最悪の方向へ――。

文庫判

貫井徳郎

ひとつの祖国

第二次大戦後に分断され、再びひとつの国に統一された日本。だが東西の格差は埋まらず、東日本の独立を目指すテロ組織が暗躍していた。意図せずテロ組織と関わることになった一条昇と、その幼馴染で自衛隊特務連隊に所属する辺見公佑の二人は……。

四六判

久坂部 羊

生かさず、殺さず

認知症でがんや糖尿病をもつ患者が集まる病棟では何が起きているのか？　医長の三杉は他言できないつらい過去をもち、医師から作家に転じた坂崎はそれをネタに小説を書こうとする。その先に見えてくるものは？　医療サスペンスの傑作。

四六判／文庫判

篠田節子

四つの白昼夢

コロナ禍がはじまり、終息に向かった。退職男たちの宴会と紙袋の骨壺、店の経営が破綻し夢中になった多肉植物、遺影に写った謎の手、自然通風の家で夫婦を悩ます音の正体とは？　現実と非現実の裂け目を描く日常奇譚集。

四六判

神山裕右

刃紋

名古屋で探偵業を営む草薙の元に舞い込んだ行方不明者の捜索依頼。関東大震災の混乱の中、数少ない手掛かりを頼りに調査を進めるが、関係者は次々と不審な死を遂げていき……。乱歩賞の著者による13年ぶりの新作ミステリー。

四六判

ヒコロヒー

黙って喋って

「国民的地元のツレ」、ヒコロヒー初の小説！　平気をよそおって言えなかった言葉、感情がほとばしって言い過ぎた言葉。ときに傷つきながらも自分の気持ちに正直に生きる人たちを、あたたかな視線で切り出した共感必至の掌編十八編を収録。

四六判

森　絵都

獣の夜

原因不明の歯痛に悩む私が訪れた不思議な歯医者（「太陽」）。女ともだちをサプライズパーティに連れ出す予定が……（「獣の夜」）。短編の名手である著者が、日常がぐらりと揺らぐ瞬間を、ときにつややかにときにユーモラスにつづった傑作短編集。

四六判

黒川博行

悪逆

周到な準備と計画で強盗殺人を遂行する男——。府警捜査一課の舘野と箕面北署のベテラン刑事・玉川が最初の事件を追うなか、手口の異なる新たな強盗殺人が起こる。さらに新興宗教の宗務総長が殺害され……。新次元の警察小説。

四六判

塩田武士

存在のすべてを

平成三年に発生した誘拐事件から三十年。当時警察担当だった新聞記者の門田は、旧知の刑事の死をきっかけに被害男児の「今」を知る。再取材を重ねた結果、ある写実画家の存在が浮かび上がる。圧巻の結末に心打たれる新たなる代表作。

四六判

宮内悠介

ラウリ・クースクを探して

一九七七年、エストニアに生まれたラウリ・クースクは、コンピュータ・プログラミングの稀有な才能があった。ソ連のサイバネティクス研究所で活躍することを目指すが、ソ連は崩壊する。歴史に翻弄された一人の人物を描き出す、かけがえのない物語。

四六判